MW01519606

tout
CE QU'IL VOUDRA
l'intégrale

SARA FAWKES

tout
CE QU'IL VOUDRA

l'intégrale

Traduit de l'anglais (États-Unis) par Maxime Eck

Red Velvet

Pour mes premiers fans : salut, papa et maman !

remerciements

Je ne serais pas là où je suis sans mes lecteurs. Sérieusement !
Je suis tellement heureuse de connaître tous ceux que j'ai ren-
contrés pendant l'écriture de ce livre, ceux qui m'ont aidé à
construire l'histoire et qui m'ont encouragée. Je serai éternel-
lement reconnaissante aux personnes qui m'ont apporté leur
soutien : Carl East, Virginia Wade, Delta et tous ceux qui suivent
mon blog, mon éditrice, Rose Hilliard, et toute l'équipe de St.
Martin's Press, mon agent, Steve Axelrod, et tant d'autres qui
m'ont accordé du temps, transmis leur expérience et aidé à
progresser dans ma carrière d'écrivain.

Mais surtout, je tiens à remercier mes lecteurs. Vous êtes absolument fabuleux, je suis là grâce à vous. Merci, merci, merci,
sachez que je serai toujours votre plus grande fan.

I

Croiser le bel inconnu tous les matins, à mon travail : ces derniers temps, c'était le moment sublime de ma journée.

Je traversais le hall en direction des ascenseurs aussi vite que me le permettaient mes hauts talons, sinuant entre des échelles et des ouvriers qui réparaient le système électrique du vieil immeuble de bureaux. Réglé comme une horloge suisse, le mystérieux brun arrivait devant les cabines à 8 h 20 précises. Il n'y manqua pas non plus ce jour-là. Je me frayai un chemin dans la file afin de me rapprocher de lui aussi discrètement que possible et fixai les portes en faisant mine de ne pas l'avoir remarqué. Ce n'était pas un jeu, même si ça y ressemblait parfois. Les hommes aussi beaux que lui n'avaient jamais franchi les limites de ma sphère d'influence, ce n'était pas maintenant que ça allait changer.

Pour autant, une fille a le droit de rêver, non ?

Les portes coulissèrent et je me glissai à l'intérieur avec la petite troupe de ceux qui patientaient, puis m'assurai qu'on avait appuyé sur le bouton de mon étage. Le bâtiment ancien – historique, préféraient dire certains – était en pleine réhabilitation. On rénovait, on modernisait. Toutefois, les ascenseurs étaient encore de la vieille école. Plus petite et plus lente que ses contemporaines, la boîte de conserve dans laquelle je me trouvais n'en accomplissait pas moins son boulot et grimpait les étages péniblement et en grinçant.

Je repositionnai mon sac sous mon bras tout en jetant à l'inconnu un regard à la dérobée. Son regard croisa le mien. Mince ! Avait-il remarqué que je le fixais ? Rouge comme une pivoine, je lui tournai le dos, face aux portes, lesquelles s'ouvrirent pour dégorger une bande de gens sur leur palier. Il me restait encore onze niveaux à gravir. J'avais un poste d'intérimaire – saisie de données ! – chez Hamilton Industries. Si l'entreprise occupait la plupart des étages supérieurs, mon bureau exigu et moi-même étions relégués dans un coin reculé, quelque part au quatorzième.

Le look BCBG en costard-cravate m'avait toujours plu, et le beau brun portait chaque jour des costumes impeccablement taillés sur mesure, qui coûtaient sans doute plus cher que mon maigre salaire mensuel. Tout en lui respirait la bonne société, bien loin de mes origines – ce qui ne m'empêchait pas de fantasmer sur lui. Il habitait mes rêves, son visage était celui sur lequel se fermaient mes yeux le soir quand je me couchais. N'ayant eu entre les cuisses rien qui ne soit animé par des piles depuis plus d'un an, mes délires étaient un peu osés. Sur le moment, je m'accordai la liberté d'y repenser, et un sourire béat étira lentement mes lèvres. Vu mon degré de frustration, il ne m'en fallait pas beaucoup pour démarrer au quart de tour… une petite image mentale où j'étais plaquée contre un mur et subissais les derniers outrages… Waouh !

Les occupants continuaient de débarquer, l'ascenseur de reprendre sa course haletante. Soudain, je m'arrachai à ma rêverie en me rendant compte que j'étais seule en compagnie de l'inconnu. Pour la première fois depuis que j'avais commencé à travailler ici. Me raclant la gorge avec nervosité, je lissai ma jupe fourreau de ma main libre et m'exhortai à respirer. Une boule de désir durcissait dans mon ventre, alimentée par une ribambelle de pensées plus libertines les unes que les autres. Cette cabine d'ascenseur était-elle équipée de caméras?

Tout à coup, je perçus un froissement discret derrière moi, puis un avant-bras musclé surgit près de ma hanche et enfonça le bouton rouge de l'appareil. Ce dernier s'arrêta aussitôt et, avant que j'aie pu prononcer un mot, deux bras apparurent autour de ma tête tandis qu'une voix grave murmurait à mon oreille:

– Je vous croise tous les matins dans cet ascenseur. À quoi jouez-vous?

La stupeur m'ayant réduite au silence, je ne pus que cligner des yeux. Fallait-il que je me pince? Se produisait-il vraiment quelque chose dans mon existence terne et banale?

Un corps dur me pressa contre les portes de la cabine. Le contact du métal froid contre mes tétons soudain érigés et sensibles m'arracha un léger soupir.

– Qu'est-ce que... commençai-je.

Pour immédiatement oublier ce que je m'apprêtais à dire, car un long membre tumescent venait de se coller à ma hanche...

– Je sens votre excitation, gronda l'inconnu avec des intonations feutrées qui me nouèrent l'estomac. Chaque matin, vous entrez dans cet ascenseur et je devine ce à quoi vous aspirez.

Une main descendit s'enrouler autour de la mienne tandis que l'homme inclinait la tête vers ma nuque.

– Comment vous appelez-vous? murmura-t-il.

J'avais l'esprit si vide que j'en oubliai la plus simple des réponses. Oh là là! Cette voix était un concentré de sexe! Le cerveau en déroute, je plaquai mes mains sur la surface devant moi pour éviter de m'effondrer. L'homme s'exprimait avec une voix rauque – et un accent que je n'arrivais pas à identifier.

– Lucy, finis-je par marmonner.

– Lucy, répéta-t-il.

Je respirai un grand coup en entendant mon prénom susurré avec autant de sensualité.

– Il me faut vérifier que vous avez aussi bon goût que vous sentez bon, ajouta-t-il.

Il ne s'agissait pas là d'une permission demandée, juste d'une exigence, et, avec une docilité qui m'étonna moi-même, je détournai légèrement la tête pour le laisser faire. Ses lèvres glissèrent sur la peau tendre derrière mon oreille, le bout de sa langue m'effleura. Ses dents mordirent mon lobe et je gémis en me laissant aller contre lui. Il remua son bassin, ma respiration se fit courte – un staccato de halètements qui rompaient bruyamment le silence.

– Putain! Vous êtes vraiment bandante!

Ponctuant ce qui devait être un compliment, sa main descendit le long de ma hanche et de ma cuisse, jusqu'à l'ourlet de ma jupe. Puis elle rebroussa chemin en frôlant l'intérieur de ma cuisse, remontant le tissu au passage. Incapable de réfléchir, j'écartai les jambes pour lui donner accès et je ne pus retenir un cri quand ses doigts glissèrent sur ma culotte trempée qui collait à mon sexe douloureux.

Étais-je en train de rêver? Mon corps se cambrait, coincé entre les portes métalliques et la source de chaleur qui émanait de l'inconnu. On se serait cru dans l'un de mes fantasmes devenu réalité, et il m'était impossible de maîtriser les réactions physiques que cela provoquait en moi.

Ses doigts malaxaient mon clitoris à une fréquence de plus en plus régulière, mon bassin bougeait tout seul, toujours plus avide de caresses. J'étouffai un gémissement quand ses dents s'enfoncèrent dans mon épaule, puis il glissa sa main sous la dentelle de ma culotte et caressa ma peau mouillée, jouant avec la fente délicate de mon sexe d'une façon qui m'amena à geindre de plaisir sans retenue.

– Jouissez pour moi, m'ordonna-t-il de sa voix grave à la Vin Diesel.

Sa bouche jouait sur la ligne exposée de mon cou, alternant baisers et mordillements. Ses doigts s'enfonçaient en moi, son pouce agaçait mon bouton durci. Je connus alors l'orgasme de ma vie dans une exclamation étranglée. Soudain vidée de toutes mes forces, je posai mon front sur l'acier de la porte et frissonnai.

Sur ma droite, sous le panneau de commande de l'ascenseur, un téléphone se mit à sonner.

Je me raidis de surprise, tandis que les stridences me parvenaient à travers la brume hébétée qui m'enveloppait. Le désir céda la place à la honte, et je poussai sur mes mains pour me libérer. L'étranger s'écarta et me rendit mon espace vital avant d'appuyer de nouveau sur le bouton rouge. L'ascenseur redémarra avec un soubresaut pendant que je remettais vivement de l'ordre dans ma tenue. Le téléphone s'arrêta enfin.

– Vous avez encore meilleur goût que ce que j'imaginais.

Incapable de résister à cette voix, je me retournai. Il se léchait les doigts. Le regard qu'il posa sur moi allait me liquéfier. Par bonheur, le téléphone m'avait tirée de ma stupeur et je cherchai à tâtons les boutons des étages inférieurs, appuyant sur tous à la fois. Cela parut amuser l'inconnu. Quand les portes s'ouvrirent deux niveaux en dessous du mien, je m'éjectai de la cabine d'un pas mal assuré. À mon grand soulagement, je vis qu'il n'y avait personne dans les parages – je ne crois pas que j'aurais supporté qu'on me dévisage en cet instant.

Un sifflotement dans mon dos attira mon attention. L'homme avait ramassé mon sac et me le tendait. Je m'aperçus qu'il avait dû m'échapper pendant que nous… Bon. Je m'en emparai avec toute la dignité dont j'étais encore capable.

Lui me sourit, et ce léger mouvement modifia toute son expression. Comme frappée par la foudre, je découvris qu'il était d'une beauté proprement fracassante, tandis qu'il m'adressait un clin d'œil complice.

– On se reverra, promit-il.

Sur ce, l'ascenseur se referma, m'abandonnant à un étage qui n'était pas le mien.

J'inspirai profondément et entrepris de me refaire une apparence, glissant mon corsage sous ma ceinture avec des doigts tremblants. Ma culotte était fichue : si je la gardais, elle finirait par détremper le tissu de ma jupe. Préférant me concentrer sur cet aspect des choses plutôt que sur ce qui était arrivé, je me mis à la recherche de toilettes pour me nettoyer.

Quelques minutes plus tard, propre mais privée de dessous, je grimpai les marches quatre à quatre jusqu'à mon bureau. Les couloirs étaient pleins des personnes arrivées à la dernière minute et je parvins à gagner mon réduit sans difficulté. Mon ordinateur afficha quelques minutes de retard quand je l'allumai, mais personne ne s'en formalisa, car je me plongeai aussitôt dans mon travail pour essayer d'oublier ce que je venais de vivre.

2

Ma journée s'écoula dans un trouble intérieur sans pareil. Malgré tous mes efforts, je ne parvins pas à me concentrer sur mes tâches. Je fus contrainte de vérifier à deux, voire à trois reprises que je ne commettais pas d'erreur. Entrer des données dans une base n'avait rien de très excitant et n'exigeait aucune intelligence, ce qui ne m'empêcha pas de me tromper tout le temps. Mes pensées revenaient sans cesse à la scène de l'ascenseur et au premier orgasme que j'avais eu presque en public. Lorsque je me ressaisissais, je ne me souvenais plus de ce que je venais de taper.

Cela me ressemblait si peu. J'avais toujours été attirée par le sexe, mais sans trop savoir pour autant comment satisfaire mes désirs. Adolescente sans grâce, les garçons ne m'avaient pas invitée à sortir avec eux ; sorte de souris insignifiante, je n'avais pas été conviée aux fêtes lycéennes ni même universitaires. Les rares petits amis que j'avais eus, pour peu qu'on puisse les qualifier ainsi, s'étaient peu attardés dans mon lit. Mon existence actuelle était ennuyeuse et, pour l'essentiel, réglée par la nécessité : les emprunts que j'avais dû faire pour mes études ne se rembourseraient pas d'eux-mêmes, et mon installation près de NewYork me coûtait les yeux de la tête. Par ailleurs, les hommes et moi n'avions pas grand-chose en commun : ils voulaient s'éclater en boîte quand je souhaitais lire, ils se gavaient de revues sportives alors que je préférais les magazines politiques.

Sortir avec un garçon n'avait jamais été mon fort, et c'était le cadet de mes soucis à ce stade de ma vie.

J'essayai d'effacer de ma mémoire ce qui s'était passé dans l'ascenseur, mais, sur le coup de midi, je n'avais plus qu'une idée en tête : récupérer mon vibromasseur… Mon comportement et la facilité avec laquelle j'avais réagi aux invites de l'inconnu me troublaient, malgré les fantasmes que j'avais eus. Il était hors de question que cela se reproduise, même si j'en mourais d'envie. Je ne pouvais perdre mon boulot, aussi monotone soit-il. Malheureusement, il était si répétitif que je n'arrêtais pas de me laisser distraire par le souvenir des lèvres douces du beau brun sur ma peau, de frissonner en me rappelant l'effet qu'avaient eu sur moi ses dents mordillant mon cou. Il émanait de ses mains une double promesse de force et de tendresse que mon corps refusait d'oublier.

La journée fut longue.

Je parvins à grand-peine à remplir mon quota de dossiers à archiver. Au moment de partir, j'envisageai de descendre à pied les quatorze étages avant de me résoudre à emprunter l'ascenseur. Bien sûr, je pris soin de vérifier qu'il était vierge de tout inconnu trop séduisant. Tandis que la plupart des gens se dirigeaient vers les taxis garés devant l'entrée du rez-de-chaussée, j'empruntai un raccourci par le garage en sous-sol. Seuls les cadres supérieurs y avaient une place réservée, ce qui n'était bien sûr pas le cas des intérimaires comme moi – encore aurait-il fallu qu'ils possèdent une voiture. Mais c'était le chemin le plus rapide pour gagner la station de métro, à deux rues de là, et personne ne m'avait signalé qu'il était interdit d'y passer.

Une fois la volée de marches dévalée, j'émergeai dans l'air frais du parking. Des crissements de pneus résonnaient dans la structure à plusieurs niveaux, mais je ne vis pas un chat dans les parages, que des rangées de voitures. La morsure du froid annonçait une chute de température dès le coucher du soleil. Me frottant les bras pour me réchauffer, je regrettai de ne pas avoir pris de gilet et j'accélérai le pas vers la sortie et la cahute du gardien. On avait beau être à la fin du printemps, ces derniers jours avaient été plus frisquets que d'habitude.

Soudain, quelqu'un me saisit le bras et me tira sur le côté. Une main fut plaquée sur ma bouche avant que j'aie eu le temps d'émettre un son. Je fus traînée dans une sorte de recoin sombre, à moitié caché du reste du garage et qui servait d'emplacement pour les motos. Je me débattis, mais l'emprise des bras était trop forte, pareille à un étau d'acier.

– Je vous avais bien dit qu'on se reverrait.

Je reconnus aussitôt la voix grave et maintenant familière. Elle avait résonné dans mon crâne toute la sainte journée, rythmant des images coquines que j'avais essayé en vain d'oublier.

Une vague de soulagement me submergea, très vite suivie par une colère décontenancée. Pourquoi n'avais-je pas peur de ce type? Agacée par ma propre bêtise, je plantai mon talon dans son tibia. S'il grogna, il ne me lâcha pas pour autant. À la place, il me retourna vers le mur en béton glacé et m'y plaqua. Son corps se colla à mon dos, ses mains emprisonnèrent les miennes.

– Résistez, murmura-t-il à mon oreille, j'adore ça.

Sa décontraction teintée d'un vague mépris me tapa sur les nerfs. Je tentai de lui donner un coup de tête en rejetant ma nuque en arrière. Il esquiva avec un petit rire. J'essayai alors une deuxième ruade, mais il inséra une jambe entre les miennes, me réduisant à l'impuissance. Les doigts enroulés autour de mes poignets, plus doux que des menottes mais pas moins solides, déclenchaient des bouffées dans mon corps tout en m'immobilisant.

– Lâchez-moi ou je hurle, lui dis-je.

Je tournai le cou afin de voir sa réaction. Je m'en voulais de ne pas éprouver autant de frayeur ou de rage que j'aurais dû. Une fois encore, cet homme provoquait en moi les mauvaises réactions. Je devais être complètement folle pour penser que je pouvais lui faire confiance alors que je ne savais même pas comment il s'appelait!

Il promena son visage sur la ligne de mes cheveux, respira profondément et émit un grondement sourd et appréciateur.

– Je n'ai pensé qu'à vous aujourd'hui, murmura-t-il, visiblement indifférent à ma menace d'appeler au secours.

Pendant ce temps-là, ses pouces dessinaient de petits cercles sur mes poignets, chaque léger mouvement provoquant en moi des tressaillements incontrôlés.

– Et à votre rapidité de réaction, ajouta-t-il. Ah! Votre odeur! Votre goût!

Je déglutis et m'efforçai d'ignorer un petit frémissement au creux de mon ventre. Bon sang! Il était impossible qu'une telle attitude m'excite autant! Et pourtant si. Sa façon de me dominer d'une bonne tête et son corps ferme pressé contre le mien me donnaient le vertige et l'envie d'enrouler mes bras et mes jambes autour de lui. J'étais trahie par mes réactions physiques.

– Lâchez-moi! répétai-je les dents serrées pour contenir mon désir. Ce que vous faites est mal. Je ne veux pas…

Il embrassa doucement l'arrière de mon oreille, interrompant mes protestations de plus en plus faibles. Le contraste entre cette manifestation de tendresse et la brutalité de l'emprise de ses doigts renforça d'autant mon excitation. Ses lèvres et ses dents coururent le long de mon cou, son bassin se frotta à mes fesses, son membre érigé glissa entre ma raie – j'en eus le souffle coupé.

– Jamais je ne prendrai une femme qui ne voudra pas de moi, souffla-t-il. Dites-moi non, et je vous laisse définitivement en paix.

De nouveau, il embrassa ma gorge et mordilla mon épaule, comme s'il attendait ma réponse.

À présent, je tremblais de tout mon corps. Ni à cause de la peur ni à cause de la détresse. Quand une de ses mains libéra mon poignet, je ne bronchai pas, ligotée par les sensations que son contact provoquait en moi. Il se mit à caresser ma cuisse sous ma jupe, griffant ma peau du bout des ongles, puis un doigt s'insinua entre mes fesses. Un grognement lui échappa, il attrapa mon cul à deux mains, l'écarta et y pressa le renflement qui boursouflait son pantalon. Je cambrai les reins et gémis malgré moi tout en m'arc-boutant sur le mur pour me plaquer encore plus à lui.

Il me retourna d'un geste brusque. J'entrevis son beau visage et l'éclat de ses prunelles vertes, puis ses lèvres écrasèrent les miennes et me donnèrent le baiser le plus sensuel de toute mon existence. J'y répondis goulûment, me collai à lui comme une sangsue, caressai son torse sous la veste de son costume, à travers sa chemise soyeuse. Mais il m'arrêta très vite et s'empara de mes mains, les maintenant levées au-dessus de ma tête. D'une jambe glissée entre mes cuisses, il me souleva encore plus haut, tandis que je roulais des hanches et me frottais sur ses muscles. J'émettais malgré moi des geignements haletants alors qu'il léchait et mordillait la peau sensible de mon cou.

– Sucez-moi, murmura-t-il sans cesser de m'embrasser. Je veux vous voir à genoux, sentir votre bouche parfaite autour de ma queue...

Cette fois, quand je me dégageai, il ne m'en empêcha pas. Il recula et me remit sur mes pieds. Mes mains se ruèrent aussitôt sur son pantalon et en baissèrent la braguette. Ses mains rejoignirent les miennes, et alors qu'il libérait lui-même son sexe, je m'agenouillai et en léchai le gland. Il avait bon goût ; la brusque inspiration qui se fit entendre là-haut m'apprit que l'homme appréciait ce que je faisais. Son désir correspondait au mien, et une nouvelle vague de chaleur se répandit entre mes cuisses. Avançant la tête, j'engloutis tout son nœud.

– Aaaah !

L'exclamation et le frémissement qui l'accompagna me rendirent audacieuse : j'enroulai une main autour de la base épaisse de son sexe afin de l'engouffrer plus avant. De la langue je taquinai à la fois sa grosse veine bleue et le gland, puis je commençai à coulisser le long de la hampe turgescente. Il plaqua une main sur ma nuque et y appuya avec fermeté, mais je résistai pour insuffler mon propre rythme. Déboutonnant son pantalon, je cueillis ses couilles entre mes doigts. Son membre en sursauta de plaisir et, cette fois, ce furent ses deux mains qu'il enfonça dans ma chevelure, poussant et exigeant toujours plus. Cette fois, je cédai et l'avalai le plus profondément possible sans cesser d'avancer et de reculer, de l'agacer avec ma langue frétillante. Lâchant ses couilles, je me mis à caresser mes lèvres humides et mon clitoris érigé.

– Vous vous touchez ? grogna-t-il.

Il s'enfonça brutalement dans ma bouche et j'accélérai le mouvement. Sa présence en moi étouffait mes propres gémissements. Lui parvint à garder le silence, même s'il ne put contenir quelques geignements quand je massai son nœud au fond de ma gorge, des manifestations de plaisir très gratifiantes pour moi.

Une partie de mon cerveau, toute petite, se demandait ce que j'étais en train de fabriquer. Je m'empressai de la faire taire. J'en avais plus qu'assez d'être transparente. Même mes collègues de travail m'ignoraient. Aussi, que ce bel homme m'ait remarquée et approchée, y compris d'une façon on ne peut plus crue, me donnait le tournis. J'évitai de m'interroger sur son choix comme sur ce qui s'ensuivrait. Pour l'instant, je ne souhaitais que des sensations. Ses doigts agrippèrent mon cuir chevelu tandis que ses couilles se contractaient, révélant qu'il était sur le point d'atteindre l'orgasme, tout comme moi d'ailleurs.

Soudain, il me repoussa et je le lâchai avec un bruit de succion. Il se pencha pour enrouler ses bras autour de ma poitrine, me souleva de terre et me plaqua de nouveau contre le mur de béton. Un corps dur s'insinua entre mes cuisses. Mes yeux étonnés se posèrent sur les traits magnifiques, à quelques centimètres seulement de mon visage, puis je sentis sa queue frapper à ma porte. Lorsqu'il me pénétra, je poussai un cri de plaisir intense. Des muscles intimes qui n'avaient pas fonctionné depuis longtemps s'étirèrent, l'humidité de mon sexe lui facilita l'entrée. Ses lèvres s'écrasèrent sur les miennes, engloutissant mes gémissements, et il s'enfonça en moi avec vigueur.

L'orgasme que j'avais soigneusement préparé avec mes doigts remonta à la surface sous ses coups de reins. Je jouis avec une force incroyable, secouée par des vagues successives de plaisir. J'embrassai mon partenaire avec une sauvagerie que je ne me connaissais pas, mordis sa bouche et griffai les manches de son costume. La violence de ma réaction déclencha la sienne et il glissa en moi encore plus vite, délaissant mes lèvres pour mordre mon épaule. Mes cris, désormais plus faibles, retentirent longtemps contre les parois.

Il poussa un soupir, se retira et éjacula sur le sol. Coincée entre le béton froid et son corps en fusion, je finis par reprendre conscience du monde autour de moi – la fraîcheur de l'air, le bruit des véhicules qui quittaient le parking... Encore affaiblie par ma jouissance, je me laissai aller contre ses épaules carrées.

Il s'écarta mais me soutint d'une main dans le dos. Lentement, il m'aida à reprendre pied. Titubant sur mes talons hauts, j'agrippai son bras un instant avant de reculer à mon tour.

Je me mis à frissonner, et le froid n'en était qu'en partie responsable, puis je sursautai quand quelque chose de chaud et de lourd fut posé sur mes épaules. Un coup d'œil me permit de constater que l'inconnu m'avait passé sa veste. Mais je fus incapable de le remercier. Quand j'enfilai le vêtement, il m'aida, en parfait galant homme. Même léger, le tissu conservait sa chaleur et j'en fus intensément soulagée.

– Permettez-moi de vous ramener chez vous.

Aussitôt ces paroles prononcées, je secouai la tête et m'écartai de lui.

– J'ai un train à prendre, répondis-je.

De l'index, il souleva mon menton, m'obligeant à le regarder en face. Si ses traits étaient impassibles, une lueur inquiète allumait ses somptueux yeux verts.

En dépit de mes multiples voyages en ascenseur avec lui, c'était la première fois que je le voyais d'aussi près. J'en eus le souffle coupé. Le hâle de sa peau faisait ressortir ses yeux verts encadrés par des cils et des sourcils noirs. Presque aussi sombres, des mèches de ses épais cheveux bruns retombaient sur son front. Une ombre légère sur ses mâchoires, qui picotaient sous la main, complétait le tableau. Mon cœur sursauta. Ses traits impassibles détonnaient légèrement avec la lueur inquiète qui illuminait ses yeux, lesquels me fixaient alors que son pouce caressait mon menton.

– J'insiste, souffla-t-il.

Mon corps réagissait encore à son contact. J'avais envie de placer ma joue contre la peau rugueuse de sa main. Cette perspective idiote – étais-je à ce point désespérée? – amena des larmes au coin de mes paupières. Je m'arrachai à lui. M'éclaircissant la gorge et m'efforçant de ne pas passer pour une sotte qui minaude, je le fixai droit dans les yeux.

– J'ai un train à prendre, répétai-je.

Malgré la honte et les remords qui m'incitaient à disparaître de sa vue, je m'éloignai, tête haute, avant de me raviser au tout dernier moment.

– Votre veste, murmurai-je.

Je commençai à la retirer.

– Gardez-la, dit-il en m'arrêtant d'un geste. Vous en avez plus besoin que moi.

Un sourire amusé étira brièvement ses lèvres, comme si, l'espace d'une seconde, il m'accordait toute son attention... et m'approuvait.

L'air était de plus en plus frais, et je ne doutais pas d'être complètement débraillée. Si le vêtement était trop grand pour moi, il aurait tout de même le mérite de me couvrir en partie. Avec un vague merci, je quittai le coin sombre et pris la direction de la sortie. Je portai une main tremblante à ma tête; j'étais décoiffée, mais rien de pire. Il fallait absolument que je trouve un miroir, histoire d'arranger les choses.

Dans mon dos, une voiture ronronna avant de s'arrêter. Même si la raison m'ordonnait de ne pas regarder, je me retournai. Un chauffeur venait de descendre d'une limousine noire et ouvrait la portière arrière à mon inconnu. Pétrifiée, comme une idiote, j'observai l'homme grimper dedans, son chauffeur refermer la portière, se réinstaller à l'avant et repartir. Les vitres de la voiture étant teintées, je ne distinguai pas l'intérieur quand elle me dépassa. Le carrosse que je venais de décliner fila dehors et s'inséra dans la circulation insensée des heures de pointe. Mais qui était ce type?

Incapable de trouver une réponse, je repris mon chemin et quittai moi aussi le garage.

Je m'engouffrai dans le café le plus proche et me rendis aux toilettes, où je me nettoyai. Je parvins à remettre en ordre mon haut et ma jupe, les lissant jusqu'à ce qu'ils aient l'air à peu près normaux. En revanche, je ne pus rien faire pour ma coiffure. Mes mèches d'un blond sombre refusèrent de coopérer après avoir été aussi délicieusement ébouriffées. Je me résolus donc à piocher un élastique dans mon sac à main et à les attacher en queue-de-cheval. Je ne pris pas la peine de me remaquiller, mais veillai à effacer les bavures autour de mes yeux bleus, histoire d'être un minimum présentable.

Quinze minutes plus tard, je ressortais, les bras nus, la veste pliée sur l'anse de mon sac malgré la fraîcheur. Ayant loupé mon train, j'en attrapai un plus tard. De toute façon, j'étais plongée dans un brouillard, hagarde, et une seule et unique pensée occupait mon esprit.

Mais qu'est-ce qui me prenait?

3

Le lendemain, j'arrivai au bureau avec trente minutes d'avance, histoire d'être bien sûre que mon inconnu ne serait pas dans l'ascenseur. J'étais plutôt nerveuse à l'idée que quelqu'un ait pu être témoin de mes frasques de la veille et s'autorise un commentaire. Aussi, l'indifférence générale habituelle me soulagea. Il y avait peu de monde dans le bâtiment à cette heure. Cependant, je me ruai dans mon refuge pour éviter toute rencontre avec certains yeux verts.

J'avais passé l'essentiel de ma soirée et de ma nuit à essayer de décider si je devais ou non retourner bosser. L'imprudence et la sottise sans nom de mes actes m'avaient hantée jusqu'au matin et amenée à douter de ma raison. Ce n'était pas moi! Jamais je ne m'étais conduite de cette façon. À mes yeux, une libido en manque n'expliquait pas tout.

Quelle alchimie étrange et incontrôlable ce type déclenchait-il en moi? Quel don possédait-il pour parvenir à révéler ainsi une facette de ma personnalité que j'ignorais?

Au petit matin, j'avais commencé à chercher un poste ailleurs sur le Net, de quoi rebondir au cas où ma situation actuelle tournerait au vinaigre. Malheureusement, le marché du travail était toujours aussi tendu. La moitié raisonnable de mon cerveau exigeait que je démissionne de mon emploi actuel, l'autre – logique – avançait que j'avais besoin de mon salaire. Le loyer de mon minuscule studio allait arriver à échéance, et je n'avais aucun autre moyen de survivre pour le moment, à moins d'opter pour une existence de sans-abri.

« Lucy, tu es tombée bien bas ! »

Une fois installée à mon bureau, je m'attelai à des tâches ne réclamant pas l'usage de l'ordinateur, car je ne tenais pas à ce que mes chefs découvrent que j'étais venue d'aussi bonne heure. Mes collègues arrivèrent les uns après les autres, jacassant en passant devant mon réduit. J'y restai sans bouger de toute la journée, heureuse – une fois n'est pas coutume – d'être transparente. Aucun événement particulier ne dérangea ma routine jusqu'à ce que, vers 16 heures, ma supérieure passe la tête par-dessus une des parois de mon recoin.

– Veuillez me suivre, s'il vous plaît, Mlle Delacourt.

Cette intrusion m'étonna autant qu'elle m'inquiéta. Je croisais la femme presque tous les jours, mais, après mon entretien d'embauche, elle avait totalement ignoré ma présence dans son service. Qu'elle choisisse ce jour-là pour me parler provoqua en moi une sorte de vertige, tandis qu'un nœud se formait au creux de mon ventre. Son ton sec ayant laissé entendre qu'il n'était pas question d'ergoter, je marmonnai un vague acquiescement puis, après une petite pause destinée à me ressaisir, je me dépêchai de lui emboîter le pas.

Mais, au lieu de s'arrêter à la porte de son propre bureau, elle quitta le service pour gagner à grandes enjambées le palier. Je la suivis en silence, n'osant l'interroger par crainte d'apprendre que tout l'immeuble était désormais au courant de mes sexcapades de la veille. Je ne voyais, en effet, aucune autre raison à cette convocation aussi soudaine qu'inhabituelle et, à mon avis, les instances supérieures n'auraient pas pris la peine de m'entraîner hors de mon service si elles s'étaient apprêtées à me flanquer tout bonnement à la porte.

C'est en silence que l'ascenseur nous hissa quatre étages plus haut. Mon appréhension grandissait à mesure que nous approchions. Ma patronne ne desserra pas les lèvres et l'expression de son visage restait indéchiffrable. Non que je me risque vraiment à la lire, trop effrayée à l'idée de ce que je pourrais y découvrir. Quand les portes s'ouvrirent, je réalisai que je m'apprêtais à entrer dans un monde entièrement différent du mien. Fini, les couloirs étroits et nus. Nous étions dans un hall très vaste, aux parois lambrissées de bois sombre. À l'opposé de la pièce d'accueil, le nom de la société, Hamilton, s'étalait en larges lettres dorées. Au-delà, un grand comptoir occupait un espace ouvert sur lequel donnaient les portes de bureaux et deux immenses salles de conférence vitrées. Tout ici respirait une richesse ancienne, le bois et l'or mêlés à des éclairages et à des tableaux contemporains.

– Nous avons rendez-vous avec M. Hamilton, annonça ma supérieure à la secrétaire.

Cette dernière acquiesça, puis décrocha un téléphone.

J'avais soudain les jambes en coton. Que fichions-nous à l'étage des grands patrons ? Je m'étais bien gardée de me renseigner sur l'organigramme de la boîte. Après tout, je ne faisais qu'un intérim et ma présence ici ne durerait qu'un temps. Pour autant, je n'étais pas complètement idiote. Cela n'était pas un simple étage de bureaux ; cela ressemblait plutôt à une salle de réception à la Donald Trump. Je n'en étais pas moins perplexe : si la direction avait eu vent de mes agissements de la veille, je n'aurais jamais mis les pieds ici.

Mon anxiété augmenta encore plus, et c'est à une distance prudente que je traînai dans le sillage de ma chef. Elle frappa à une porte, l'ouvrit et passa la tête.

– M. Hamilton va vous recevoir, m'annonça-t-elle ensuite.

D'un geste, elle m'invita à entrer. Je restai plantée là, sans piper mot, avant d'avancer très, très lentement. Après un ultime regard ahuri à la dame, je pénétrai dans la pièce… où je me figeai aussitôt, pétrifiée d'horreur. Oh non, c'est pas vrai!

– Merci, Agatha. Ce sera tout pour l'instant.

Avec un hochement de tête, ma supérieure se retira et referma la porte derrière moi, m'abandonnant, seule et sans défenses, presque effondrée, dans l'immense bureau. Je devais ressembler à une carpe: ma bouche s'ouvrait et se refermait face à la silhouette hélas familière assise dans le fauteuil directorial. Mes yeux tombèrent sur une plaque posée sur la table:

– Jeremiah Hamilton, soufflai-je, engourdie par le choc de cette découverte.

Il posa sur moi des prunelles froides et inquisitrices.

– Mlle Delacourt, répondit-il en désignant une chaise devant lui. Je vous en prie, prenez place.

Les battements de mon cœur s'accélérèrent au son de sa voix, confirmant mes pires craintes. Privée de parole, j'avançai jusqu'au siège, d'une démarche mécanique, et m'assis. Son attention s'était détournée de moi et il scrutait la tablette qu'il tenait. Je profitai du répit pour examiner les lieux dans un silence tendu. Derrière le bureau, le mur était une immense paroi vitrée qui offrait une vue panoramique sur la ville. La table de travail, en bois sombre, était presque vide, excepté un ordinateur portable, la plaque avec le nom de son occupant et un pendule de Newton dont les billes en acier étaient immobiles. Ma chaise, confortable et moelleuse, était à roulettes.

– Mlle Lucy Delacourt, reprit l'inconnu.

Mais non, me corrigeai-je. Il s'agissait de Jeremiah Hamilton. Je n'en revenais toujours pas.

– Actuellement en mission intérimaire, chargée du classement de nos données, recrutée il y a un mois par Agatha Crabtree. Correct?

J'opinai d'un mouvement sec du menton.

– Je remarque que vous avez présenté un passeport comme pièce d'identité, poursuivit-il avant de me lancer un regard interrogateur. Un passeport? Plutôt inhabituel…

– Je les ai toujours sur moi, répondis-je avec difficulté tant j'avais la bouche sèche.

– Les…?

Son sourcil arqué semblait indiquer qu'il espérait plus d'explications, mais je me bornai à hausser les épaules, à court de mots. Au bout d'un instant, il enchaîna.

– Vous avez grandi dans le nord de l'État de New York, vous avez fréquenté l'université de Cornell pendant trois ans avant de lâcher vos études. Depuis, vous vivotez de petits boulots et vous avez emménagé près d'ici il y a trois mois. Pourquoi avez-vous abandonné la fac?

Ce résumé de ma vie était froid et bref, mais ses paroles me passaient largement au-dessus de la tête. Ce fut la pause qu'il marqua qui me ramena à la réalité.

– Pardon?

– Pourquoi avez-vous abandonné la fac, Mlle Delacourt? répéta-t-il.

Son intonation indiquait qu'il exigeait une explication. C'était là un sujet personnel, compliqué, qui réveillait en moi des souvenirs avec lesquels je me débattais depuis trois ans maintenant. Sa curiosité représentait une intrusion dans mon intimité ; du reste, je savais que, juridiquement, rien ne m'obligeait à le renseigner. Malgré moi, et à mon propre étonnement, mes lèvres formulèrent une réponse.

– Mes parents sont morts.

Un nouveau silence s'installa, assez long, et je baissai les yeux sur mes mains en m'efforçant de ne pas fondre en larmes – une tâche délicate, vu la situation stressante dans laquelle je m'étais fourrée. Mes parents auraient-ils eu honte de moi en cet instant ? Ils avaient fait tellement de sacrifices pour me permettre d'avancer. La maison dans laquelle j'avais grandi, qui appartenait à notre famille depuis deux générations, je l'avais perdue en devant rembourser les énormes prêts qu'ils avaient contractés pour payer l'université. Ça m'avait brisé le cœur. Je m'étais débattue comme une diablesse pour qu'elle ne tombe pas entre les mains des banques, mais… Ravalant la boule qui s'était formée dans ma gorge, je m'efforçai de reprendre contenance.

– Je suis navré, lâcha Jeremiah.

Il se racla la gorge et je relevai la tête. Il s'était renfoncé dans son fauteuil.

– Qu'est-ce qui vous a amenée à Jersey City ? continua-t-il.

J'eus l'impression de détecter un peu d'inquiétude dans sa voix. Mais je ne réussis pas à soutenir son regard et détournai les yeux. Bien que, une fois encore, il s'agisse de ma vie privée et que je n'aie aucune raison de me justifier, je le fis.

– Notre maison de famille a été saisie par la banque. Il fallait que je déménage, et une ancienne amie de l'université m'a proposé une colocation.

– Je vois, marmonna mon interlocuteur en se grattant le menton. Savez-vous pourquoi je vous ai convoquée, Mlle Delacourt?

On y était. La question que je redoutais depuis le début. Celle à laquelle il m'était tout bonnement impossible de répondre. Je déglutis, tentai de croiser l'éclat de ses prunelles vertes, mais le courage me manqua.

– Non? murmurai-je.

Il s'apprêta à dire quelque chose, se ravisa, recommença.

– Permettez-moi de vous décrire ce qu'aurait été votre journée d'aujourd'hui si nous n'avions pas le présent entretien.

Il croisa les bras sur la table avant de poursuivre.

– Vous auriez travaillé jusqu'à ce que, une demi-heure avant la fermeture, Mme Crabtree vous appelle dans son bureau. Elle vous aurait expliqué que votre mission intérimaire prenait fin ce soir, vous aurait remis votre dernière fiche de paie et vous aurait fait escorter hors de l'immeuble.

Pour la seconde fois depuis le début de la journée, le sol se déroba sous mes pieds.

– Vous me renvoyez? balbutiai-je, mon incrédulité cédant peu à peu la place à la colère. Est-ce parce que nous…

Jeremiah m'interrompit d'un geste de la main et secoua la tête.

– Ces réductions d'effectifs ont été décidées il y a un mois déjà. Nous n'avons plus besoin des intérimaires dans votre service.

Il plissa les yeux et ajouta, plus pour lui-même que pour moi :

– J'ai signé la directive en début de semaine, avant de savoir qui vous étiez.

– Mais plus personne n'embauche en ce moment, soufflai-je.

J'étais si déroutée que j'avais oublié que ma recherche d'un boulot était censée rester secrète. Cela dit, je n'avais plus aucune raison de la dissimuler. J'avais du mal à dominer ma colère face à ce nouvel obstacle. Je portai sur le bureau un regard absent.

– J'ai consulté votre dossier, continua Jeremiah. Vous avez bien travaillé. Nous vous remettrons une excellente lettre de recommandation pour vos prochaines recherches d'emploi.

Incapable de réfléchir, je le dévisageai.

– Pourquoi me dites-vous cela en personne? demandai-je. Pourquoi m'avoir fait monter ici?

– Parce que j'ai une proposition à vous faire. Un poste. Si ça vous intéresse, naturellement. J'ai besoin d'une assistante personnelle.

Je clignai plusieurs fois des yeux, étonnée. J'eus beau examiner ses traits en détail, il ne laissait rien paraître, son expression était aussi lisse que du marbre. Des soupçons très légitimes s'éveillèrent au fond de mon ventre.

– Quel genre d'assistance personnelle? demandais-je.

– Tout ce que je voudrai.

J'inspirai profondément. Cette simple phrase m'entraînait déjà dans toutes sortes de zones obscures. Il n'était pas sérieux, quand même? Avais-je bien compris ce qu'il sous-entendait? Malheureusement, l'éclat de ses yeux verts, qui contrastait tellement avec son attitude d'homme d'affaires détendu et sûr de lui, confirmait que, si, il sous-entendait exactement ce que j'imaginais. Ce regard me promettait bien des plaisirs. Ou alors, c'était moi qui continuais à vouloir transformer mes propres fantasmes en réalité. Il n'empêche, autant m'en assurer.

– Comme hier, quand nous…

Il se pencha vers moi et plaça son menton sur ses mains.

– Absolument, lâcha-t-il sans plus de manières.

Je fis appel à toute mon indignation de femme, je tentai de trouver le meilleur moyen de protester et de conserver ce qu'il me restait de dignité… en vain. J'avais l'esprit bien trop pragmatique. Le cœur serré, je me souvins comment, deux ans durant, j'avais consacré le moindre sous que je gagnais à essayer de garder notre maison. Tous ces sacrifices pour la perdre et finir sans rien. Sans famille proche voulant ou pouvant m'aider, je n'avais dû qu'à une ancienne camarade de fac de ne pas terminer à la rue. Mais ce qui, au départ, ne devait être qu'une solution de dépannage s'était prolongé plus qu'elle ou moi l'avions prévu. Entre les créanciers qui ne cessaient de se rappeler à mon bon souvenir et le coût de la vie à New York, j'avais l'impression de n'avoir jamais un centime devant moi.

Je ne pouvais me permettre de le laisser filer, d'autant que j'ignorais si une autre offre se présenterait. Pour autant, je n'allais pas accepter aussi facilement.

– Combien? lançai-je en relevant le menton, priant pour qu'il ne s'aperçoive pas que je rougissais.

Bon sang! J'avais du mal à croire que j'étais en train d'envisager la chose.

Un lent sourire narquois étira ses lèvres.

– Tous les avantages que propose la société à ses employés en CDI, une augmentation de salaire et le règlement de vos frais de déplacement.

Il écrivit sur un Post-It, qu'il fit glisser vers moi.

– Ceci devrait constituer un salaire de départ satisfaisant.

Je faillis m'évanouir devant le montant. À ce rythme, l'emprunt contracté pour mes études serait remboursé en quelques mois et je pourrais même économiser pour retourner à la fac d'ici un an. J'étais sans voix. Mon cerveau était submergé de réflexions contradictoires. D'une part, c'était une occasion en or – littéralement ; de l'autre, une voix – celle qui, en général, ressemblait à celle de mes parents – m'incitait à fuir. Je gardai le silence un bon moment tout en soupesant les options que j'avais. Puis je respirai un grand coup et lâchai :

– Je veux que vous le mettiez par écrit.

J'eus le sentiment qu'il ne s'attendait pas à cette réponse. Il inclina la tête, plissa les yeux – la seule trace d'amusement discernable. Autrement, son beau visage resta stoïque.

– Très bien, dit-il. Mais le protocole exige que je vous fasse d'abord passer un entretien d'embauche.

De nouveau, il se pencha vers moi. Le menton sur ses doigts, il lâcha d'un ton serein :

– Levez-vous et penchez-vous sur le bureau, en appui sur vos coudes.

4

Je me figeai. La phrase prononcée un peu plus tôt – «Tout ce que je voudrai» – résonnait dans mon crâne. Après quelques secondes de tension pendant lesquelles je luttais contre moi-même et finis par céder, je me mis debout et m'approchai du bureau. Je me courbai dessus, les coudes placés de chaque côté de la surface en bois sombre. Nerveuse, je regardai Jeremiah qui se leva à son tour et contourna la table.

– Ne bougez plus, m'ordonna-t-il. Sauf si je vous le demande. Combien de mots tapez-vous à la minute?

La question me désarçonna. Comme je m'étais entraînée mentalement à un futur entretien, je ripostai cependant aussi sec:

– Quatre-vingts.

– Quels sont vos points forts, vos points faibles?

Il disparut derrière moi, ce qui me déconcentra. Si je pouvais encore tourner la tête pour le surveiller, je continuai à fixer la surface plane devant moi et à répondre à ce qui ressemblait à un entretien en bonne et due forme.

– Je suis attentive aux détails et consciencieuse.

35

Un ricanement accueillit mes propos trop visiblement préparés.

– Où vous voyez-vous dans cinq ans?

J'allais répondre quand une main s'insinuant sous ma jupe me réduisit au silence. Elle glissa sur ma cuisse avant de remonter sur mes fesses puis de s'éclipser. J'avalai ma salive, le souffle court, mais je parvins à retrouver l'usage de la parole.

– J'aimerais terminer mes études de droit. Ou alors exercer un métier qui me plaise énormément.

Je n'obtins qu'un simple «Hum». Le cœur battant la chamade, je fermai les yeux et me concentrai pour me contrôler. J'avais l'impression d'être de retour dans l'ascenseur, la veille au matin : un effleurement, et je partais en vrille.

– Et en quoi consisterait ce boulot de rêve?

Des doigts se frayèrent un chemin entre mes cuisses et entreprirent de frôler le fin coton de ma culotte. À mon grand dam, un gémissement m'échappa et mon bassin s'abaissa, cherchant un contact prolongé. Malheureusement, la main s'envola et je ravalai un soupir de frustration. Mais ce répit me permit de rassembler mes idées et de répondre à la question, non sans mal.

– Un emploi où je m'épanouirais et serais utile aux autres.

– Bien joué, murmura-t-il.

Soudain, sa main revint titiller l'intérieur de mes jambes, me faisant basculer dans un état second. J'appuyai mes mains sur le bureau, enfonçai mes ongles dans le bois, tandis qu'une vague de chaleur se répandait dans mon bas-ventre. Sans cesser de tourmenter la chair de mes cuisses, il se mit à caresser mes hanches et mon dos de son autre main. Tremblant sur mes coudes, je sentis une turgescence presser contre mon cul. Les doigts quittèrent mes jambes pour se faufiler sous ma culotte et s'enfoncer en moi, coulissant sans difficulté dans les plis lubrifiés de mon sexe. Je tentai d'étouffer un cri de plaisir – en vain.

– Cette pièce est insonorisée et la porte est verrouillée, m'informa-t-il.

Je n'avais pas songé une seconde à cet aspect des choses. Les doigts qui me pénétraient profondément me faisaient bien trop d'effet pour ça.

Quand il fit glisser ma culotte le long de mes jambes sans m'en demander la permission, je ne protestai pas, me contentant de l'enjamber lorsqu'elle tomba par terre. La pression d'une chaussure vint élargir l'écartement de mes jambes, et des hanches se plaquèrent sur mes reins. Pendant ce temps, les doigts continuaient leur exploration. Puis Jeremiah souleva ma jupe et colla son impressionnante érection le long de ma raie.

Son pouce, qui avait massé mon clitoris, se dirigea alors vers mon trou arrière. Choquée, je sursautai, bien que le bureau d'un côté et les hanches de mon partenaire de l'autre me maintiennent prisonnière. Il promena son doigt autour des replis de mon anus. Je n'avais jamais envisagé qu'un homme puisse s'intéresser à cette partie de mon anatomie. Si je n'étais pas ignorante au point de ne pas savoir ce qui se pratiquait parfois, je n'avais jamais été confrontée à un tel désir. J'avais de plus en plus de mal à réfléchir, tant sous l'effet de ses caresses que celui de mes envies les plus coquines.

Des lèvres se posèrent sur ma nuque.

– Enfin, ronronna-t-il de sa voix si grave.

Le mot était lourd de promesses, tandis que mon anus se dilatait et qu'il s'intéressait de nouveau à mon clitoris. Chacune de mes respirations avait désormais des allures de gémissement et je soulevais les hanches dans un besoin éperdu d'être prise.

Il eut beau m'agacer tous les sens de ses doigts, il réussit à retarder l'arrivée de mon orgasme. Un maître en la matière, qui savait comme personne alterner excitation et frustration, souffler le chaud et le froid, ce qui me rendait dingue. Je perçus tout à coup un froissement et je constatai que Jeremiah s'était agenouillé devant mon cul. Ses dents griffèrent l'une de mes fesses qu'une main écartait fermement. Avant que je comprenne ce qui se passait, une langue humide vint lécher les recoins de la partie la plus intime de mon corps. Une première pour moi. Lorsqu'elle s'enfonça dans mes intérieurs ruisselants de plaisir, je bondis en avant, poussant un cri de bonheur, aussitôt suivi d'un second, alimenté par les caresses prodiguées à mon con. Doigts devant, langue derrière, ce mélange inconnu ne ressemblait à rien de ce que j'avais pu éprouver jusqu'alors et me fis perdre la raison. Je jouis bruyamment sans parvenir à contrôler les cambrures de mon corps, insouciante des rayures que mes ongles infligeaient au bois du bureau.

J'avais la tête entre les mains quand j'entendis le crissement d'une capote qu'on déballait. L'instant d'après, Jeremiah glissa sa longue queue entre mes fesses. Ses doigts élargirent le passage avant d'être soudain remplacés par sa verge épaisse qui me pénétra. De son bras puissant glissé sous mon ventre, Jeremiah me souleva afin de mieux s'enfoncer en moi, et je geignis. Puis il me rallongea sur son bureau, se retira, revint en moi, détendant et électrifiant mes chairs tendres. Surfant encore sur la vague de mon orgasme, je haletais et pressais mon cul contre lui avec frénésie.

– Putain, ce que vous êtes bonne! murmura-t-il en s'enfonçant en moi de nouveau avec force, ce qui m'arracha un nouveau cri.

Ses puissants va-et-vient m'obligeaient à m'accrocher au bureau de toutes mes forces. Tout à coup, il saisit ma nuque et tira ma tête en arrière pour l'appuyer contre son épaule. Cette position m'empêchait presque de respirer, mais un second orgasme me submergea et je hurlais ma jouissance.

Je baissai la tête, épuisée. Ses dents mordillaient ma nuque puis descendaient le long de la courbe de mes épaules qu'il avait dénudées après avoir tiré sur mon corsage. La douceur de ses lèvres contrastait avec la brutalité de ses coups de boutoir, et j'adorais ça. Comme j'adorais qu'il ait le contrôle et qu'il m'impose son rythme. Deux orgasmes en l'espace de quelques minutes m'avaient achevée. J'avais l'impression d'être une poupée de chiffon. Heureusement, ses bras forts me tenaient fermement. J'arquai le dos pour le satisfaire, malgré la sensibilité accrue de mes chairs et l'énormité presque douloureuse de mon plaisir.

Comme avant, il planta ses dents dans ma peau lorsqu'il accéda à sa propre jouissance. Il frissonna, ses va-et-vient frénétiques me soulevèrent presque de terre, et il émit un grognement bestial quand, dans une ultime pénétration sauvage, il jouit en moi. Il lâcha mon cou, et le sang me monta aussitôt à la tête, me donnant le vertige. Puis il me coucha avec délicatesse sur le bureau et s'allongea sur moi. Ensemble, nous reprîmes notre souffle.

Au bout d'un moment, il se retira et recula, m'abandonnant sur le bureau. Je mis une minute à prendre conscience de l'impudeur de ma position, une autre à me relever et à rajuster ma jupe. Ayant mouillé comme une folle, je préférai rester debout, accrochée à la table, plutôt que de souiller mes vêtements et la chaise. Impossible de marcher sur mes hauts talons tant mes jambes tremblaient encore.

– Notre entretien est terminé. À propos, vous avez décroché le poste. Félicitations.

La respiration toujours un peu courte, je me retournai. Jeremiah Hamilton se tenait à côté d'un petit bar, à l'autre bout de la pièce. Son costume était impeccable, comme si rien ne s'était passé. Il arborait une expression scrutatrice, mais j'étais bien incapable de deviner ce qu'il tentait de découvrir. De mon côté, j'en appelai à mon sentiment de honte, à la colère, à l'outrage même, après une conduite aussi libertine – mais sans résultat. Je n'éprouvai qu'une immense fatigue et une sensation de sécurité extraordinaire.

J'étais foutue!

D'une main douce, Jeremiah saisit mon coude et me tendit un verre d'eau.

– Allez faire un brin de toilette, me susurra-t-il d'une voix plus tendre que jamais, tandis que je buvais une gorgée. Le temps d'organiser les choses, nous filerons dès votre retour.

Comme je n'avais pas toute ma tête depuis deux jours, je songeai que j'avais sûrement loupé quelque chose.

– Pardon?

– Vous avez bien dit que vous aviez toujours votre passeport sur vous, non?

Je tressaillis, décontenancée par sa question.

– Euh, oui.

Il acquiesça, comme si cela résolvait tous nos problèmes.

– Excellent. Vous m'accompagnerez donc aujourd'hui.

Médusée par cette révélation, je me désaltérai encore un peu.

– Où donc? demandais-je.

– À Paris. Nous partons dans une heure.

5

La limousine était plus spacieuse que dans mon souvenir. Bon, la dernière fois que j'étais montée dans l'une d'entre elles, c'était en terminale, lors du bal de fin d'année, et mes amies et leurs cavaliers y étaient serrés comme des sardines en boîte... Je jetai un coup d'œil à la dérobée à l'homme installé à côté de moi, sur la banquette arrière. Pour l'instant, il ne me prêtait aucune attention et se concentrait sur la tablette posée sur ses genoux, me laissant toute disponibilité pour m'occuper de mon côté. Je serrai fort contre moi mon sac en cuir, déboussolée par les événements de la journée. Étais-je vraiment en route pour Paris ?

Ces deux derniers jours avaient été un tourbillon de folie.

Jeremiah Hamilton, PDG de Hamilton Industries, une multinationale susceptible de rivaliser avec tout ce qu'avait jamais produit l'empire de Donald Trump, partageait avec ma petite personne la pénombre de sa limousine. Avant même d'avoir réalisé ce qui se passait, j'étais en route vers l'aéroport afin de m'envoler avec lui pour Paris. En tant qu'assistante personnelle. Dotée d'un contrat à venir dont les clauses tournaient autour d'une exigence : le satisfaire dans tout ce qu'il voudrait.

Dans la catégorie des pires-journées-de-mon-existence celle-ci figurait au palmarès. Et elle avait toutes les chances de remporter le prix des plus-époustouflantes-journées-de-mon-existence.

Aux heures de pointe, la circulation dans Manhattan étant l'habituel enchevêtrement de piétons et de véhicules, je me plongeai dans mes pensées plutôt que de m'intéresser à ce qui se passait dehors. Hélas, trop tôt à mon goût, les bouchons se résorbèrent et la voiture ne tarda pas à longer une barrière derrière laquelle s'alignaient des avions. Je regardai par la fenêtre et découvris, étonnée, une pancarte qui annonçait l'aéroport de Teterboro. Situé dans le New Jersey, il était moins vaste que son équivalent new-yorkais. Même si je n'y avais jamais mis les pieds, je savais qu'il accueillait beaucoup de jets privés. Ne connaissant que JFK, les lieux étaient une nouveauté pour moi. Je vis un bon nombre d'appareils d'une taille plus modeste que celle des gros-porteurs ordinaires, comme ceux qu'utilisaient les tour-opérateurs de luxe et les très riches.

Il fallait croire qu'aujourd'hui j'entrais dans cette catégorie, une perspective qui déclencha un frisson le long de ma colonne vertébrale. Je me frottai les bras. Bon sang ! Dans quoi m'étais-je fourrée ?

– Vous êtes certain que je n'aurai pas besoin de vêtements ? demandai-je pour la troisième fois pendant que la limousine se garait devant le terminal.

Je n'avais pas été autorisée à emporter quoi que ce soit d'autre que les effets personnels que j'avais déjà au bureau, autrement dit mon sac à main et ce qu'il contenait. Je portais une jupe et un haut propre, mais pas suffisants pour un voyage transatlantique.

– On vous en fournira, expliqua Jeremiah. Votre contrat couvrira ces détails.

J'avais droit à ce genre de réponse à chacune de mes questions concernant ce départ surprise. À ce rythme, le fameux contrat allait être plus long qu'un roman de Tolstoï, et cette pensée ne fit rien pour calmer mes nerfs. Je n'avais encore rien signé. Je pouvais toujours m'en aller et trouver un autre emploi.

Brusquement, je m'imaginai retournant des hamburgers sur un gril pour gagner ma vie. J'en frémis, et une bouffée de tristesse me submergea. Étais-je condamnée à ça ? N'avais-je donc aucune autre perspective ? En relevant la tête, je vis que Jeremiah m'observait. Comme s'il pouvait déchiffrer mes pensées, même si ses traits de marbre n'affichaient aucune émotion. Agacée, peu désireuse qu'il se rende compte de mon indécision, je serrai les mâchoires et soutins son regard, refusant de détourner les yeux la première.

À cet instant, la portière s'ouvrit, interrompant notre affrontement. Attrapant mon sac, je descendis de la voiture avec hauteur, ce qui ne m'empêcha pas de remarquer son air amusé. Ainsi, il appréciait le conflit, songeai-je pendant qu'on nous entraînait à l'intérieur du bâtiment. Tant mieux! Je n'avais pas l'intention de ramper à ses pieds ni de le supplier pour qu'il me respecte.

Soudain, je me vis à genoux devant lui, fixant son visage magnifique, et un tressaillement secoua mon ventre. Mince!

La vitesse avec laquelle nous franchîmes les contrôles de sécurité fut une deuxième nouveauté. Le seul moment un peu pénible fut quand l'officier qui fouillait mon sac y trouva ma culotte de la veille. J'avais oublié de la retirer. Je rougis, tout mon corps s'enflamma, mais le type resta très professionnel. Ces formalités accomplies, nous gagnâmes une petite salle d'embarquement, d'où on nous emmena en voiture jusqu'à notre avion, à l'autre bout du tarmac.

Long et racé, l'appareil était bien plus petit que ceux que j'avais pris et n'avait pas grand-chose en commun avec les vols réguliers. Je n'aurais jamais dû voyager à bord d'un tel jet. Les filles normales comme moi n'y montaient que si elles étaient hôtesses de l'air ou pilotes. La cabine était aussi somptueuse qu'on pouvait s'y attendre. Les fauteuils étaient deux fois plus grands que les sièges que j'avais pu occuper auparavant. Le pilote nous accueillit, nous laissa nous installer, puis ferma la porte et regagna le cockpit. Impressionnée par le luxe qui m'entourait, je me mis à jouer avec les gadgets qui équipaient ma place. Il y avait même, sous l'un des bras du fauteuil, un téléphone privé, ce qui me fit sourire.

Tout à coup, une tablette glissa sur le plateau que j'avais abaissé – la même que celle sur laquelle Jeremiah travaillait dans la limousine. Surprise, je tournai la tête vers lui, assis dans le siège d'en face, de l'autre côté de l'allée.

– Qu'est-ce que c'est? parvins-je à demander, mon sourire s'effaçant.

– J'ai rédigé votre contrat sur la route de l'aéroport, mais vous devez le signer avant que nous décollions, me dit-il.

Ayant remarqué mes hésitations, il se pencha vers moi, plongea ses yeux dans les miens et ajouta:

– Vous saviez ce qui vous attendait.

– Sans blague?

Ma riposte ironique était loin de refléter ma nervosité. Allais-je signer un contrat qui me priverait de ma propre vie?

– Si vous souhaitez partir, la voiture vous ramènera chez vous, susurra Jeremiah en tirant un stylet en argent de sa veste et en me le tendant. Le choix vous appartient.

Je lui arrachai le stylet et le serrai fort entre mes doigts pour cacher mes tremblements tandis que je parcourais le contrat. Mes années de fac m'avaient appris à déchiffrer les documents juridiques, notamment les petites lignes en bas, celles qu'on ne lit jamais. Celui rédigé par Jeremiah ne dissimulait aucun piège. Il donnait une tournure plus légale à la phrase « Tout ce qu'il voudra », mais le message était identique, incluant même une clause de confidentialité. Mais, vers la fin, je butai sur une précision dont nous n'avions pas discuté.

– Cinquante mille dollars ? couinai-je d'étonnement en relevant la tête.

Il acquiesça.

– Si vous êtes encore à mon service dans six mois, vous aurez droit à une prime, confirma-t-il en récitant presque mot pour mot les termes de l'accord. Ce bonus, ainsi que tous vos salaires hebdomadaires, vous resteront acquis, même si vous décidez de rompre votre contrat.

Ainsi, il m'était possible de démissionner sans tout perdre. Que cela soit notifié par écrit m'aida à accepter l'absurdité de la situation. Même si mes devoirs n'étaient que vaguement évoqués, le document teintait de professionnalisme le choix qui m'était offert. Du coup, je me sentis mieux. Enfin, moins courtisane. Et puis, on ne sait jamais, peut-être s'agissait-il d'un contrat type que les riches et les puissants avaient l'habitude de passer ? Personnellement, je n'étais pas très au courant de leurs usages.

Il n'empêche, j'hésitais. Il m'était encore possible de me lever et de quitter cet avion, méditais-je en contemplant le stylet entre mes doigts. J'étais libre de mettre un terme à cette mascarade stupide, de rentrer chez moi...

Mais ensuite?

Depuis que j'avais emménagé avec mon amie, l'un de mes plus gros soucis était la brusque augmentation de mon train de vie, à cause de la proximité de New York. La saisie de notre maison m'avait laissée sans un sou vaillant, je n'avais d'autre choix que d'habiter ici et, malgré tous mes efforts, je n'étais pas en mesure de faire des économies. La proposition de m'accueillir n'avait été que momentanée, et à en juger par l'attitude récente de ma colocataire, j'étais consciente que je m'étais désormais trop attardée. Mon unique espoir était de rembourser ce que je devais encore de mon prêt étudiant afin d'être ensuite en mesure de commencer à payer un loyer. Tant que cela ne serait pas fait, une existence de SDF me pendait au nez. J'en tremblais d'avance.

Jeremiah continuait de m'observer sans manifester la moindre compassion. Depuis la mort de mes parents, j'étais non seulement obligée de me battre pour payer mes factures, mais je devais aussi supporter la pitié des autres. J'avoue que j'étais lasse d'être la pauvre orpheline aux yeux des gens. Le PDG avait été très clair sur ce que ce contrat supposait de ma part. Mon «entretien d'embauche» avait impliqué que je me couche à plat ventre sur son bureau, et les libertés qu'il avait prises avec mon corps m'avaient laissée gémissante et pantelante. Ce seul souvenir me donnait envie de me cacher sous le tapis. Jamais je ne m'étais conduite ainsi; pourtant, un inconnu m'avait séduite, non pas une mais trois fois en seulement vingt-quatre heures! Le contrat que j'avais sous les yeux représentait l'indépendance financière en contrepartie de ma propre liberté. Je n'avais pas le choix.

Je relus le contrat, consciente de l'énormité de mon enga-gement, puis, les doigts tremblants, je signai en bas et rendis la tablette à Jeremiah. Ce dernier appuya sur un bouton. Aussitôt, les moteurs grondèrent et je vérifiai que j'avais bien attaché ma ceinture de sécurité. J'agrippai les bras de mon siège, essayant d'oublier les craintes que déclenchaient le vol et l'homme en face de moi.

– Vous avez peur de l'avion? me demanda-t-il.

Les yeux fermés, je fis semblant de dormir, pendant que les moteurs s'emballaient et nous propulsaient sur la piste d'envol. Le décollage se déroula sans encombres, avec moins de bruit que j'en avais attendu de la part d'un appareil aussi petit. Une fois en l'air seulement, je me remis à respirer normalement.

Jeremiah détacha sa ceinture, se leva et se dirigea vers un salon, derrière moi. Je ne bronchai pas, bien décidée à ignorer sa présence, jusqu'à ce qu'un verre rempli d'un liquide transpa-rent soit glissé sous mon nez.

– Je ne bois pas, déclinai-je.

– Même pas de l'eau?

Si je ne trouvai pas ça drôle, contrairement à lui, j'acceptai le verre et marmonnai un merci.

– Il y a de quoi manger au bar, si vous avez envie de quelque chose d'un peu plus substantiel, précisa-t-il.

– Je n'ai pas faim, merci.

Ce fut bien sûr le moment que choisit mon estomac pour gargouiller sans retenue, révélant mon mensonge.

– D'accord, à votre guise. Plus tard, peut-être.

Les lèvres de Jeremiah se pincèrent et j'eus le désagréable sentiment qu'il s'efforçait de retenir un sourire.

– Vous n'aviez vraiment pas du tout idée de qui j'étais? poursuivit-il.

N'étant pas d'humeur à converser, je soupirai et haussai les épaules d'un air revêche.

– Vous n'êtes pas aussi populaire que vous semblez le croire.

Il prit ma repartie moqueuse avec humour et bonne humeur.

– À quel point le suis-je, d'après vous?

Me tortillant sur mon fauteuil, je le regardai et constatai que des petites rides amusées étiraient le coin de ses yeux. J'en conclus que c'était là la seule partie de son visage qu'il ne parvenait pas à contrôler entièrement. Ses prunelles étaient du plus beau vert que j'aie jamais vu chez un homme ; elles illuminaient sa peau mate et ses cheveux bruns. Soudain, prenant conscience que je le fixais, je m'éclaircis la gorge tout en cherchant une réponse à la question qu'il m'avait posée. Malheureusement, rien d'astucieux ni de percutant ne me vint à l'esprit, et je m'en sortis avec un nouveau haussement d'épaules et une gorgée d'eau. Il eut un petit rire que je fis mine de ne pas entendre.

– Reposez-vous, conclut-il. Le vol va être long.

Il regagna l'arrière de l'appareil ; j'inclinais le dossier de mon siège et me pelotonnais dedans. Hélas, mon estomac averti de la proximité de la nourriture refusa de me laisser tranquille… Je réussis à tenir pendant une heure environ en m'amusant avec les gadgets, avant, au bout du compte, de me lever et de me rendre au bar.

Quand je passai devant mon patron, il était assis, un verre plein d'un liquide ambré à la main. Je sentis son regard me suivre pendant que je me servais un jus d'orange et jetais un coup d'œil sur ce qui s'offrait à moi. Je pris un sandwich au poulet dont la composition était digne d'un dîner fin et le mangeai sur place.

Jeremiah me rendait nerveuse. En sa présence, je perdais confiance en moi. Dès qu'il était là, je me mettais à imaginer des scènes érotiques que je n'avais lues que dans des romans ou envisagées dans mes fantasmes. Rien d'embarrassant tant qu'il restait un inconnu croisé une fois par jour dans l'ascenseur. À présent, il fallait que je me le sorte de la tête, ce qui était plus facile à dire qu'à faire. Il était devenu un pivot essentiel de ma libido, et mon corps refusait de l'oublier. Même le désarroi où me plongeait la situation ne m'empêchait pas de réagir à la proximité de cet homme – des réactions physiques qui étaient d'ailleurs la cause du pétrin dans lequel je m'étais fourrée.

Attrapant une bouteille d'eau, je tournai les talons pour quitter la cuisine et m'arrêtai net en le découvrant, debout, dans l'embrasure de la porte. Il avança d'un pas, je reculai d'autant, vite coincée par le plan de travail dans mon dos.

– Je... euh... il vaudrait mieux que je retourne à ma place, balbutiai-je.

Ses doigts jouaient avec l'un des boutons de sa chemise. Il ne tint aucun compte de ce que je venais de dire.

– Pourriez-vous m'aider? me demanda-t-il. Il semble s'être coincé.

Je poussai un soupir incrédule. Non, mais des fois! Son approche était carrément nulle, absurde même, vu la situation. Mais une phrase qu'il avait prononcée dans l'après-midi me revint en mémoire : «Tout ce que je voudrai.»

J'étais donc aussi censée être son habilleuse? pensai-je avec mauvaise humeur. Cela ne correspondait pas du tout à ce pour quoi j'avais cru signer un peu plus tôt. Plutôt agacée, je tendis le bras et saisis le bouton. Les doigts de Jeremiah effleurèrent les miens, une caresse que j'essayai de ne pas remarquer, tout comme le nœud qui se formait au creux de mon ventre.

Bizarrement, il s'avéra que le bouton était vraiment coincé, même si je n'eus besoin que de quelques secondes pour le libérer. Sitôt fait, j'éloignai mes mains de la chemise entrouverte, mais il les emprisonna dans les siennes avant que j'aie pu m'écarter.

– Et si vous vérifiez les autres? suggéra-t-il.

Je croisai un instant son regard avant de baisser tout de suite les yeux. Je tâchai de réveiller ma colère. C'était ridicule. J'étais allée en fac de droit, j'avais suivi une formation d'avocate supposée défendre les faibles! Je ne m'étais pas ruinée en emprunts pour devenir habilleuse de luxe au service d'un milliardaire…

Je luttai pour ne pas prêter attention aux prunelles de Jeremiah vrillées sur moi – là encore, cela ne fut pas facile. Ne pas rougir sous les feux de ce laser vert fut presque au-dessus de mes forces. Je commençai à déboutonner sa chemise. Son tissu était fin et solide, pas de la soie mais quelque chose d'aussi luxueux. Je n'étais pas parvenue au troisième bouton que mes doigts se mirent à frémir. Non de peur, mais de la proximité de cet homme séduisant. Il ne me fallut pas longtemps pour réaliser qu'il portait sa chemise à même la peau. Plus j'avançais dans ma tâche, plus je dévoilais son torse, sa peau mate tranchant sur la chemise blanche qui s'ouvrait d'elle-même. Jeremiah avança d'un pas, me dominant de toute sa taille, et mon corps fut saisi de tremblements. Jusqu'alors, la vie ne m'avait pas permis de connaître beaucoup d'hommes, exceptés ceux de ma famille et quelques camarades de fac. Au lycée comme à l'université, je m'étais surtout consacrée à mes études. Les livres et les manuels m'avaient toujours plus passionnée que les relations avec les représentants du sexe opposé, y compris quand ces derniers m'avaient manifesté de l'intérêt. Par la suite, après la mort de mes parents, mon existence s'était déroulée dans un tourbillon un peu flou. Je n'avais du temps pour rien, sinon pour des petits boulots à droite et à gauche et pour les inquiétudes que mon avenir m'inspirait. Si, à cette époque, un homme avait été attiré par moi, ça m'était passé au-dessus de la tête. Mais celui qui se tenait devant moi, à ce moment, il m'était impossible de ne pas le remarquer.

J'essayai de me retenir de toucher la peau lisse que mes doigts dévoilaient... et je perdis la bataille. Quand il fit un petit pas de côté, je suivis inconsciemment le mouvement, valsant avec lui quand il retira sa chemise et la jeta sur un fauteuil voisin. Le souffle court, j'examinai ce corps soudain révélé, et les légers soubresauts dans mon ventre se transformèrent en un feu d'artifices quand ses doigts glissèrent sur mes bras. Je ne me rendis même pas compte que nous bougions tant j'étais captivée par sa proximité et son contact... jusqu'à ce que mon dos heurte quelque chose de dur. Un mur. Mes mains se serrèrent sur ses muscles fermes et je levai les yeux pour découvrir qu'il me fixait avec une intensité qui me coupa les jambes. Quand il appuya son corps contre le mien et baissa la tête en quête de mes lèvres, il ne me vint même pas à l'esprit de résister.

Ce qui commença par un effleurement doux et léger se transforma vite en un baiser plus profond. Incapable de freiner son assaut, je ne pus retenir un gémissement qui se perdit dans sa bouche, tandis que mes ongles griffaient son corps tendu. Je lui rendis son baiser avec une passion dont j'ignorais être capable. Mes caresses décuplèrent son désir et il se colla encore plus fort à moi. Sa langue titilla mes lèvres, joua avec ma bouche ouverte. Ses grandes mains exploraient ma taille, mes hanches et mes fesses, ses doigts s'enfonçaient dans ma chair, m'attirant plus contre lui. J'agrippai sa nuque, ébouriffai ses épais cheveux bruns, aussi avide de ses caresses qu'il paraissait l'être des miennes. Il inséra une cuisse ferme entre mes jambes, j'étouffai un soupir en la sentant presser des parties de moi gonflées de désir. Soudain, ses mains saisirent mes hanches et me hissèrent brusquement le long de la paroi. Seuls son corps et son emprise me maintenaient. Je plaquai mon bassin contre son bas-ventre, ses lèvres abandonnaient ma bouche et ses dents mordillaient la peau douce de ma gorge. Il pressa son bassin contre le mien et un petit cri m'échappa. Ses dents poursuivirent leur chemin, agaçant mon épaule à travers le tissu de mon haut et, de nouveau, il roula des hanches.

Mes mains tâtonnèrent, cherchant son visage, et je l'obligeai à relever la tête pour l'embrasser à mon tour. Mes gémissements de plaisir se perdirent dans sa bouche tandis qu'il continuait de se frotter à moi. Ma jupe était remontée sur ma taille, ses doigts se faufilèrent au sommet de mon entrejambe pour presser, à travers la fine barrière de ma culotte, mon sexe que l'excitation rendait douloureux. Je gémis de nouveau, mordis ses lèvres et cambrai les reins, avide d'encore plus de plaisir.

– Et si vous déboutonniez aussi mon pantalon? souffla-t-il.

Étourdie de désir, je mis une seconde à saisir le sens de ce qu'il me disait. J'arrêtai mes baisers, prenant conscience de ce que j'avais failli laisser arriver – une fois encore! – et plongeai mes yeux dans les siens. Le désir brûlant qui les éclairait me fit fondre de l'intérieur, mais quand je le repoussai sans beaucoup de conviction, il recula d'un pas et me reposa avec douceur sur le sol. Ma jupe était toute froissée, je m'empressai de me réajuster et de m'écarter.

– Allez vous reposer, Paris est encore loin.

Je le regardai. Il était planté là, devant moi, séduisant à en hurler, aussi à l'aise torse nu qu'il l'était dans ses costumes hors de prix. Qu'est-ce qui me prenait d'interrompre ainsi les choses?

Les principes. La morale. C'est ça!

Lui adressant un hochement de tête, je me forçai à regagner mon siège. Je pris un oreiller dans un casier voisin, m'assis et inclinai le dossier de mon fauteuil. Je pensais que j'aurais du mal à m'endormir, mais je finis par sombrer dans un sommeil agité. Dehors, le soleil disparut derrière l'horizon, sa lueur orange avalée par la Terre, des kilomètres plus bas.

Quelque part au milieu de la nuit, je m'éveillai; il faisait noir derrière les hublots et quelqu'un avait placé une couverture sur moi et m'avait bordée avec soin. Je fronçai les sourcils avant de me retourner. Jeremiah dormait profondément, à sa place. Il avait reboutonné sa chemise, sa veste était soigneusement pliée sur le siège, à côté du sien. Son corps emplissait presque le fauteuil, si bien qu'il n'était pas bordé comme moi, mais cela ne semblait pas le gêner. Le sommeil avait adouci ses traits. Il avait l'air différent, plus jeune, plus détendu.

J'aimerais pouvoir le détester, me dis-je. Une pensée dénuée de colère, cependant. Cet homme m'avait fait chanter, m'amenant à signer un contrat qui lui autorisait toutes les libertés sur ma personne; pourtant, il avait parfois laissé transparaître une forme de tendresse. Il ne m'avait rien infligé de force. Tout en triturant ma couverture, je me demandai lequel des aspects de sa personnalité était authentique: le PDG intraitable, qui m'avait fait passer mon entretien d'embauche couchée sur son bureau? ou l'homme qui avait pensé à me couvrir pendant que je dormais?

Je décidai de remettre la réponse à un autre jour, car mes yeux se fermaient de fatigue. Bâillant sans bruit, je remontai la couverture sous mon menton, me blottis confortablement sur mon siège et me laissai glisser dans le sommeil.

6

– Rien à déclarer?

Dans la mesure où je n'avais eu le droit de rien emporter...

– Non.

Le douanier vérifia mon passeport, me le rendit et fit signe au suivant d'approcher tandis que je passais. D'énormes lettres affichées partout annonçaient dans plusieurs langues où j'étais. Je m'arrêtai net, stupéfaite : je me trouvais réellement en France !

Je parvins à la hauteur de Jeremiah qui, une main sur mes reins, me dirigea à travers la petite foule assemblée dans le terminal principal. J'aperçus une file de gens guettant les passagers fraîchement débarqués. Jeremiah m'entraîna sur le côté, vers un homme grand, chauve et à la barbichette blonde, qui patientait près du mur du fond. Quand il nous vit, il vint à notre rencontre.

– Lucy, je vous présente Ethan, mon responsable sécurité. C'est lui qui va vous conduire à l'hôtel.

Si Ethan et moi échangeâmes une poignée de mains, je devinai sans peine que j'étais le cadet de ses soucis. Ses yeux restaient braqués sur Jeremiah.

– Celeste est encore à Paris, annonça-t-il avec un très léger accent traînant du Sud. Elle ne part que dans trois heures.

– Très bien, répondit Jeremiah. Veillez à l'installation de Mlle Delacourt.

– Et vous? lançai-je à mon patron qui s'éloignait déjà.

– Je dois gérer les vautours, lâcha-t-il, avant d'ajouter à l'intention d'Ethan: Essayez de rester discrets.

Il partit vers les portes coulissantes en verre et je le suivis des yeux. C'était donc tout? pensai-je un peu ahurie. Il me remettait au chauffeur, lequel était chargé de m'extraire en douce de l'aéroport? J'aurais sans doute dû me réjouir qu'il débarrasse le plancher; mais, seule avec un inconnu dans un pays étranger, je me rendis compte que le stoïque Jeremiah allait me manquer.

– Bien, allons-y.

Sans un mot, j'emboîtai le pas – d'ailleurs irrégulier à cause d'un boitillement – à Ethan tout en jetant des coups d'œil par-dessus mon épaule. Au moment où Jeremiah sortait par les portes vitrées, plusieurs personnes se précipitèrent sur lui dans un drôle de chahut. Je distinguai des flashs d'appareils photo et entendis une clameur. Mon nouveau mentor et moi nous éclipsâmes sans que personne ne nous remarque.

– Qu'est-ce que c'est que ce vacarme? demandai-je tout en pressant le pas pour ne pas être semée par les grandes enjambées d'Ethan.

– Des paparazzi, m'expliqua-t-il.

Il me tint une porte à distance de l'agitation.

– La présence de Jeremiah au gala, ce week-end, est assez prestigieuse pour faire la une des journaux.

Un gala? Je montai à l'arrière d'un SUV garé le long du trottoir. Un autre type, qui avait attendu au volant, descendit pour laisser sa place au chef de la sécurité, et nous démarrâmes. Je me retournai pour regarder la meute de photographes.

– Il va s'en sortir? demandai-je.

– Ce n'est rien, grommela Ethan. Et puis, il l'a surtout fait pour les divertir afin que vous et moi puissions partir sans ennuis. Il ne tardera pas à nous rejoindre.

En effet, je vis Jeremiah se frayer un chemin à travers la foule et monter dans une limousine qui partit aussitôt. Je poussai un petit soupir de soulagement. Je me dis que, à sa place, je ne serais pas capable d'affronter ces choses. Avec le recul, je le remerciai de m'avoir épargné ça. Rien que l'idée de tous ces appareils brandis sous mon nez et me traquant partout provoqua des frissons d'horreur.

Malgré les milliers de questions qui se bousculaient dans ma tête, je ne pipai mot, car mon chauffeur n'avait pas l'air du genre bavard. À la place, j'en profitai pour découvrir Paris. La ville était depuis longtemps un endroit que j'aurai adoré visiter. Mes parents, férus d'histoire, m'avaient transmis leur passion. Paris m'avait toujours paru lointaine et exotique, je l'imaginais comme un monde entièrement différent du mien dans lequel je pourrais m'immerger. Alors que j'étais lycéenne, j'avais arraché à mes parents la promesse de me payer un voyage dans la capitale française, une fois mon master en poche. Ce souhait ne s'était jamais réalisé. Leur décès pendant ma licence avait fait dérailler ma vie, m'obligeant à emprunter une voie totalement différente de celle que je m'étais tracée. Mais cela n'avait pas diminué mon amour pour cette ville. Quelques apparitions de la tour Eiffel entre les immeubles me firent sourire, atténuant un peu la tension épuisante de ces derniers jours.

J'étais si jeune à l'époque! Je n'avais pas la moindre idée de la situation financière délicate de mes parents. Je m'étais bien gardée de leur demander où ils avaient trouvé l'argent pour me payer mes études dans une prestigieuse université. Ce n'était qu'à leur mort que je m'étais rendu compte de l'ampleur des dégâts. Leur assurance-vie avait à peine couvert les frais d'obsèques et de notaire. Par la suite, j'avais mis tous mes salaires dans le remboursement de la maison. Ce qui n'avait pas empêché qu'on me la saisisse. Ces souvenirs étaient douloureux, mais découvrir Paris s'avéra être un baume apaisant sur mes vieilles blessures. Mon seul regret était que mes parents ne soient pas là pour partager ça avec moi.

Je n'avais pas la moindre idée de notre destination, mais quand nous finîmes par nous arrêter et qu'un voiturier m'ouvrit la portière, c'est avec stupeur que je découvris l'hôtel.

— Vous êtes sûr de ne pas vous être trompé d'adresse ?

Je ne reçus aucune réponse. Très franchement, ma question était de pure forme. Incrédule, j'étais en train de contempler la façade du Ritz. C'est là que j'allais loger ! Encore une de ces étapes parisiennes que j'avais vue seulement sur le Net ou dans les magazines. Les photos publiées ne lui avaient pas rendu justice : même s'il était plus petit que ce j'avais imaginé, il était aussi luxueux et imposant que dans mes rêves. J'avais hâte d'entrer ! Une rousse en tailleur clair impeccable vint à nous dans un bruit de talons. Si elle parut ravie de voir Ethan, elle marqua une pause devant moi. Le chauffeur costaud la gratifia d'un baise-main, un geste galant qui me sembla déplacé face au comportement bourru du bonhomme.

— Celeste, voici Lucy Delacourt, la nouvelle assistante personnelle de M. Hamilton.

L'expression interloquée de la femme s'évapora aussitôt, même si elle continua à avoir l'air un peu dérouté.

– Ravie de vous rencontrer, me dit-elle en me tendant la main avec un sourire chaleureux. Je suis Celeste Taylor, directrice générale de Hamilton Industries.

Sa poignée de mains était ferme, très femme d'affaires, et son sourire contrastait avec la froideur à laquelle j'avais eu droit jusqu'à présent, tant de la part de Jeremiah que de celle d'Ethan.

– Cela faisait un moment que Remi ne nous avait pas amené de nouvelle assistante personnelle.

Remi?

– Euh, oui, je suis nouvelle...

Difficile de savoir ce que je pouvais ou non raconter. Aussi, je décidai de rester professionnelle.

– J'ai été embauchée hier après-midi.

Celeste releva les sourcils si haut qu'ils faillirent rejoindre la ligne de ses cheveux.

– Eh bien, commenta-t-elle, il n'a pas perdu de temps, cette fois. Tout cela doit vous sembler très étrange, ajouta-t-elle avec un regard plein de gentillesse.

Cette première marque de réelle compassion faillit me faire pleurer. J'eus envie de la remercier, mais je réussis à ne pas me jeter à son cou. Je ravalai ma gratitude.

– Hier, expliquai-je, j'étais une intérimaire qui avait du mal à joindre les deux bouts, et voici que maintenant...

Je montrai l'hôtel.

– Tout cela est un peu difficile à digérer, admis-je.

– J'imagine, oui, acquiesça Celeste avant de regarder vers la voiture. Vous n'avez pas de bagages?

– Euh...

Aïe! Je me trouvais à court pour justifier cette absence. Qui donc traverse l'Atlantique sans prendre ni vêtements ni valises? Eh bien moi, apparemment. Sauf que j'ignorais comment le dire sans entrer dans des détails embarrassants. Celeste inclina la tête devant mon silence gêné et plissa les yeux. Ensuite, elle recula d'un pas, m'examina de la tête aux pieds, puis opina.

– Ah, je comprends, murmura-t-elle avec un sourire entendu.

Décontenancée, j'observai ma tenue. Elle n'était pas encore sale, juste un peu froissée par ma nuit passée dans un fauteuil.

– Quelque chose cloche dans mes vêtements? demandai-je.

Ma question fut accueillie par un rire joyeux.

– Oh, ce n'est pas de mon opinion dont vous devriez vous soucier! s'esclaffa-t-elle en secouant la tête. Quand Remi n'aime pas un truc, il met tout en œuvre pour le modifier. Un véritable rouleau compresseur, habitué à obtenir satisfaction dans tous les domaines. Inutile de protester, je devine que vous en avez déjà fait l'expérience. Allez, entrons, l'air est frisquet dehors.

Je la suivis vers le hall, tandis qu'Ethan restait près du trottoir pour répondre à un appel sur son portable.

– Depuis quand connaissez-vous M. Hamilton? demandai-je.

Mon emploi formel du nom provoqua un regard amusé chez Celeste.

– Nous étions dans le même lycée, il y a vingt ans. J'ai déménagé sur la côte Ouest juste après mon bac. Je me suis mariée, j'ai divorcé, je suis revenue à New York pour repartir à zéro. Malheureusement, je ne trouvais aucun poste. J'étais sur le point de renoncer quand Remi m'est tombé dessus. (Elle haussa les épaules.) J'ai commencé comme manager. Ensuite, à l'époque où il a entièrement restructuré la société, après la mort de son père, il m'a fait une proposition: devenir DG du groupe ou être virée. Comme je vous l'ai dit, un vrai rouleau compresseur!

Elle avait fait cette dernière remarque en levant les yeux au ciel.

– Je sais, acquiesçai-je.

Un portier nous ouvrit et je fus émerveillée par le hall de l'hôtel.

– Cet endroit est encore plus beau que ce que je croyais.

– Attendez de voir les suites! rit Celeste en consultant sa montre. Mon avion ne décolle que dans un peu moins de trois heures, vous voulez que je vous fasse faire le tour du propriétaire?

Je lui souris et elle s'empara de mon bras.

– Commençons par la piscine. J'en reste bouche bée à chaque fois.

– Ainsi, Ethan et vous…

Je m'interrompis, la laissant libre d'enchaîner sur le sujet ou d'en changer. Elle acquiesça.

– J'étais déjà DG de la boîte quand Jeremiah s'est associé avec Ethan qui lançait sa société de sécurité. Habituée à ma liberté, j'ai eu du mal à accepter les nouvelles mesures, notamment celles défendant l'accès au bâtiment. Ça m'a mise en rogne, j'avais le sentiment qu'on en faisait des tonnes. Et comme je ne me suis pas gênée pour le dire…

Elle sourit avant de reprendre.

– Et puis, Ethan était constamment dans mes pattes à me proposer son aide ou une escorte. Quand il a insisté pour m'accompagner jusqu'à ma voiture, y compris lorsque j'y avais juste oublié mon sac à main, j'ai essayé de calmer le jeu. Sans résultat notoire.

— On dirait presque du harcèlement.

— Non, non! Ethan n'était pas comme ça. Il restait toujours très professionnel, et j'avoue que je n'ai rien vu venir. Mon boulot m'occupant vingt-quatre heures sur vingt-quatre, sept jours sur sept, je me disais que je n'avais pas le temps d'entretenir une liaison… Bref, je n'aurais jamais cru que…

Celeste leva les yeux au ciel.

— Franchement, reprit-elle, je ne l'aurais pas considéré autrement que comme un simple type de la sécurité très agaçant s'il ne m'avait pas sauvé la vie.

— Ah bon? m'exclamai-je.

— Oui. J'ai enfreint la tradition en annonçant que je préférais conduire ma voiture plutôt qu'avoir un chauffeur. Un soir, alors que je quittais le bureau, un groupe m'a assaillie et a tenté de me fourrer de force dans une camionnette. Il était tard, j'étais persuadée qu'il n'y avait personne pour me venir en aide quand, tout à coup, ce grand costaud chauve déboule et flanque une correction à mes agresseurs… C'est la première fois que je lui ai véritablement prêté attention.

Celeste haussa les épaules et eut un sourire nostalgique.

— Dès lors, il s'est attribué le poste de chauffeur de madame et, avec le temps, ce qui devait arriver est arrivé.

— Waouh! murmurai-je. Comme c'est romantique!

— Je ne sais pas, peut-être, répondit-elle avec modestie avant de me couler un regard en biais. Et vous? Comment avez-vous décroché le boulot le plus convoité de la terre? Chaque fois que Hamilton publie une annonce en vue de recruter une stagiaire, nous croulons littéralement sous les CV.

Nous venions d'arriver à la piscine, une extravagance entourée de colonnes qui s'encastraient dans le plafond.

– C'est magnifique! m'exclamai-je, oubliant aussitôt la question de mon interlocutrice à laquelle j'adressai un sourire ravi. Le reste de l'hôtel est-il aussi beau?

– Oui! Les chambres sont encore mieux. Pas une qui ressemble à l'autre. Et attendez d'avoir goûté la cuisine! Elle est géniale.

Qu'avais-je fait pour mériter cette opulence presque indécente?

Cet environnement luxueux ne faisait que renforcer mon impression de ne pas être à ma place. J'étais ahurie devant ma chance, j'avais même du mal à croire que j'étais ici et, pourtant, découvrir un décor aussi merveilleux et soigné ramenait à la surface mes anxiétés personnelles. Quelques années auparavant, mon univers avait été bien différent; puis, brusquement, il m'avait été enlevé, et tout ce que j'avais pris pour acquis s'était évaporé. La beauté qui m'entourait déclenchait en moi la peur qu'un scénario identique se répète. Ma bonne fortune me serait-elle retirée aussi soudainement?

J'avais beau à peine connaître Celeste, son départ m'attrista. Ces deux derniers jours avaient été mouvementés et stressants; la présence de Celeste, aussi courte soit-elle, avait été apaisante, comme un baume. Je lui tendis la main.

– Il faut que je me sauve, m'annonça ma compagne avec une note de regret dans la voix. Même les jets privés doivent respecter certains horaires.

– Bon voyage.

Prenant ma main, elle se pencha vers moi.

– Écoutez, soyez gentille avec Jeremiah, d'accord? Il lui arrive de se comporter comme un con, mais il a un cœur immense pour ceux auxquels il tient ou qu'il a décidé de protéger.

Ces paroles m'ébranlèrent. Être gentille avec lui?

– Il est mon patron, rétorquai-je avec raideur, mais en essayant de maîtriser mon irritation. Je lui dois le respect.

Elle commença à secouer la tête, s'interrompit pour réfléchir un instant, puis opina d'un air contraint.

– Ma foi, ce n'est pas si éloigné, marmonna-t-elle avant de s'incliner encore plus et d'ajouter dans un murmure : Cela fait presque deux ans qu'il n'a pas eu d'assistante personnelle. La dernière a… euh… est partie en mauvais termes. Votre rôle exige que vous l'aidiez dans ses fonctions et lui serviez d'escorte. Dans l'ensemble, les journalistes sont habitués à ce type d'arrangement et devraient vous laisser tranquille. Mais n'oubliez pas que vous risquez parfois d'attirer l'attention. C'est inévitable.

Les avait-il toutes traitées comme moi? La mention de filles m'ayant précédée m'avait agacée – ce qui m'étonna. Je me souvins tout à coup de la meute de paparazzi devant l'aéroport et me figeai. Soudain, avoir signé mon contrat m'apparut comme une très mauvaise idée. En même temps, ne serait-ce qu'une fois, avais-je envisagé la situation autrement que comme un tour étrange que me jouait le destin?

– Tiens, quand on parle du loup!

Je me retournai et vis la haute silhouette de Jeremiah qui pénétrait dans l'hôtel. Une boîte enrubannée coincée sous son bras, il discutait à voix basse avec Ethan. Je décelai chez les deux hommes une espèce de vibration identique assez intéressante, ce que je confiai à Celeste.

– Ils ont fait l'armée ensemble, me révéla-t-elle. Ceci explique peut-être cela.

– L'armée?

Il ne me serait pas venu à l'esprit que Jeremiah ait pu être un jour être militaire. Décidément, j'ignorais beaucoup de choses au sujet de celui pour lequel je travaillais désormais.

– Oui, poursuivit la DG. Tous les deux appartenaient à l'unité d'élite des rangers, dans l'infanterie, jusqu'à ce que le père de Remi meure et lui lègue la gestion de l'entreprise familiale. Une sale affaire, d'ailleurs. C'est là que je suis entrée en scène et que je l'ai aidé à limiter la casse.

J'en aurais bien appris plus, mais les deux hommes approchèrent, m'empêchant d'interroger plus avant Celeste. Cette dernière sourit, avança à leur rencontre et pris la main tendue de Jeremiah.

– J'ai cru comprendre que ma présence lors de la petite soirée de tout à l'heure n'était plus nécessaire.

Jeremiah porta la main de Celeste à ses lèvres et y déposa un rapide baiser. Il ne m'échappa pas que, près de lui, Ethan se raidissait. La rousse recula et se tourna vers lui.

– Prêt, chéri?

Je sursautais sous l'effet de la surprise. Il y avait eu d'abord ces mots, puis le visage sévère d'Ethan, qui s'adoucissait tandis qu'un grand sourire radieux apparaissait. Celeste m'adressa un signe d'adieu; ils s'éloignèrent, Ethan plaquant sa main dans le dos de la DG. Ce n'est qu'à cet instant que je vis l'alliance en or au doigt du chauffeur.

– Ils sont mariés depuis bientôt un an, lâcha une voix grave et trop familière.

Je me tournai vers Jeremiah.

– Tous vos traits trahissaient vos interrogations, se justifia-t-il, un sourcil levé.

Je baissai la tête, accablée par son ton moqueur, et me grattai la gorge.

– Et maintenant? soufflai-je.

Je jetai un dernier coup d'œil au couple qui partait. Soudain, la tension était revenue, et je ne savais pas ce que cet homme exigeait de moi.

– Celeste vous a montré l'hôtel?

– Oui, en vitesse, admis-je sans pouvoir retenir un sourire. Il est splendide. Encore mieux que sur les photos.

Il gloussa, amusé par ma naïveté.

– Attendez de découvrir les chambres.

7

Je glissai doucement dans l'eau chaude, me retenant aux rebords de l'immense baignoire en porcelaine pour ne pas tomber. Des collines de mousse flottant à la surface me chatouillèrent le nez quand je m'enfonçai et m'installai au mieux. En souriant, je soufflai dessus; elles dansèrent en s'effilochant dans l'air. La baignoire, profonde, était d'un confort étonnant; je poussai un soupir de soulagement tout en jouant avec mes orteils sur les robinets.

Jeremiah m'avait envoyée dans la chambre, à l'étage, car avant de pouvoir me rejoindre il avait des affaires à régler. J'avais suivi l'employé de l'hôtel. Lorsqu'il avait ouvert la porte, j'étais restée sans voix. La décoration était un chef-d'œuvre de surcharge: des miroirs et des tableaux aux cadres dorés, des parois blanches rechampies d'or, des lustres et des lampes en cristal, des moulures rococo et des filigranes dans tous les coins et sur tous les panneaux. Des tapisseries étaient tendues aux murs, le moindre centimètre carré respirait l'opulence et provoquait l'admiration, submergeant le visiteur par son élégance exagérée, qui confinait à l'extravagance, et son design ostentatoire.

J'en tombai aussitôt amoureuse.

J'avais à peine écouté l'employé qui m'avait montré les lieux, trop occupée à les découvrir par moi-même. La suite comprenait une enfilade de petits salons, en plus de la chambre proprement dite, équipés de meubles sans doute très onéreux mais inconfortables. De multiples aménagements – certains dont j'ignorais jusqu'à l'existence... – étaient mis gracieusement à ma disposition. Quand j'entrais dans la salle de bains, je crus que j'étais montée au paradis – des plafonds hauts, de gigantesques miroirs, des tablettes et un sol de marbre, au centre une baignoire presque aussi grande qu'un jacuzzi. Mon guide avait juste eu le temps de m'indiquer où se trouvaient les serviettes et les peignoirs avant que je coupe court poliment pour me plonger dans un bain moussant. Ma mère collectionnait d'anciens flacons de parfums, et j'avais été ravie d'avoir les mêmes à l'hôtel. J'avais choisi un flacon de sels à la lavande, je m'étais dévêtue, avais enfilé un peignoir et fermé la porte à clé.

Je m'autorisai à me délasser dans cette merveille émolliente et parfumée. Ajoutant de l'eau chaude à intervalles réguliers, je me lavai avec soin. Après un long moment, la peau fripée de mes doigts me signala qu'il était temps de sortir. D'ailleurs, la mousse légère s'était transformée en un film blanc à la surface de l'eau. J'enfilai mon peignoir, enroulai une serviette autour de mes cheveux et commençai à fouiller les tablettes et les tiroirs pour découvrir les autres trésors cachés dans cette salle de bains de rêve.

Trois coups secs à la porte me firent sursauter.

– J'aimerais que vous me rejoigniez.

La voix grave de Jeremiah laissait entendre que sa demande était un ordre et qu'il s'attendait à ce que je lui obéisse sans tarder.

Je me pétrifiai. La tension que j'avais réussi à éliminer revint avec une telle force que je la soupçonnai de nourrir des intentions vengeresses. Une inspection rapide de la pièce m'apprit que j'avais laissé mes vêtements à côté, là où était mon patron. Un sentiment d'horreur s'empara de moi.

Avalant ma salive, je jetai un dernier coup d'œil à mon reflet dans la glace. Mon visage, pas maquillé, était propre et luisant, mais sans mon masque quotidien j'avais l'impression d'être toute nue. Sous le drap de bain enroulé à la va-vite, mes cheveux étaient encore trop humides pour que je les coiffe et devaient ressembler à un nid de corbeau.

Il était hors de question que je me montre ainsi à Jeremiah! Il allait me flanquer hors de cet hôtel à coups de pied dans les fesses!

– Un instant! criai-je pour qu'il ne croie pas que je traitais ses demandes à la légère.

La partie rationnelle de mon cerveau m'intimait de ne prêter aucune attention à ce que Jeremiah pouvait ou non penser. Après tout, ne désirais-je pas par-dessus tout, dans la mesure du possible, éviter de le côtoyer? Pour autant, songeai-je, je tenais à être présentable. Aussi, je me dépêchai de retirer la serviette afin de mettre un peu d'ordre dans mes mèches mouillées et de lisser mes sourcils qui auraient vraiment eu besoin d'un coup de crayon.

Je rajustai le peignoir, veillai à ce que sa ceinture soit solidement nouée et m'approchai du seuil de la salle de bains. Je ne pus m'empêcher de me contempler une dernière fois dans le miroir – franchement, jamais je n'avais été aussi vaniteuse! – avant de déverrouiller la porte et de sortir d'un pas décidé.

Jeremiah se tenait à l'autre bout de la chambre à coucher, près d'un chariot en métal luisant et chargé de plats que recouvraient des cloches en argent. Des arômes légers arrivèrent jusqu'à mes narines, me donnant l'eau à la bouche. Quand je m'approchai, il releva la tête et considéra ma tenue.

– Bain agréable? demanda-t-il.

Je résistai à l'envie d'exprimer mon ravissement et me bornai à hausser une épaule.

– Je suis habituée à mieux.

Sous le regard ferme qui accueillit cette fanfaronnade, je faillis me tortiller d'embarras, comme une gamine prise en flagrant délit de mensonge. Je dus faire appel à toute ma volonté pour rester immobile. Heureusement, Jeremiah se détourna de moi afin de pousser le chariot vers la table et je pus recommencer à respirer. Bon sang! Il fallait que j'arrête de me laisser impressionner comme ça par lui! Mes réactions face à son attitude relevaient de la sottise pure; pourtant, je n'arrivais pas à me débarrasser d'un vague sentiment de menace, comme si cet homme était un chasseur et moi sa proie.

– Je vous ai apporté quelque chose, dit-il.

Je revins aussitôt à la réalité.

– Un bon petit déjeuner? demandai-je.

Mes yeux s'attardèrent sur les plats et mon estomac gargouilla à la perspective d'un repas.

– Dans une minute peut-être, répliqua Jeremiah en me fixant de ses prunelles implacables. Ôtez votre peignoir et approchez.

Mon sang se glaça. Je serrai le vêtement autour de mon corps comme pour retarder au maximum l'inévitable.

– Pourquoi? ne pus-je m'empêcher de protester.

Je n'obtins aucune réponse, juste un examen sans pitié de ses yeux qui n'exprimaient rien. Il était clair que je devais me dénuder et avancer vers lui, simplement parce qu'il en avait formulé la demande. Parce que j'avais signé un contrat stipulant que j'obéirais à ses injonctions, une décision à laquelle je m'étais résolue parce qu'il ne m'avait guère laissé le choix. Autour de moi, ce n'étaient que des pièges dorés qui ne parvenaient pas à cacher leur vraie nature : une cage destinée à me déstabiliser pour me fragiliser et me soumettre à cet homme.

Finalement – enfin, dirais-je ! –, la colère l'emporta soudain.

– Pourquoi moi ? criai-je. Pourquoi tout ça ?

– Et pourquoi pas vous ? riposta-t-il en inclinant la tête.

Sa façon de répondre à ma question par une autre me rendit folle de rage.

– Je n'étais rien, juste une petite main censée entrer des données dans un ordinateur avant d'être jetée à la rue une fois inutile. Alors, qu'est-ce que je fais ici ?

Il serra les lèvres et ne pipa mot. Il s'approcha d'une grande table en marbre, prit une carafe en cristal et se servit un verre du liquide ambré qu'elle contenait.

– Mon rôle est de traquer les talents, finit-il par dire en faisant tourner l'alcool au fond du verre et en me toisant d'un air impassible. Je trouve des affaires à racheter ou dans lesquelles investir afin de les remettre à flot pour les revendre avec profit.

– Cela signifie-t-il que je suis un projet comme un autre ?

Un bref acquiescement de sa part confirma mes soupçons.

– Vous êtes ambitieuse, intelligente comme l'est une étudiante, habituée à un certain train de vie. La vie vous a porté des coups durs et obligée à une déchéance que vous n'envisagiez pas. (Il leva son verre à ma santé, but une gorgée.) Vous n'auriez jamais refusé une occasion de retomber sur vos pieds, quel que soit le prix à payer.

— Donnez-moi un travail, alors! ricanai-je. Inutile de me priver de ma dignité, de me... l'ascenseur, le garage...

Le bruit du verre qu'il reposa sèchement sur la table sans pour autant le lâcher eut le don de tuer ma colère dans l'œuf.

— Vous preniez cet ascenseur tous les matins, gronda-t-il en fixant la carafe, vous ne cessiez de me jeter des petits coups d'œil, de vous approcher de moi sans vraiment le faire.

Il se tourna vers moi, croisa mon regard, et je cessai de respirer devant l'ardeur qui émanait du sien.

— J'ai appris à repérer votre odeur, enchaîna-t-il, j'ai découvert ce dont vous aviez besoin. Tous ces sourires en coin, alors que vous ignoriez vos désirs les plus secrets...

Il s'interrompit, ses doigts serrant son verre avec tant de force que ses jointures avaient blanchi. Le souffle court, je faillis lui lancer que je ne le croyais pas.

— Je ne suis personne, murmurai-je.

Mes propres mots me firent l'effet de coups de poignard dans mon cœur. La main libre de Jeremiah forma un poing le long de sa cuisse musclée, et sa mâchoire se serra. Au bout d'un moment, il réussit toutefois à se détendre. Il revint vers moi à grands pas, et je reculai en essayant en vain de m'accrocher, comme à un bouclier, aux derniers sursauts de ma colère. Sa proximité m'intimidait, mon cœur battait la chamade; je détournai les yeux en m'efforçant de rester forte.

Un doigt glissé sous mon menton me contraignit à relever la tête pour regarder mon patron bien en face. Ses traits conservaient leur dureté habituelle, mais sa voix était plus douce quand il réitéra sa demande. Son exigence.

— Ôtez votre peignoir.

Ces mots provoquèrent des frémissements dans tout mon corps. Sa présence exerçant un pouvoir étrange sur mon esprit, je me surpris à dénouer docilement la ceinture de mon unique vêtement. Il glissa sur le sol, et son tissu moelleux se répandit comme une flaque autour de mes pieds. Entièrement exposée au regard de Jeremiah, pour la première fois depuis notre rencontre, je fermai les yeux, gardant sous mes cils une larme qui avait perlé, tandis qu'il s'adonnait à un examen approfondi et sans vergogne.

Lorsqu'il me prit dans ses bras, je me raidis. Il se contenta de poser ses mains sur mes épaules et de me faire pivoter sur place.

– Regardez, me souffla-t-il.

Comme je n'obéissais pas tout de suite, il répéta son ordre. Devant moi, une grande psyché ovale me renvoya mon reflet. Je tressaillis.

– Que voyez-vous? poursuivit Jeremiah, impitoyable.

Un ventre mou, des hanches larges, des seins qui ont besoin d'un soutien-gorge pour être à leur avantage. J'avais toujours été ma critique la plus sévère : mes cheveux blonds avaient l'air filasse après le long trajet en avion, et mon teint pâle n'était pas flatteur, comparé à la peau mate de Jeremiah. Je ne m'étais jamais sentie à l'aise nue, l'instant présent ne faisait certainement pas exception. Il m'était même difficile de supporter la vision de nos reflets, lui incarnation d'une sombre beauté masculine, et moi d'une banalité à pleurer.

– Moi, chuchotai-je.

Dans le miroir, je vis qu'il plissait le front.

– Savez-vous ce que je vois? dit-il en étudiant mon reflet.

Puis il pencha la tête pour mieux étudier mon image.

– Moi, murmura-t-il en faisant courir un doigt sur ma joue puis le long de ma gorge, je vois un beau visage, une peau douce, les bonnes courbes là où il faut. (Il se pencha sur ma tempe et inspira profondément.) Votre parfum est si délicieux qu'on a envie de vous manger, ajouta-t-il dans une sorte de feulement.

Ces paroles me coupèrent le souffle et me nouèrent l'estomac. Il plaqua l'une de ses mains sur mon sein et ses doigts en tordirent doucement le mamelon. Cette fois, un halètement m'échappa. La main sur mon épaule se referma sur ma chair, tandis que l'autre descendait sur mon ventre, laissant un sillage de feu derrière elle.

– Si belle, murmura-t-il.

Ma tête tomba contre son torse pendant que ses doigts déployés sur ma hanche pétrissaient ma peau. Je l'observai dans la psyché, les tympans bouchés par les battements de mon sang, et sa main glissa sur mon pubis qu'elle prit en coupe.

Soudain, il s'écarta, m'abandonnant à la déroute et au vertige.

– Ne bougez pas, m'ordonna-t-il d'un ton pareil à un coup de fouet.

Je me figeai sur place. Ma tendance à obéir sans discuter avait beau me perturber, je restai debout sans broncher. Jeremiah alla chercher la boîte que j'avais vue dans le hall un peu plus tôt. Il me la tendit.

– J'avais l'intention de garder ceci pour plus tard mais, à la réflexion, maintenant est un meilleur moment.

J'acceptai le paquet avec suspicion, l'ouvris et écartai les volutes de papier de soie. Les yeux écarquillés, je caressai de l'index une paire de bas en nylon et, dessous, les jarretelles en satin d'un bustier blanc immaculé. Comme je restai hébétée sans réagir, Jeremiah me reprit la boîte.

– Tournez-vous.

J'obtempérai et, à ma grande surprise, il prit les articles de lingerie et commença à m'en vêtir. D'abord vint la guêpière, qu'il laça dans mon dos. Elle recouvrait mes seins et mon ventre ; les rubans de satin tombaient sur mes cuisses. J'enfilai le slip symbolique, puis les bas qui montaient haut. Il fixa les jarretelles. Il émana de toute l'opération une sensualité incroyable, même si Jeremiah resta d'un professionnalisme étonnant. Je n'avais jamais porté pareil attirail, et certainement pas pour le plaisir d'un homme, et je trouvais l'expérience intéressante. Le côté cynique de mon cerveau me souffla que j'avais une peau trop pâle pour arborer un blanc aussi pur, mais je préférai garder cette réflexion pour moi.

Quand je fus prête, mon patron me fit de nouveau pivoter face à la glace.

– Et maintenant, chuchota-t-il à mon oreille, que voyez-vous ?

J'eus du mal à en croire mes yeux. C'était donc le résultat qu'on obtenait lorsqu'on s'habillait de lingerie fine ! Le tissu estompait les défauts que je détestais en moi et soulignait des atouts que j'ignorais posséder. Je posai mes mains sur ma taille sanglée par les lacets dans le dos, puis sur mes hanches, où je jouai avec les bandes de satin qui tenaient les bas. Si ce harnachement ne me serrait pas trop, il savait mettre en valeur mon corps en dissimulant certaines rondeurs et en en exagérant d'autres – ma poitrine, notamment, que je n'avais jamais jugée particulièrement affriolante. Je ne pus m'empêcher de la juger pas si mal que ça et je fis glisser mes doigts sur le haut de mes seins.

Me souvenant tout à coup que Jeremiah m'avait posé une question, je me creusai la cervelle pour trouver une réponse. En vain. Nos regards se croisèrent dans le miroir et il opina, déchiffrant sans problème mon opinion.

– Je suis heureux de constater que nous sommes du même avis, susurra-t-il en caressant mes bras puis mes épaules. Et maintenant que ce point est éclairci…

Une main saisit mes cheveux et me tira brutalement la tête en arrière, m'arrachant un petit cri de douleur. La surprise me poussa à plaquer ma main sur la sienne. J'observai son visage dans la glace. Ses traits avaient à présent la dureté du granit, l'éclat vert de ses yeux était incandescent, mais c'est d'une voix soyeuse qu'il enchaîna :

– Je n'aime pas qu'on me contredise. Quand je vous donne un ordre, j'attends que vous l'exécutiez sur-le-champ, sous peine de châtiment. (La main se resserra sur mes cheveux.) À genoux !

8

J'obéis immédiatement. De toute façon, je n'avais pas le choix : la main sur ma nuque accompagna mes mouvements et me força à m'agenouiller. Les jarretelles se tendirent à l'arrière de mes cuisses et sur mes fesses – une sensation nouvelle et agréable, mais qui ne me faisait pas oublier les doigts qui tenaient ma chevelure. De nouveau, Jeremiah me tira la tête en arrière, m'obligeant à le regarder d'en bas, lui qui me surplombait de toute sa hauteur.

– Vous aimez ça, hein ? gronda-t-il.

Oh oui ! Réveillée, la partie traîtresse de mon cerveau s'était enflammée et appréciait beaucoup cette soumission, alors que ma raison m'incitait à me demander dans quel piège j'avais foncé. Il lâcha enfin mes cheveux pour caresser ma joue.

– Vous êtes si belle à genoux devant moi. Vous comprendrez pourquoi je bande à l'idée que vous me preniez dans votre bouche.

Les mots crus me firent frémir ; j'observai ses doigts qui frôlaient la bosse de son pantalon, à quelques centimètres de mon visage. Je tournai la tête sur le côté pour regarder notre reflet dans la psyché. Nous ne faisions rien – du moins, pas encore

– et, pourtant, sa façon de me dominer, le menton relevé et le dos droit, avec moi à ses pieds... Mes intérieurs se liqué-fiaient, humectant mon entrecuisse et le préparant à accueillir une pénétration future. Avide des caresses à venir, je poussai la main de Jeremiah avec ma tête, comme un chat : j'en fus récom-pensée par un pouce qui frotta doucement mon front.

– J'ai rêvé de vous dans cette position, en train de me sucer. (Un doigt effleura de nouveau mon front, écartant mes mèches mouillées.) Accepteriez-vous de m'aider à jouir, mon chaton?

– Oui, soufflai-je.

Pour immédiatement gémir quand il me tira encore les cheveux.

– Oui qui?

Je réfléchis à toute vitesse, en quête de la bonne réponse.

– Oui... Monsieur?

Il émit un bruit appréciateur et me lâcha pour se débraguet-ter et sortir sa verge.

– Je ne vous promets pas d'être doux, gronda-t-il, la voix lourde de désir contenu. J'ai trop pensé à cet instant. Mais je vous promets d'achever ce que j'aurai commencé.

Je refermai mes doigts autour de son érection et glissai avec prudence jusqu'à la base de son sexe. Un claquement de lèvres m'encouragea à répéter le mouvement, puis je me penchai et léchai brièvement le gland. Mon index titilla le frein du pré-puce avant d'avaler le bout de sa queue. Ma langue s'enroula autour du nœud gonflé de sang. De nouveau, mon poing tira sur sa tige en direction de sa base, pendant que j'en agaçai les extrémités nerveuses avec ma langue et en tétai gentiment les contours. Brusquement, je l'engloutis plus avant.

Il posa ses mains sur mon crâne, non pour me forcer à quoi que ce soit, juste pour me rappeler sa présence au-dessus de moi. Ma tête et ma main faisaient des va-et-vient le long de son membre que j'enfonçais un peu plus chaque fois dans ma bouche. J'accueillis avec gratitude les geignements sourds et la respiration haletante qui me parvenaient d'en haut. J'étais en mesure de le rendre fou, une pensée qui m'incita à redoubler d'efforts. Au bout d'un long moment, quand je jugeai que le rythme était bon, je retirai ma main et attirai sa queue jusque dans ma gorge.

Un cri étouffé résonna, ses ongles griffèrent la peau de mon crâne. Le gland tumescent me chatouillait les amygdales, et je dus me retirer un peu sous peine de vomir. De nouveau, je pris la racine de sa queue pour la branler, mais ses mains m'emprisonnèrent la tête et il se planta de toutes ses forces dans la moiteur de ma bouche.

Soudain, un ordre brutal retentit :

– Mains dans le dos !

Je m'interrompis le temps d'obéir et nouai mes poignets derrière moi, tout en priant pour qu'il se montre indulgent. Mais son premier coup de reins fit frapper l'extrémité de son sexe dans le fond de ma gorge, ce qui me fit aussitôt monter les larmes aux yeux.

– Mains dans le dos ! aboya-t-il quand, poussée par l'instinct, je voulus les reprendre. Sinon je vous attache !

Je dus redoubler de volonté pour retrouver ma position initiale. Je crochetai mes doigts et les serrai comme si ma vie en dépendait. Il recommença à s'enfoncer en moi, pas aussi profondément, ce qui me permit de respirer librement. Il continua ainsi à me baiser la bouche, et je m'habituai peu à peu aux mouvements qu'il insufflait à son bassin. Et même, assez vite, je découvris que j'étais capable d'improviser avec ma langue et mes lèvres qui s'adaptaient à son tempo, qui léchaient et se resserraient à ses passages. Ses va-et-vient se firent peu à peu plus légers, me laissant plus de marge de manœuvre. Ses grognements et ses courtes inspirations étaient d'une sensualité merveilleuse et m'indiquaient que je répondais à ses désirs. Quand, du bout de la langue, je caressai son gland avant de refermer fortement ma bouche dessus et de le sucer à fond, le gémissement qu'il poussa me fit sourire.

De nouveau, ses doigts imprimèrent un rythme frénétique à ma tête et il se remit à s'enfoncer très loin en moi. Dès qu'il devinait que j'étais sur le point de vomir ou que j'avais du mal à respirer, il calmait le jeu – et je l'en remerciais autant que je le pouvais. À un moment, mes yeux se posèrent sur le miroir et la vision que j'eus de son désir extrême – c'était moi, là, en train de satisfaire cet homme! – agit sur moi comme un puissant aphrodisiaque. La douleur délicieuse entre mes jambes s'accentua, et mon slip ne put contenir les fluides qui s'écoulaient à l'intérieur de mes cuisses. S'il ne me pénétrait pas très vite, j'allais craquer! Apparemment, il avait pensé la même chose que moi: tout à coup, il sortit de ma bouche et recula d'un pas. La peau tendue de son sexe était luisante de ma salive.

– Debout!

Ignorant si cet ordre m'autorisait aussi à récupérer l'usage de mes mains, je me relevai avec maladresse, les bras toujours noués dans le dos. Je crus discerner une approbation dans ses traits, mais ce fut rapide, car il m'attrapa par la nuque d'une poigne presque brutale et me mena de force jusqu'à une table de marbre ronde.

– Allongez-vous là-dessus et agrippez-vous jusqu'à ce que je vous dise de lâcher.

J'eus une brève hésitation. Si la table me paraissait assez solide pour supporter nos deux poids, la surface en était sûrement froide, alors que j'étais presque nue. Au plus profond de moi, une petite voix me cria que je pouvais encore refuser, qu'il n'était pas trop tard. Mais tout mon corps était soumis à mon désir intense, et je choisis de m'allonger. Le meuble ne bougea pas, et j'en fus soulagée. La main de Jeremiah lâcha mon cou pour glisser le long de mon dos, jusqu'à la chute de mes reins, et pincer mon derrière.

– Écartez les jambes.

Je m'exécutai. Il en profita pour promener ses doigts sur la ficelle de mon slip incrustée entre mes fesses. Lorsqu'il en caressa le devant, j'arquai les hanches pour renforcer le contact.

– Vous prenez la pilule?

Cette question abrupte et inattendue me tira du brouillard dans lequel j'étais plongée. J'acquiesçai. Si j'étais sous contraceptif, c'était plus pour éviter des règles erratiques qu'à cause d'une vie sexuelle débridée… Il en avait plus ou moins toujours été ainsi.

Récompensant ma réponse, ses doigts s'infiltrèrent sous le tissu du slip et appuyèrent sur ma peau mouillée. Je gémis. Agilement, il encercla les lèvres de mon vagin avant de glisser vers mon clitoris durci, qui pulsait douloureusement au rythme des battements de mon cœur. Ma respiration devint hachée, mais il n'alla pas plus loin, se contentant d'une exploration superficielle.

– Voulez-vous que je vous fasse jouir, chaton?

J'opinai avec vigueur, le souffle de plus en plus court, et je l'entendis rire doucement dans mon dos. Ses lèvres se collèrent ensuite au creux de mes reins, juste sous la guêpière.

– Vous allez devoir travailler dur pour ça. Êtes-vous prête à le faire?

Sans me laisser le temps de répondre, son pouce fouilla les replis de mon trou arrière. Sous le choc, je bondis en avant, mais la table m'empêcha d'échapper à cette intrusion. Ses mains jouaient à présent avec mes deux orifices, et je pantelais, ces sensations doubles étant une énigme que mon corps avait du mal à comprendre.

– Bien des femmes apprécient la sodomie, murmura Jeremiah à mon oreille. Certaines vont jusqu'à la favoriser à cause des interdits moraux…

Il se coucha sur moi, son corps se moulant aux formes du mien.

– Certains hommes ont également un faible pour ce passage-là. Son étroitesse et le tabou de la pratique créent une excitation tout aussi puissante que l'acte sexuel lui-même.

Ses lèvres frôlèrent mon oreille quand il ajouta :

– Devinez où va ma préférence.

Je lâchai un geignement impuissant, coincée entre le marbre glacé et le corps incandescent dans mon dos. Ses doigts n'avaient cessé de titiller mon bouton, mon bassin en tressautait de bonheur et des râles essoufflés me sortaient de la gorge. Le plaisir que j'éprouvai devant comme derrière ne me permettait pas de repérer lequel était le plus excitant des deux. Ses pouces œuvraient en même temps, j'en voulais toujours plus. Mais mon trouble n'était rien comparé à l'orgasme qui allait se produire d'une seconde à l'autre. Quand il enfonça son doigt dans mon anus, écartelant mes muscles tendus d'une façon que je n'aurais jamais pu imaginer sexy, je gémis et répondis à son geste en m'appuyant moi-même contre sa main.

Son rire grave et sensuel me submergea au point de faire vibrer ma peau. Ses doigts agiles accélérèrent leur rythme, dénichant des endroits nerveux et sensibles insoupçonnés, qui m'amenaient à me cambrer, à ruer et à geindre bruyamment.

– Vous êtes une vraie salope, murmura-t-il en roulant ses hanches contre mon cul.

Le pantalon au bas des pieds, il introduisit son membre érigé entre mes cuisses, à côté de sa main, et répéta son mouvement de bassin. Je mouillais comme une folle, et les frottements de son bas-ventre sur mon cul m'excitaient à en hurler. Je resserrai ma prise autour de la table au point d'en avoir les jointures blanches. Mes cris de plaisir étaient de longs gémissements plaintifs, les sensations et l'urgence que j'éprouvais tendaient mon corps impatient comme un arc.

– Vous jouirez quand je vous y autoriserai, pas avant.

J'émis un couinement de protestation, il retira sa main. J'eus l'impression qu'on venait de me verser un seau d'eau froide sur la tête. Cette interruption brutale était la punition que je méritais pour m'être plainte. Par bonheur, l'espace libéré fut vite rempli quand il inséra son sexe bien raide entre mes jambes avec un nouveau coup de reins. Mais il ne me pénétra pas et se contenta de glisser le long de mes lèvres humides.

– Je vous en prie, soufflai-je en me cambrant pour lui permettre un meilleur accès.

– Je vous en prie qui?

Même si je ne pouvais pas voir son visage, je perçus son amusement dans le timbre de sa voix. Cette fois, je sus quoi répondre.

– Je vous en prie, Monsieur.

– Qu'est-ce qui vous ferait plaisir, chaton? Voulez-vous que j'entre en vous, que votre cul magnifique s'ouvre pour me recevoir bien profond? Voulez-vous que je vous chevauche avec brutalité pour vous forcer à jouir pendant que ma queue vous ramone?

Ces intonations rauques juste dans mon oreille auraient fait fondre une pierre. Son membre frôla mon clitoris raidi, je crus m'évanouir. J'étais si près de l'orgasme qu'il ne m'en faudrait plus beaucoup.

Sa queue gonflée agaçait mon vagin en feu pendant que ses mains écartaient mes fesses et que ses doigts élargissaient mon anus. Quand il s'enfonça d'un côté et de l'autre, je faillis éclater en larmes tant j'étais soulagée. Sans perdre de temps, ses hanches m'imprimèrent un tempo régulier, tandis que ses doigts continuaient de me travailler l'anus. Moins d'une minute plus tard, chaque coup de boutoir me faisait pousser des cris qui rebondissaient sur la table, devant moi.

Alors que ses élans forcissaient, claquant le haut de mes cuisses avec vigueur contre le marbre, je levai les yeux sur le grand miroir qui surplombait une commode, juste en face de moi. J'eus alors la vision de cet homme collé à moi par derrière et de ses traits crispés de désir, un désir qu'il exprimait peu à voix haute. Sa bouche s'ouvrait sur des râles muets, ses bras tendus vers ma nuque gonflaient le tissu de sa chemise. L'arrière de mon corset, avec ses lacets et sa dentelle blanche, était sensuel. J'eus du mal à admettre que c'était mon corps que reflétait le miroir.

Très vite, cependant, je n'arrivai plus à me concentrer, débordée par diverses sensations et la venue d'une explosion que j'attendais avec impatience. Jeremiah me besognait maintenant comme un furieux, chacun de ses assauts me projetant brutalement sur la table qui, malgré tout, tenait bon. L'orgasme commença à venir et je gémis.

– Je vous en prie, je ne peux plus me retenir! Pitié, Monsieur!

La main qui séparait nos corps disparut et il augmenta le rythme de ses va-et-vient, m'enfonçant son membre vite et fort. Les doigts sur ma nuque se crispèrent, des feulements rauques et des grognements de gorge résonnèrent tout près de mon oreille, et la main glissa entre mes jambes, juste au-dessus de mon sexe palpitant.

– Jouissez, alors! Je veux vous sentir vous répandre autour de moi.

De toute façon, j'aurais été incapable de me retenir. Mon orgasme fut comme une inondation de lumière. Je criai, agrippée à la table comme un étau, le corps secoué de violents tremblements. Les coups de boutoir de Jeremiah atteignaient des endroits en moi qui prolongèrent encore et encore les vagues de mon plaisir. Soudain, il poussa un rugissement et se cabra au-dessus de moi, avec un ou deux derniers allers-retours. Pantelante, je m'effondrai sur le marbre; le froid, à présent bienvenu, calmait l'ardeur de mon corps. Jeremiah posa son front sur mon dos, et nous restâmes ainsi un moment à reprendre notre souffle.

Il finit par se relever et se retirer avant de faire courir sa main le long de ma colonne vertébrale.

– Vous pouvez lâcher la table, maintenant.

Ce ne fut pas aussi simple. Mes doigts étaient si raides que j'eus du mal à les ouvrir. Je dus les agiter pour rétablir la circulation sanguine. Me soutenant au marbre, je mis du temps à retrouver une respiration normale. De son côté, Jeremiah rajusta ses vêtements avant de s'approcher d'un fauteuil. Il y récupéra un petit sac en papier, sur lequel je ne déchiffrai pas le nom inscrit, et me l'apporta. Il le posa délicatement sur la table, à côté de moi. Puis il se pencha et posa sur mon front un baiser à la tendresse inattendue avant de me pousser doucement vers la salle de bains.

– Allez vous nettoyer, puis vous mettrez ceci. Gardez la lingerie en dessous. Je tiens à savoir que vous la portez sous vos vêtements.

Malgré mes jambes en coton, je titubai jusqu'à la salle de bains, prenant mon sac à main au passage avant de m'enfermer dans la pièce. J'observai mon image dans les grands miroirs. Mes cheveux blonds, encore humides, ne ressemblaient à rien, même si ce côté ébouriffé paraissait aller avec le reste de ma tenue. Je fis courir mes mains sur le tissu raide de la guêpière, me tournai pour mieux voir les lacets dans mon dos. C'était la première fois que je portais de la lingerie aussi belle – de la lingerie tout court, en fait ! En contemplant mon derrière qui s'évasait sous le corset, les jarretelles et le minuscule slip qui m'avait si peu protégée… je me trouvai belle.

C'était là une pensée nouvelle pour moi, et j'admirai mon reflet. Puis je fondis en larmes. Je ne mettrais sans doute pas fin à cette farce. Quel que soit le jeu inventé par Jeremiah Hamilton, la partie était d'ores et déjà trop engagée. J'avais pris trop de libertés pour jouer maintenant les innocentes. Bilan : qu'est-ce que ça faisait de moi ? Une assistante extrêmement bien rémunérée ou une maîtresse dans toute sa gloire ?

Cette question me dérangea ; j'essayai de la chasser de mon esprit. Après avoir consacré quelques minutes à me laver consciencieusement, je jetai mon slip fichu puis ouvris le petit sac en papier. Je découvris un pantalon à la mode, un corsage sobre mais en soie et une paire d'escarpins rouges ; dessous se trouvaient une brosse et des affaires de toilette. À première vue, les vêtements étaient à ma taille, alors que ma silhouette toute en courbes n'était peut-être pas la norme en Europe. Pour avoir visé aussi juste, ce n'était pas la première fois que Jeremiah faisait ce genre d'emplettes, c'était évident. Si l'idée m'agaça, je ne voulus pas en chercher les raisons : cela aurait soulevé de nouvelles questions que je n'avais pas envie de me poser pour le moment. Je choisis plutôt de me rendre présentable.

Vingt minutes plus tard, je sortais de la salle de bains, habillée et maquillée. Jeremiah patientait près de la table, avec les plats recouverts de leur cloche argentée. Il y avait un assortiment de fruits et de crêpes, et un petit ramequin mis à rafraîchir sur de la glace pilée contenait de la vraie crème fouettée. Un coup d'œil à la pendule m'apprit que la matinée n'était pas encore finie. Je fus heureuse d'avoir aussi bien dormi dans l'avion.

– Quels sont les projets pour aujourd'hui ? demandai-je, me souvenant qu'Ethan avait parlé d'un gala.

Mon patron prit ma main pour y déposer un baiser avant d'avaler quelques grains de raisin.

– Mangez tant que vous en avez le loisir, me conseilla-t-il, pendant que je me servais des fruits sur une crêpe fine. Aujourd'hui, votre véritable travail commence.

9

Paris brillait autant la nuit que le jour. Mais j'étais trop nerveuse pour y faire attention.

Tout en regardant la ville défiler à travers la vitre de la voiture, je lissai la robe chic et chère que je portais. En ce moment, le nœud que j'avais dans le ventre était dû aux craintes que j'éprouvais sur ce qui m'attendait dans cette histoire et moins à celles que m'inspirait l'homme assis à côté de moi, une main possessive plaquée sur ma cuisse.

À peine quarante-huit heures avant, je me débattais pour m'en sortir, pensant avec terreur qu'il suffirait d'un seul mois sans revenus pour être à la rue. À présent, je portais une tenue et des souliers qui coûtaient trois fois mes salaires précédents, et j'allais à un gala de charité auquel seuls étaient conviés les hommes les plus riches du monde... Celle que j'avais été me semblait à des années lumière !

Après une journée pendant laquelle j'avais dû me pincer pour vérifier que je ne rêvais pas, je devais admettre que tout ça était bien réel.

– Vous avez l'air fébrile.

Ces mots prononcés d'une voix douce m'amenèrent à avaler ma salive. Incapable de lever les yeux sur mon compagnon, je fixai sa main posée sur ma cuisse et j'observai la décontraction avec laquelle son pouce épais caressait le tissu de ma robe.

– Je suis terrifiée, avouai-je.

Je ne réussis pas à en dire plus tellement mes émotions embrouillaient mes pensées et m'empêchaient de réfléchir convenablement. Jeremiah salua ma réponse d'un vague murmure, et le silence retomba. La tour Eiffel étincelait sur l'horizon ombreux, tel un signal lumineux au-dessus de la ville animée. Même ce spectacle ne put m'arracher à mes idées noires.

– Quel est l'endroit en France que vous aimeriez visiter par-dessus tout ?

La question me déstabilisa. Je me tournai vers Jeremiah, dont les prunelles vertes étaient songeuses.

– Pardon ?

Il montra les bâtiments devant lesquels nous passions.

– La plupart des gens veulent voir la tour Eiffel, faire la route des vins ou je ne sais quoi d'autre parmi toutes les possibilités qu'offre le pays. Et vous ?

J'eus beau me dire qu'il était bizarre de me demander ça à ce moment précis, mais je n'hésitai pas.

– Les plages de Normandie.

Ce souhait me poursuivait depuis l'enfance.

– Vraiment ?

Jeremiah cligna des yeux et j'eus l'impression que, pour une fois, je l'avais déconcerté. Cela me fit sourire.

– Mon arrière-grand-père était pilote de chasse dans la Royal Air Force, et mon père était passionné par la Seconde

Guerre mondiale, expliquai-je. J'ai baigné dedans toute ma vie. Avec des films, des documentaires... Il faut croire que j'ai été contaminée.

— La Royal Air Force? s'enquit Jeremiah, ses beaux yeux brillants d'intérêt. Votre arrière-grand-père était-il britannique?

Je secouai la tête.

— Non, canadien. Il est mort avant ma naissance, mais mon père disait qu'il racontait des tas d'histoires.

S'il m'était douloureux d'évoquer mon père, cela avait aussi un effet cathartique étonnant. Pendant presque trois ans, j'avais évité de penser à mes parents. Mais ces souvenirs étaient agréables, et je me détendis.

— Mon père adorait regarder les reportages sur la chaîne Histoire quand on célébrait un événement militaire quelconque, repris-je. Ces jours-là, ma mère le traitait de bon à rien et de boulet, mais elle le laissait à ses émissions. Il y avait une photo de lui sur la cheminée, datant de bien avant ma naissance, où il posait près d'un des monuments commémoratifs d'Utah Beach.

En relevant la tête, j'eus le temps d'apercevoir une expression curieuse, presque de l'envie, sur le visage de Jeremiah avant que son masque impassible retombe. J'en restai pensive. Au nom de quoi un milliardaire pouvait-il envier ma petite existence insignifiante?

— Et de votre côté? demandai-je en espérant qu'il ne me trouve pas indiscrète. Quelqu'un de votre famille a-t-il combattu?

— Non, répondit-il en secouant le menton. Mon père était trop jeune. De toutes façons, je ne pense pas qu'il y serait allé. Mais ça n'a pas empêché ma famille de gagner son premier million grâce à la guerre.

J'inclinai la tête, consciente de l'amertume de ses propos.

— Fabrication d'armes ? Construction de navires ?

— Non. Vente de matières premières à l'État avec énormes bénéfices. À la fin du conflit, la famille Hamilton était encore plus riche qu'avant.

La colère que je percevais dans sa voix me décontenançait. Avait-il honte ?

— Tout le monde n'était pas au combat, repris-je. Mon grand-père paternel était pilote de chasse, mais mon autre grand-père a été réformé, et il a été obligé de rester à l'arrière. Il assemblait des bateaux et des torpilles dans une usine.

Un drôle d'éclat illumina l'œil de Jeremiah.

— Je n'avais pas l'intention de...

Je posai une main sur sa jambe.

— Je sais, le coupai-je. Je voulais juste dire que les vôtres aussi avaient participé à l'effort de guerre, quelles qu'aient été leurs motivations. Il n'y a aucune raison de culpabiliser.

Quelque chose m'incita à croire que le PDG n'avait jamais envisagé la situation sous cet angle. Comme il devait être douloureux d'avoir honte des siens, songeai-je, car c'était l'impression que m'avait donné notre conversation. Un coup d'œil m'apprit que Jeremiah me fixait d'un regard inquisiteur. Soudain gênée, je me raclai la gorge et entrepris de fouiller dans mon sac. Sa main remonta sur ma cuisse jusqu'à glisser autour de ma taille. Soudain, il me souleva et m'attira contre lui. Je déglutis sous ses yeux inquisiteurs, tandis que ses doigts repoussaient une de mes mèches blondes artistiquement bouclées.

– Vous êtes très belle, ce soir.

Son intonation grave résonna dans tout mon corps et l'enflamma. Je rougis et détournai les yeux, mais il prit délicatement mon menton et m'obligea de nouveau à le regarder bien en face. Il scruta mes traits tout en promenant une main légère sur mon front, puis sur ma mâchoire.

– Tous les hommes vont être jaloux de moi, ajouta-t-il.

L'éclat passionné qui éclairait ses prunelles me coupa le souffle. Dans mon dos, son autre main saisit mes reins à travers le tissu de ma robe tandis que ses doigts glissaient de mon visage à mon décolleté plongeant. Je réprimai un soupir, jouissant de ce moment, le corps tendu vers ses désirs non formulés.

La journée avait été un rêve fou et irréel. Jeremiah m'avait emmenée dans quelques-unes des boutiques parisiennes les plus tendance – et les plus chères – à la recherche d'une tenue de soirée. Il nous avait fallu trois magasins avant de dénicher ce que j'avais jugé être la robe longue idéale. Une opinion apparemment partagée par mon patron, car il l'avait achetée tout de suite quand il m'avait vue sortir de la cabine d'essayage. Le fourreau vert sans manches me donnait l'impression d'être sexy et mettait mes courbes en valeur d'une façon que je n'aurais jamais cru possible. Puis Jeremiah m'avait entraînée chez un coiffeur pour procéder à la suite de ma métamorphose. Pour la première fois de ma vie, j'avais été maquillée par un professionnel. J'aurais beaucoup aimé assister à ma transformation, mais le personnel du salon s'y était opposé, m'obligeant à tourner le dos au miroir mural pendant toute la séance. Lorsqu'on m'avait enfin permis de m'admirer, alors que je ne m'étais jamais beaucoup soucié de m'apprêter, j'avais été impressionnée par le résultat. Mes cheveux avaient été éclaircis en plusieurs nuances de blond, et le fard dissimulait toutes les imperfections de ma peau.

La main dans mon dos remonta jusqu'à ma nuque, qu'elle empoigna avec fermeté. Jeremiah poussa ma tête vers la sienne, et je crus qu'il allait m'embrasser. Il arrêta son geste au tout dernier moment.

— Dites-moi, murmura-t-il, tandis que son autre main s'insinuait sous la glissière de ma robe, mouillez-vous déjà pour moi?

«Toujours», faillis-je répondre, la gorge serrée sous l'effet du frôlement de ses doigts à l'intérieur de ma cuisse. Il joua avec le haut de mes bas avant de revenir agacer mon entrejambe.

Ma tenue vert sombre avait exigé une lingerie différente du bustier et des jarretelles blanches offerts le matin même par Jeremiah. Il avait choisi en personne mes sous-vêtements et, de retour à l'hôtel, avait insisté pour me dénuder avant de m'habiller de ces nouveaux dessous. L'expérience s'était révélée d'une sensualité torride, même si mon patron n'avait formulé aucune demande supplémentaire malgré l'érection qui tendait son pantalon. Mais bon, l'approbation lue dans son regard avait réchauffé d'autres parties de mon corps. Il était agréable de se sentir désirable.

Ce souvenir accentua l'embrasement que j'éprouvais dans la voiture. Un gémissement ténu m'échappa pendant que j'écartais les jambes pour accueillir ses caresses insistantes. Il fit courir ses doigts sur ma culotte, appuya dessus sans vraiment me toucher, et je frissonnai. Pris d'un petit rire, il recommença l'opération avant de soulever le menton pour déposer un baiser sur mon front.

— Je crois que nous allons devoir patienter, chuchota-t-il.

Il me remit à côté de lui sur la banquette, et la frustration m'arracha un miaulement.

— Mais, ce soir, ajouta-t-il, vous serez mienne.

Ces paroles lourdes de promesses me firent trembler d'impatience.

Nous quittâmes la rue pour nous diriger vers un bâtiment illuminé de toutes parts. Une foule était assemblée sur le perron et, de nouveau, je fus inquiète. Jeremiah serra brièvement ma cuisse et, récupérant mon sac à main posé au sol, j'essayai de me détendre. La limousine vint se garer devant l'immeuble et le chauffeur en descendit.

L'heure du spectacle était venue, pensai-je en triturant la bandoulière de mon sac. Bien qu'un grand nombre d'invités soit déjà entré, il en restait encore trop dehors à mon goût, et mon cœur battait à tout rompre.

La portière s'ouvrit, Jeremiah sortit le premier pour me tendre la main. Je le rejoignis et des flashs crépitèrent. Soudain, ma robe moulante et mes hauts talons me parurent presque indécents. Heureusement, le bras de Jeremiah était solide et il m'entraîna sans effort à travers la cohue, telle une bouée de sauvetage à laquelle je m'agrippais. J'avais beau avoir l'habitude de marcher avec des talons aiguilles, l'attention qu'on nous portait me rendait d'une maladresse stupide. Je me concentrai pour garder mon équilibre et ne pas me ridiculiser. Quand nous parvinrent à la porte, laissant les appareils photo et les journalistes hurlant derrière nous, je poussai un soupir de soulagement.

Jeremiah ne m'avait pas renseignée – peut-être délibérément – sur la soirée à laquelle nous assistions. Je savais juste qu'elle se tenait à la Porte de Versailles et qu'elle avait été organisée afin de trouver des fonds en faveur de diverses associations caritatives. Le nombre impressionnant de personnes sur place et leur façon de bouger me donnèrent l'impression que nous n'étions pas en avance. Un coup d'œil au programme qu'une hôtesse me fourra entre les mains confirma mes soupçons. Je regardai la liste des interventions et m'arrêtai sur un nom.

– Vous ne m'aviez pas dit que vous étiez l'invité d'honneur.

Jeremiah haussa une épaule avec décontraction, comme si ce n'était qu'un détail, et me guida jusqu'au cœur des festivités. Un orchestre jouait de la musique classique et, à l'autre bout de l'estrade, des couples évoluaient sur la piste de danse. La plupart des invités discutaient en petits groupes éparpillés dans le hall.

– Cher ami! Je suis heureux que vous ayez pu assister à notre petite soirée.

Un homme dégarni et assez petit s'était approché de nous. Il donna à mon cavalier une vigoureuse poignée de mains. Il portait un smoking et un nœud papillon, et s'exprimait avec un fort accent français.

– Vous venez juste d'arriver, j'imagine?

– Bonsoir, Gaspard, le salua Jeremiah. Je suis très honoré par votre invitation.

Il arborait un petit sourire bienveillant, et je devinai qu'il appréciait réellement le Français.

– Toujours aussi modeste! s'esclaffa ce dernier. Alors que, la plupart du temps, c'est vous qui financez nos humbles efforts!

Je tressaillis et jetai un regard en biais vers mon patron. Le compliment semblait l'avoir laissé de marbre et j'en conclus que Gaspard disait sûrement vrai. J'ignorais qu'il alimentait des associations de charité. Décidément, j'en apprenais un peu plus à chaque minute au sujet de l'homme debout près de moi. L'ampleur du brouillard dans lequel j'étais commençait à m'irriter.

– Et qui est votre ravissante cavalière, ce soir? lui demanda Gaspard, me ramenant à la réalité.

– Permettez-moi de vous présenter Lucille Delacourt, ma nouvelle assistante. Lucy, Gaspard Montrose est le responsable de cette sauterie.

– *Enchanté, mademoiselle*[1].

Gaspard prit ma main tendue et y déposa un baiser. Je sentis les doigts de Jeremiah se crisper sur ma taille et s'enfoncer dans le tissu de ma robe.

– *Enchantée, monsieur*, répondis-je, avant de désigner la pièce. *Cette salle est merveilleuse.*

Le visage de Gaspard s'éclaira aussitôt.

– *Ah, mais vous parlez français!*

– *À peine. Je suis née au Québec avant de déménager à New York.*

– *Une Canadienne française!* s'exclama notre hôte, tellement ravi que je ne pus m'empêcher de lui sourire en retour. *Bienvenue à Paris, mademoiselle!*

Je décidai de ne pas tenir compte du regard de Jeremiah qui s'attardait sur moi, et je m'intéressai au programme. Le petit dépliant détaillait les différentes activités qui avaient eu lieu dans l'après-midi. La soirée, elle, se bornerait à un buffet et à une brève cérémonie de clôture.

– Avant que je vous libère, Jeremiah, je dois vous annoncer quelque chose, reprit Gaspard en se penchant vers nous et en baissant la voix. Lucas est ici.

Mon compagnon se raidit aussitôt et, quand je levai la tête vers lui, je vis qu'il affichait un visage de pierre. De son côté, Gaspard semblait désolé.

---

1. Les mots en italiques sont en français dans le texte.

— Je ne sais pas comment il s'est débrouillé, mais son invitation était tout ce qu'il y a de plus authentique, et il est entré sans difficulté.

J'arrangeai les plis de ma robe, curieuse d'apprendre qui était l'homme dont le Français parlait, mais je ne voulais pas paraître indiscrète. Jeremiah serrait les mâchoires, et un muscle tendait sa joue. Il se relaxa brusquement.

— Merci de m'avoir averti, Gaspard.

Ce dernier hocha la tête puis se tourna vers un couple de nouveaux arrivants. Nous nous éloignâmes. Maintenant que nous n'étions plus exposés à la presse, j'étais plus à l'aise et je marchais sans peur de tomber. Mais je dus accélérer le pas pour ne pas être distancée par mon cavalier. Ses longues enjambées nous amenèrent à l'autre extrémité de la salle, sous le regard insistant des invités.

— Vous ne m'aviez pas dit que vous parliez français.

Je m'attendais à un commentaire sur mon échange avec Gaspard. Malgré un papillonnement nerveux dans le ventre, j'eus un petit sourire triomphant.

— Vous ne me l'avez pas demandé.

Ma réplique était insolente, mais je fus rassurée par son air amusé.

— D'où la mention de plusieurs passeports pendant votre entretien d'embauche…

— J'en ai même deux. Un canadien et un américain. Ma mère était américaine mais elle a vécu au Canada après son mariage avec mon père. J'ai grandi au Québec, puis nous sommes partis vivre à New York quand j'avais quatorze ans.

— Vous avez eu une vie bien remplie, Mlle Delacourt.

De nouveau, je vis l'approbation sur son visage, ce qui déclencha chez moi une chaleur bienheureuse qui se répandit des pieds à la tête. Peu à peu, je me rendais compte qu'il n'était pas facile de surprendre mon patron. C'était même risqué. Heureusement, cette fois, je m'en étais sortie.

Nous repartîmes. J'étais consciente des regards que les gens dans la salle jetaient dans notre direction. Mais personne ne nous aborda, ce qui me sembla bizarre. Jeremiah avait l'air de savoir où il allait, aussi je le suivis sans protester. La rapidité de notre démarche ne permettait à personne de nous approcher, et je me demandai ce qu'il avait d'aussi urgent à faire.

Malheureusement, je n'eus pas le temps de le découvrir. Nous nous arrêtâmes près de la piste de danse, au milieu de groupes qui bavardaient et riaient entre eux. Jeremiah me prit la main et, comme Gaspard tout à l'heure, embrassa mes doigts. Contrairement à ce qui s'était produit avec le Français, ce baiser déclencha des picotements dans tout mon corps. Le regard de mon patron croisa le mien et je sus qu'il n'était pas dupe de ma réaction.

– Je dois parler à quelqu'un en privé, murmura-t-il d'une voix à peine audible dans le vacarme. J'en ai pour une minute. Restez ici jusqu'à ce que je revienne.

Sur ce, et sans un autre mot, il tourna les talons et se fondit dans la foule des invités.

IO

Quand, en classe de sixième, je décrochai mon premier – et dernier – rôle important dans la pièce de théâtre de fin d'année, j'appris mes répliques, chez moi et avec mes camarades, jusqu'à ce que je les sache par cœur, à l'endroit comme à l'envers. Même les répétitions en costumes, dans la grande salle de gym, se passèrent sans incident, car il n'y avait pas encore de public. J'étais fière de participer, de tenir ce rôle petit mais crucial. Tout se gâta le soir de la première. Tétanisée par l'assistance composée d'anonymes, j'oubliai mon texte et me révélai incapable de bouger, submergée par ce qui m'apparut comme un raz-de-marée dévastateur.

Soudain seule dans ce hall d'exposition, dans un pays étranger où je ne connaissais personne, je sentis qu'une même terreur me pétrifiait.

Maintenant que j'étais laissée à moi-même, la salle magnifiquement décorée, avec ses invités élégants et son ambiance luxueuse, sembla virer à une farce sinistre. Le programme froissé entre les doigts, j'observai autour de moi en me demandant où aller. Rester plantée comme un piquet, ainsi que me l'avait ordonné Jeremiah, était exclu. Il fallait que je m'arrache de cette cohue, comme j'avais été obligée de quitter la scène, des années auparavant.

– Lucy Delacourt?

Mon nom me fit sursauter et m'arracha à mes pensées moroses. En me retournant, je vis une jeune femme brune en longue robe jaune qui s'approchait de moi. Son visage m'était familier, et un sourire apparut sur mes lèvres quand je la reconnus.

– Cherise?

– Oh là là! C'est bien toi! s'exclama-t-elle en frappant dans ses mains tellement elle était heureuse. Il me semblait bien t'avoir aperçue à ton arrivée, mais je n'en étais pas sûre.

Stupéfaite de rencontrer une personne familière, j'oubliai les convenances et serrai la jeune femme dans mes bras. Cherise avait vécu dans le même foyer d'étudiants que moi pendant nos deux premières années à Cornell. Bien que nous ne nous soyons pas fréquentées pendant les cours – elle faisait médecine et moi droit –, nous traînions ensemble les week-ends avec une bande d'amis. Je ne m'interrogeai pas sur le hasard qui nous remettait en présence et me contentai de remercier ma bonne étoile.

– Que fabriques-tu ici? demandai-je.

– J'accompagne David, expliqua-t-elle avec un grand sourire plein de fierté. Nous gérons un dispensaire à Bornéo, et il est venu ici pour essayer de trouver des fonds.

– Vous vous êtes enfin mariés?

Elle acquiesça. J'étais heureuse pour eux. Cherise et David sortaient ensemble depuis le lycée quand j'avais fait leur connaissance à l'université. Tous deux nourrissaient des rêves humanitaires. Apparemment, ils étaient en train de les mettre en pratique.

– Ainsi, vous êtes médecins tous les deux, maintenant?

– Non. Je me suis orientée vers la gestion lorsque David a entamé son deuxième cycle. Ça s'est révélé judicieux, car je m'occupe aujourd'hui de l'aspect concret de notre projet. En plus, il m'arrive de l'accompagner sur le terrain, alors c'est tout bénéfice pour moi!

Cherise n'avait rien perdu de l'optimisme et de cette joie contagieuse dont ses amis avaient toujours profité. Son plaisir évident à me retrouver rendit mes pensées plus légères et m'aida à me détendre. La jolie jeune femme me jeta un regard espiègle.

– À ton tour, raconte! Est-ce vraiment Jeremiah Hamilton que j'ai vu à ton bras?

Je rougis avant de me sermonner: je n'avais aucune raison d'être mal à l'aise.

– C'est mon patron, répondis-je en haussant les épaules, l'air de rien.

– Vous deux êtes...?

– Non! m'empressai-je de nier en secouant la tête. Je suis sa nouvelle assistante personnelle, ce qui, et je viens de le découvrir, suppose que je l'accompagne à ce genre de soirées. C'est très étrange, pour moi.

Je ne mentais pas vraiment. Pourtant, je ne me sentis pas bien de taire tout le reste, surtout quand Cherise ne cacha pas à quel point elle était déçue.

– Tu ne voulais pas devenir avocate? s'étonna-t-elle.

Elle touchait là un point sensible, ce qu'elle ne pouvait pas savoir, bien sûr. À la mort de mes parents, nous nous étions moins vues, chacune étant partie de son côté. J'avais rompu les ponts avec la plupart de mes camarades d'université quand, par la suite, j'avais essayé de m'en sortir.

— Ça n'a pas marché, lâchai-je avant de scruter la foule derrière elle, histoire de changer de sujet. Où est David?

— Quelque part dans la salle. Il se mêle aux riches invités pour tenter d'obtenir des dons. Notre intervention, cet aprèsmidi, ne nous a pas rapporté autant que nous l'espérions. Aussi, il cherche des mécènes supplémentaires. Il est bien plus doué que moi pour ce type d'exercice. Il me paraît tellement bizarre d'aborder un inconnu rien que pour lui demander de l'argent !

— Comme c'est amusant, lâcha alors une voix au fort accent étranger. C'est pourtant ce que vous êtes en train de faire, non?

En me tournant, je vis qu'une grande et mince blonde s'était postée près de moi et toisait Cherise avec une arrogance déplaisante. J'ignorais depuis combien de temps elle nous espionnait, mais quand je vis que mon amie accusait le coup, je ne pus me retenir de serrer les poings.

— Pardon? répondis-je avec indignation. À qui avons-nous l'honneur?

Elle posa sur moi son regard bleu et froid, me jaugeant d'un seul coup d'œil.

— Anya Petrovski, se présenta-t-elle. J'ai cru comprendre que vous étiez la nouvelle assistante personnelle de M. Hamilton. Un poste qui m'est très familier, ajouta-t-elle en faisant mine d'examiner ses ongles.

Elle ne me tendit pas la main, que j'aurais de toute façon refusée de serrer. Je n'avais pas apprécié sa façon d'insister sur le mot «familier», pas plus que ne me plaisait le rictus complice qui déformait ses lèvres. Furieuse que ma «relation d'affaires» avec mon patron soit ainsi raillée, je m'abritai derrière la colère.

– Veuillez me pardonner, Mlle Petrovski, mais j'étais en train de discuter avec...

– Vous ne tarderez pas à découvrir, m'interrompit-elle grossièrement, que quand on travaille pour des hommes fortunés, les gens égoïstes ne vous approchent que pour votre carnet d'adresses.

La peste gratifia Cherise d'un regard condescendant.

– Méfiez-vous de ces tentatives maladroites, conclut-elle.

Mon amie s'était raidie sous l'insulte voilée.

– Il s'agit d'un gala de charité, des fois que vous ne l'ayez pas remarqué, répliquai-je sur un ton cinglant pour défendre Cherise. Et si cette dame souhaite que je l'aide à trouver des fonds, je suis en droit de décider si j'en ai ou non envie.

Anya haussa les épaules.

– Cette soirée n'est qu'un prétexte pour légitimer une forme de mendicité minable.

Une remarque aussi déplacée me souffla, et je m'apprêtai à envoyer paître la femme hautaine, quand Cherise recula d'un pas.

– Excusez-moi, murmura-t-elle avec raideur, je dois rejoindre mon époux.

Je la retins par le bras.

– Cherise...

– Tout va bien, Lucy. Je suis heureuse de t'avoir revue, mais... quand tu en auras terminé avec cette... cette femme, viens nous retrouver.

Elle lança à la beauté russe un regard glacial, qui ne lui ressemblait pas du tout, avant de s'éloigner, la tête haute. Je me tournai vivement vers la blonde.

— Pourquoi avez-vous été aussi désagréable? lui demandai-je. C'est une amie.

Ma colère parut la ravir.

— Je me fiche bien d'elle, répliqua-t-elle avec décontraction. On m'a seulement envoyée vous chercher.

De nouveau, je serrai les poings. Au milieu de toutes ces personnes et en pays étranger, je ne voulais pas provoquer un scandale et attirer l'attention sur moi, mais j'eus du mal à me contrôler. Ce qui, encore une fois, sembla beaucoup amuser la Russe et ne fit qu'aggraver mes difficultés à me dominer.

— Qui donc?

— Mon employeur, sourit-elle, mauvaise.

Je me mordis les lèvres pour ne pas répliquer par les premiers mots qui me venaient à l'esprit.

— Merci de lui transmettre que je ne suis pas visible.

— Je dois insister, contra-t-elle en enroulant son coude autour du mien et en commençant à m'entraîner de force. M. Hamilton déteste attendre.

— Quoi? m'exclamai-je, décontenancée. C'est Jeremiah qui me demande?

Sous l'effet de la surprise, je l'avais laissé me tirer sur quelques pas. Me ressaisissant, je finis par résister. Mais, d'un geste du menton, elle indiqua une direction et je découvris le profil de mon patron au milieu d'un groupe d'invités. Je n'en revenais pas qu'il m'ait expédié cette harpie. La bouche pincée, hésitant à faire une scène mais voulant réellement échapper à cette femme suffisante, je cédai malgré moi et la suivis.

Plusieurs hommes en uniforme entouraient notre cible, tous d'un même vert kaki, mais dont les décorations variaient selon les grades. Alors que nous approchions, je me rendis compte que j'avais commis une grave erreur. Malheureusement, à présent je n'avais aucun moyen de m'échapper. Une tête brune, familière et pourtant totalement inconnue, se tourna vers nous, et une paire de prunelles d'un bleu-vert glacé s'éclaira en nous voyant arriver. De longs cheveux sombres ramenés en arrière encadraient un beau visage que fendait une petite cicatrice blanche, courant sur le nez et l'une des joues. Vêtu tout de noir et tenant négligemment un verre de vin, le propriétaire de ce visage était dénué de cette impassibilité à laquelle je m'étais habituée au bout de trois jours.

Bon sang! Dans quoi m'étais-je fourrée?

– Messieurs, si vous voulez bien m'excuser. Nous reparlerons de tout cela demain.

Si sa voix avait une intonation similaire, elle révélait des accents cyniques et sournois, très différents de la retenue propre au rigide Jeremiah. L'homme me dévisagea avec une nonchalance qui me dérouta, car elle était loin de la gravité que j'avais associée à un autre visage, d'une ressemblance pourtant frappante.

– Tiens, tiens, tiens! Qui va là? demanda-t-il en portant ma main à ses lèvres.

Le baiser qu'il me donna n'avait rien à voir avec celui de Gaspard. Là où le Français s'était montré galant, ce type laissait supposer une intimité déplaisante. Il me fixa, sa bouche s'attardant un peu trop longtemps sur ma peau. Malgré moi, je tressaillis, et cette réaction m'agaça profondément. Je retirai vivement mon bras, provoquant un éclair amusé dans les prunelles bleu-vert.

tout ce qu'il voudra

— Voici Lucy Delacourt, la nouvelle assistante de Jeremiah.

Même si la voix d'Anya était toujours aussi sarcastique, son attitude était un peu plus déférente. Elle se plaça à côté de l'homme et crocheta son bras avec ce qui me parut être une sorte de possessivité.

— Je vous présente Lucas Hamilton, enchaîna-t-elle. Le véritable héritier de la famille.

La conviction qu'elle avait mise dans cette dernière phrase ne m'échappa pas, et l'intéressé ne protesta pas. En tout cas, j'étais face à celui auquel Gaspard avait fait allusion à notre arrivée. Je fronçai les sourcils, coincée entre ce couple. Leurs regards avaient en commun une lueur prédatrice qui me donnait envie de fuir. Pourtant, je tins bon et croisai les bras sur ma poitrine. Ma colère couvait au fond de mon ventre. Je détestais me retrouver dans cette situation inattendue, sans renforts pour me soutenir.

Inclinant la tête sur le côté, Lucas ignora sa somptueuse voisine pour détailler ma physionomie.

— Vous paraissez tendue, chérie, me susurra-t-il. Il me déplaît qu'une femme aussi jolie que vous ait l'air de regretter d'être en ma compagnie.

Anya se raidit, et le regard furieux qu'elle me jeta ne cacha rien de la jalousie qu'elle éprouvait. Même si j'étais contente de la voir en rabattre d'un cran, je n'avais aucune envie de poursuivre cette conversation. Quelque chose me soufflait que ces deux-là ne jouaient pas dans la même cour que moi. Quoi qu'il arrive, je doutais d'en sortir gagnante.

— Je vous ai pris pour un autre, répliquai-je sans amabilité, sans préciser non plus qu'on m'avait forcée à venir. Pardonnez-moi...

108

Je reculai d'un pas. À cet instant, l'orchestre entama un nouveau morceau, plus vif, et aussitôt des couples se rendirent sur la piste de danse. D'un geste sec, Lucas se débarrassa d'Anya et avança vers moi.

– M'accorderez-vous cette danse? demanda-t-il en me tendant la main.

La Russe s'interposa, prête à empêcher cette invitation. Un coup d'œil acéré de l'homme stoppa nette sa tentative, et elle se pétrifia, non sans me foudroyer du regard. Comme si, tout à coup, c'était moi à qui était dévolu le rôle de la méchante. Tout cela commençait à m'agacer prodigieusement.

– Non, désolée, déclinai-je, il faut vraiment que je trouve mon...

– Permettez-moi d'insister, coupa-t-il.

Et sans me laisser la possibilité de protester, il mit un bras autour de ma taille et m'entraîna vers la piste. Je résistai, plantant mes talons dans le sol. Tous s'étaient-ils donc passé le mot, ce soir, pour m'obliger à faire leurs quatre volontés?

– Nous sommes en public, murmura Lucas à mon oreille. Vous ne voudriez pas vous donner en spectacle, n'est-ce pas?

J'hésitai, soudain consciente des inconnus qui nous entouraient. Ce bref moment d'hésitation suffit à mon cavalier, qui en profita pour me tirer sur la piste et m'étreindre avant que j'aie eu le temps de refuser à nouveau. En un clin d'œil, il m'entraîna sur le sol glissant comme de la soie. J'essayai de me libérer, mais sa poigne m'emprisonnait comme un étau.

– Lâchez-moi, grondai-je, la voix lourde de la colère qui bouillonnait en moi.

– Pour gâcher une occasion formidable de danser avec une belle femme? Sûrement pas.

Mes réticences paraissaient le divertir. Ma raideur rendait mes mouvements disgracieux, ce qui n'avait pas l'air de perturber mon cavalier le moins du monde. Il m'attira contre son corps dur, son étreinte pareille à de l'acier. Je touchais à peine le sol, tout mon poids reposait sur ses bras.

– Nous sommes partis sur le mauvais pied, reprit-il. Expliquez-moi pourquoi. Mon odeur vous déplaît-elle?

La question, absurde, me prit en traître et je dus lutter pour ne pas sourire. Malgré moi, je sentis ce qui émanait de lui, une fragrance à la fois sucrée et épicée, proche de la cannelle. Je ne sus déterminer s'il s'agissait d'un parfum ou de son odeur naturelle. Irritée par ma réaction, je répondis avec mauvaise humeur:

– Je n'aime pas qu'on rabaisse mes amis devant moi, puis qu'on m'oblige à rencontrer quelqu'un sous de fausses raisons.

La brutalité de mes propos amena Lucas à incliner la tête sur le côté, d'un air contrit.

– Anya peut parfois se montrer vive, reconnut-il. D'ailleurs, cela a fait partie de ses charmes, à une autre époque. Et si nous repartions de zéro? Je m'appelle Lucas Hamilton et vous êtes…

– Vous le savez très bien.

Refusant par défi de croiser son regard, je me concentrai sur le col de sa chemise. Un doigt me souleva le menton.

– J'aimerais toutefois l'entendre de votre bouche, souffla-t-il, tandis qu'il m'entraînait dans un grand arc de cercle autour de la piste de danse.

Mon ventre se noua soudain, je serrai les mâchoires. Au diable mon corps et ses réactions idiotes! Les mains de Lucas étaient deux charbons ardents sur ma peau, ses yeux deux aimants. Exactement comme son frère.

Le souvenir de Jeremiah me permit de retrouver une contenance. Je n'avais pas besoin qu'un autre homme réduise mes jambes en coton et anéantisse ma volonté. Un seul était déjà plus que suffisant.

– Qu'attendez-vous de moi ? demandai-je d'un ton ferme.

Si j'espérais détecter de la déception chez lui à la suite de l'échec de ses tentatives de séduction, j'en fus pour mes frais. Au contraire, son regard s'alluma d'un intérêt nouveau et d'un plaisir réel.

– En plus de danser avec une belle femme ? répondit-il avec un haussement d'épaules décontracté. Rendre jaloux mon petit coincé de frangin.

Je pinçai les lèvres, mon ventre se serra. Au moins, il était franc. Enfin, j'en avais l'impression.

– Je n'ai pas envie de jouer à vos petits jeux, M. Hamilton, ripostai-je.

Je tentai de me dégager en douceur, bousculant au passage un couple voisin.

– Je préférerais ne pas faire de scène, enchaînai-je, mais si vous ne me…

– Et si j'étais à même de répondre à certaines questions que vous vous posez au sujet de votre employeur ? contra-t-il.

Mon air surpris suscita chez lui un sourire ironique qui me sembla presque authentique.

– C'est lui, le cachottier, poursuivit-il en m'attirant encore plus contre lui et en collant sa bouche à mon oreille. N'y a-t-il donc rien que vous mouriez d'envie d'apprendre à son propos ?

J'enfonçai mon talon sur le bout de sa chaussure. S'il grimaça et s'écarta, il ne me lâcha pas pour autant. Une fois encore, les commissures de ses lèvres se retroussèrent sur un rictus enrageant. Je le fusillai du regard. Il me tenait, et il le savait.

Car j'étais curieuse, c'est vrai.

J'ignorais tellement d'aspects de la personnalité de mon nouveau patron, qui ne cessaient, en sa présence, de me déstabiliser de façon vertigineuse! Sa manière de me regarder, aussi perçante que s'il lisait en moi, par exemple. L'idée de savoir quelque chose, n'importe quoi susceptible de rétablir l'équilibre entre nous, était aussi tentante que de l'eau pour un homme mourant de soif. Mais la moue railleuse de Lucas continuait de me révulser.

– Anya a travaillé pour M. Hamilton, marmonnai-je. L'autre, j'entends. Mon patron.

Le sourire s'élargit.

– Elle a été sa dernière assistante personnelle, lâcha Lucas d'une voix traînante tout en me fixant attentivement.

Je m'efforçai de dominer ma répulsion. En vain. Une pareille sorcière? Qu'est-ce que Jeremiah avait donc pu lui trouver?

Quand mon cavalier rejeta la tête en arrière et éclata de rire, je me rendis compte que j'avais formulé mes pensées tout fort. Mortifiée, je rougis. Autour de nous, des couples de danseurs nous observèrent avec étonnement.

– Elle n'a pas toujours été ainsi, reprit l'aîné des Hamilton sur un ton amusé. Elle était même charmante, tout comme vous.

– Qu'est-il arrivé pour qu'elle change autant? répondis-je, bien décidée à ne plus me laisser piéger.

– Je l'ai séduite et ravie à mon frère avant d'en faire mon espionne. Lorsqu'il a découvert le pot aux roses, il l'a licenciée et elle est venue travailler pour moi.

Son arrogance cachait mal une amertume palpable. De nouveau, je tentai de lui échapper et, bizarrement, cette fois, il m'autorisa à m'éloigner un peu. Malheureusement, ce ne fut que pour me faire tourner sous son bras avant de resserrer son étreinte autour de ma taille. S'il restait insensible aux éclairs que mes yeux lui lançaient, son attention ne s'était pas détournée de moi.

– Question suivante?

J'avais beau danser avec un serpent, je n'avais pour l'instant pas les moyens de m'enfuir. N'apercevant dans la salle aucune trace d'une équipe de secours à même de me tirer de là, je décidai de poursuivre cette drôle de conversation.

– Qu'entendait Anya quand elle vous a désigné comme le «véritable héritier de la famille»? Vous et Jeremiah êtes frères, non?

– Ah! Vous allez directement au cœur des choses, hein?

Il me fit tournoyer encore une fois, ses prunelles bleu-vert pensives.

– Que savez-vous exactement?

Pas grand-chose, mis à part ce que Celeste m'avait révélé plus tôt.

– La version Wikipédia. Votre cadet était militaire, il a démissionné pour reprendre les rênes de la société et a connu des débuts difficiles.

– Un résumé assez juste, même s'il manque quelques détails intéressants.

Je réfléchis un instant.

– Quelles sont exactement les activités de Hamilton Industries? Comment votre famille fait-elle de l'argent?

Il arqua un sourcil, mais accepta de répondre à ma question.

– Des opérations d'investissements, surtout. Dans d'autres compagnies qui, en échange, nous reversent une grosse partie de leurs bénéfices. Aujourd'hui, la boîte sert surtout à conserver et à faire prospérer le fric qu'elle a déjà. Mais le trust abrite beaucoup de sociétés et emploie du monde. Nous avons toujours…

Il s'interrompit, puis enchaîna :

– Dites-moi, quelles relations entreteniez-vous avec votre père ?

Désarçonnée par sa demande, je me raidis et cherchai sur son visage les traces d'un piège, mais son intérêt me parut réel, bien que la question soit trop personnelle à mon goût.

– Elles étaient bonnes, répondis-je avec prudence. Pourquoi ?

– Pas les nôtres, lâcha-t-il, et son expression jusqu'alors joviale s'assombrit. Il était impossible de satisfaire Rufus Hamilton, surtout si vous étiez de sa famille. Nous ne l'avons compris qu'en grandissant, bien sûr, alors que ses exigences avaient déjà forgé nos sensibilités. Je vous la fais courte : j'ai suivi le parcours qu'on attendait de moi dans le but de succéder à mon père à la tête des affaires familiales. De son côté, Remi s'est rebellé. Il n'a rien trouvé de mieux que de s'engager dans l'armée sans le consentement de notre paternel. Ainsi, et pour la seule fois de sa vie, il a réussi à déjouer les plans du vieux. Ce qui a rongé ce dernier jusqu'à la fin de ses jours.

Il s'interrompit et un long silence s'installa.

– Un événement a dû tout changer, murmurai-je pour l'inciter à continuer.

Il grogna, son regard redevint lointain et cynique.

– Oui. Le patriarche est mort.

Il baissa les yeux sur moi, les lèvres pincées. Cette nouvelle pirouette me permit de deviner que c'était sa façon de se donner du temps pour réfléchir.

— Rufus n'aurait pu choisir un meilleur moment. Il a été emporté par une crise cardiaque en plein conseil d'administration, quelques jours à peine avant que Jeremiah se réengage. J'ai été surpris de le voir débarquer pour la lecture du testament. Encore plus choqué quand j'ai découvert que notre très cher père laissait l'essentiel de ses biens à son fils cadet.

La colère maîtrisée que je lisais dans ses yeux luttait avec le rictus qui déformait ses lèvres. Il avait l'air absent, perdu dans des souvenirs qui, clairement, lui déplaisaient.

— Jeremiah a tout eu, y compris la majorité des actions de la société. Il était stipulé que, s'il refusait l'héritage, l'affaire serait liquidée et démantelée. Ce qui aurait entraîné la perte de milliers d'emplois et l'effondrement d'un empire soigneusement érigé pendant des décennies. Tout ce machiavélisme pour récupérer le rejeton qui avait été plus malin que lui!

La dureté de ces dernières volontés eut le don de me dérouter.

— Tout transmettre à Jeremiah était donc une sorte de punition?

Ma question tira Lucas de ses réflexions, et je frissonnai. Son expression mélancolique s'effaça devant une ironie arrogante dont je commençais à saisir qu'elle n'était qu'un masque. Il nous entraîna dans un tourbillon de rondes.

— Notre adorable Remi a toujours été aux petits soins pour les gens du commun. C'est pour ça qu'il s'est engagé. Il souhaitait aider les autres. Aussi, après la lecture du testament par le notaire, nos avocats et les membres du conseil d'administration se sont rués sur lui et lui ont mis la pression: la situation était grave, il allait ruiner des milliers de vies s'il refusait, etc. Vu sa prédilection à jouer les héros, il ne fallait pas être un génie pour deviner sa décision.

– Mais vous? demandai-je avec une curiosité non dissimulée.

Si Lucas disait vrai, son père l'avait spolié de manière injuste. Même si ce détail ne changeait rien à mon antipathie pour lui, il me faisait considérer sa personnalité d'une autre façon.

– J'ai survécu, marmonna-t-il. (Il regarda par-dessus mon épaule, et un sourire malsain étira sa bouche, tandis que le morceau se terminait.) Ce qui ne veut pas dire que je n'ai pas saisi la première occasion pour m'amuser.

J'étouffai un petit cri quand, après un ultime tour, il me renversa en arrière jusqu'à me placer presque à l'horizontale. Me retenant à ses épaules, je fixai son beau visage avec des yeux ronds.

– Et si on leur en donnait pour leur argent?

Alors il plaqua ses lèvres sur les miennes. Je me raidis, enfonçai mes ongles dans son costume noir. Sa bouche profitait de ma surprise, sa langue et ses dents titillaient ma lèvre inférieure. Même bref, ce baiser provoqua en moi une chaleur. Mais je parvins à me dominer. Quand il me redressa, mon bras était déjà levé. Ma main claqua sur sa joue, l'élan donnant à ma gifle une certaine force. Le coup nous pétrifia tous les deux. Je n'arrivais pas à croire que je l'avais fait, une incrédulité apparemment partagée par Lucas. Je distinguai un éclat étonné dans son regard et, peut-être, une pointe de respect. Il me lâcha enfin.

– Que se passe-t-il ici?

II

Je poussai un soupir de soulagement en reconnaissant l'intonation familière de Jeremiah. Malheureusement, l'expression que je vis sur son visage, en me retournant, ne me réconforta pas. J'essayai d'aller vers lui, mais Lucas me retint par la main.

– Mon cher frère! dit-il.

Sa voix résonna fort maintenant que l'orchestre avait terminé le morceau.

– Ravi de te rencontrer ici, enchaîna-t-il. Un verre avec moi et ma charmante compagne, ça te dit?

De nouveau, je tentai de m'arracher à lui, sans résultat. J'adressai un coup d'œil navré à Jeremiah qui, à ma grande déception, se borna à me lancer un regard accusateur. En quel honneur étais-je responsable? pensai-je, indignée. Il m'avait abandonnée, seule et sans défense!

La confrontation entre les frères avait attiré l'attention des invités les plus proches, et j'étais coincée au milieu. Si les deux hommes étaient plus à l'affût l'un de l'autre que de moi, aucun d'entre eux ne faisait mine de vouloir me libérer. Lucas me retenait par le poignet, Jeremiah me bloquait le passage.

Maintenant qu'ils étaient réunis, il m'était plus facile de les distinguer. D'ailleurs, j'avais du mal à comprendre comment j'avais pu les confondre. Jeremiah ressemblait à un taureau en captivité, l'échine courbée, déjà prêt à attaquer ; son masque impassible était tombé, ses prunelles luisaient de colère. Par contraste, Lucas, plus fluet et légèrement plus petit, était solidement campé sur ses jambes, et une grimace de supériorité se lisait sur ses traits ; ses yeux avaient un éclat malicieux. Il me sembla évident qu'il était maître dans l'art de provoquer son cadet.

– Que fiches-tu ici ? gronda Jeremiah, tandis que son regard passait du visage de son frère à nos mains toujours liées l'une à l'autre.

– Et si j'avais eu envie d'aider les moins chanceux, ou de rendre visite à mon frangin perdu de vue depuis si longtemps ? Après tout, notre dernière rencontre a été si théâtrale !

– Tu avais volé trente millions de dollars !

Lucas chassa l'air d'un revers de la main.

– Il paraît, en effet, admit-il avec allégresse, avant de s'adresser à moi : Venez, ma chère, je vous offre un verre.

Il voulut m'entraîner, je résistai. À ce moment, Jeremiah s'interposa, empêchant son aîné de partir.

– Je pourrais te faire arrêter en deux minutes, le menaça-t-il de sa voix grave, assez bas pour que seules les personnes les plus proches la perçoivent. Même en France, ils n'hésiteraient pas à t'extrader, Loki.

– Ah, mais c'est qu'on s'est renseigné sur mon compte ! ricana Lucas en écartant les bras, une lueur moqueuse dans le regard. Je te manque !

J'avais du mal à suivre cet échange, ce qui ne diminuait pas mon agacement. Tous deux paraissaient avoir oublié mon existence et n'hésitaient pas à étaler leur conflit devant l'assemblée. Au bord de la piste de danse, j'aperçus Anya qui nous observait, une expression de triomphe sur son visage dur. Je ne pus m'empêcher de me demander si c'était elle qui avait annoncé à mon patron que j'étais dans les bras de Lucas. Soudain, Jeremiah sembla grandir encore et ses traits s'assombrirent.

– Si tu n'étais pas mon frère... dit-il sourdement.

– Oui? l'interrompit son aîné d'une voix pleine de sarcasme et assez forte pour être entendue des invités qui nous observaient. Tu me flanquerais une raclée? Tu bousillerais ma vie? Trop tard, frangin, quelqu'un t'a devancé. Oh, un instant! Mais c'était toi, ce quelqu'un!

Jeremiah avança d'un pas, mais Lucas ne se laissa pas impressionner.

– Loki...

– Assez!

Mon cri claqua comme un fouet, transperçant la tension ambiante. Les deux Hamilton sursautèrent avant de se tourner vers moi, surpris. J'étais trop en colère pour reculer à présent. Je regardai d'abord Lucas en levant ma main prisonnière à hauteur de ses yeux.

– Lâchez-moi.

Ses doigts se desserrèrent très légèrement, et j'en profitai pour me libérer de son emprise et faire un pas en arrière. Jeremiah voulut s'emparer de mon bras, mais je m'écartai de lui également, ce qui l'étonna.

– Pas touche! lançai-je en le fixant avec rage.

Il plissa le front, appréciant visiblement peu que je le défie ainsi.

– Mlle Delacourt… commença-t-il.

Je secouai la tête et plongeai mes yeux furibonds dans les siens.

– Vous m'avez laissée, j'ai été obligée de me défendre toute seule. C'est exactement ce que j'ai l'intention de faire maintenant. (Je jetai un coup d'œil à Lucas, qui m'examinait avec amusement, avant de revenir sur mon patron) J'ai l'impression que vous avez des choses à régler, tous les deux. Alors je m'en vais.

Mon patron n'approuvait pas du tout cette manifestation d'indépendance, mais, en ce moment, je m'en moquais comme de l'an quarante. Sentant sur moi le poids des regards des invités, je me redressai et m'éloignai avec dignité, abandonnant les deux rejetons Hamilton à leur ahurissement. J'avais conscience que leurs prunelles, brûlantes comme des tisons chauffés à blanc, me suivaient, creusant des trous dans mon dos… Mais je n'étais pas d'humeur à apprécier cette victoire hasardeuse – je le pressentais, j'allais la payer très cher plus tard.

Rares étaient les femmes habillées en jaune. Il me fallut donc peu de temps pour repérer Cherise. Elle parut surprise que je la rejoigne, mais je ne la laissai pas s'exprimer.

– Je veux t'aider, lui dis-je.

À l'université, un de mes professeurs avait mentionné, en passant, que je ferais une excellente lobbyiste. Si cela n'avait jamais été mon but, je dus reconnaître que, ce jour-là, il n'avait pas eu tort. Je m'aperçus qu'il était plus simple de s'occuper des soucis des autres que des siens. Dès qu'il s'agissait de rendre service, je n'étais pas de nature timide. Même si je n'avais pas agi ainsi depuis des années, j'avais besoin d'évacuer ma colère et je me lançai dans une véritable campagne en faveur de mes amis.

Pendant l'heure suivante, je charmai ainsi différentes personnes, traduisant quand cela était nécessaire, me démenant pour aider David et Cherise. Cela s'avéra d'une étonnante simplicité. Après tout, l'événement avait été organisé dans le but de signer des chèques, et je n'eus qu'à convaincre les participants de faire profiter de leurs largesses un petit dispensaire de Bornéo. Je recourus à tous mes talents de sociabilité un peu rouillés et passai de groupe en groupe, envoyant les gens vers mes amis avant de m'attaquer à un autre donneur éventuel. Bien que je sois plus douée pour faire tapisserie que pour papillonner au milieu de la foule, j'oubliai toutes mes réserves et parvins à captiver l'intérêt de plusieurs mécènes.

De temps à autre, je distinguai Jeremiah au milieu des invités, sentant le poids de son regard sur moi ; je fis de mon mieux pour ne lui prêter aucune attention. Ce qui était plus facile à dire qu'à faire. Même de loin, cet homme avait le don bizarre de me déstabiliser. Il n'empêche, je me concentrai sur ma croisade, et il ne m'aborda pas, me laissant respirer, ce dont je lui fus reconnaissante. Quant à Anya et à Lucas, ils semblaient s'être volatilisés, et j'en fus ravie.

Au bout d'une heure, Cherise me rejoignit et m'entraîna à l'écart. Elle souriait de toutes ses dents, son corps vibrait d'une énergie radieuse.

– Je n'en reviens pas, me confia-t-elle. Nous avons réuni presque cent mille dollars jusqu'à maintenant !

J'en eus le souffle coupé et dus me retenir de l'embrasser.

– Est-ce que cela sera assez pour vous permettre de tenir un moment ?

– Tu plaisantes? Vu l'endroit où nous sommes installés, ça nous fera vivre pendant plusieurs années, sans rien coûter aux populations locales. Oh, merci!

Cherise devait se moquer de la bienséance plus que moi, car elle se jeta à mon cou et me serra fort, même brièvement, contre elle.

– Tu es géniale! conclut-elle.

– Je ne peux qu'être d'accord avec cette remarque.

Avalant ma salive, je me retournai. Derrière moi, Jeremiah nous dévisageait avec une drôle d'expression. Il n'avait d'yeux que pour moi, et quand Cherise mit fin à notre embrassade, il me tendit la main.

– Me ferez-vous l'honneur de danser avec moi?

J'en restai pétrifiée et jetai un regard à Cherise, qui affichait un air entendu. Quand elle me vit hésiter, elle me poussa dans les bras de mon patron.

– Monsieur vient de t'inviter à danser, rigola-t-elle, des étoiles dans les yeux. David et moi, nous nous débrouillerons sans toi, maintenant.

N'ayant plus aucune excuse, je contemplai la main offerte de Jeremiah. Il avait demandé ma permission, ne m'avait pas donné d'ordre et paraissait prêt à attendre ma décision. Je scrutai ses prunelles vertes et me rendis compte que je ne lui en voulais plus de m'avoir abandonnée; mais il était hors de question qu'il s'en sorte sans dommages.

– Vous n'avez pas l'intention de me laisser tomber en pleine danse, n'est-ce pas? me moquai-je en acceptant sa main.

À la place de l'agacement que j'avais redouté lire sur son visage, il sembla presque amusé par ma remarque.

– Je vous jure de ne pas vous perdre de vue jusqu'à la fin de la soirée.

Son ton lourd de promesses provoqua des frissons le long de ma colonne vertébrale, et je le suivis sur la piste. Il m'enlaça avec légèreté, ce qui fit un contraste saisissant avec la poigne trop ferme de son frère, un peu plus tôt.

– Je vous prie de me pardonner mon comportement, murmura-t-il.

Je haussai des sourcils surpris. Lui faisant amende honorable? Auprès de moi?

– Excuses acceptées, répondis-je avant de souffler un peu. Votre famille m'a l'air un peu perturbé, non?

Un sourire sans joie étira l'un des coins de sa bouche, mais il éluda ma question.

– Vous avez discuté avec lui, marmonna-t-il en laissant planer une interrogation dans sa phrase.

– Il m'a fourni des renseignements vous concernant, admis-je.

Le sentant se raidir, je m'empressai de m'expliquer:

– Il m'a surtout révélé que votre père vous avait presque forcé à accepter la direction de la société. C'est vrai?

– Dans l'ensemble, oui, reconnut-il au bout d'un long moment, mais sans entrer dans les détails.

– D'après Celeste, vous avez été ranger dans l'armée, ajoutai-je pour rompre le silence. Comment était-ce? insistai-je en voyant qu'il serrait les lèvres.

– La période la plus exaltante de ma vie.

Il se tut de nouveau. Pour réfléchir, cette fois.

– Au début, finit-il par dire, l'idée était de m'éloigner des miens, de mon père, surtout. Mais, une fois engagé, j'ai adoré. J'y aurais fait carrière si...

Si ce choix ne lui avait pas été retiré. Lucas avait donc dit la vérité, malgré l'animosité qu'il éprouvait. Le sens de l'honneur de Jeremiah l'avait contraint à renoncer à une existence qu'il aimait pour sauver l'entreprise familiale et tous ceux qui en dépendaient. Inclinant la tête, je la posai sur son épaule. Il se tendit, je craignis qu'il me repousse, puis il se relaxa et m'attira contre lui. Il émanait de lui une odeur merveilleuse, un mélange de chocolat et de cerise. La peau de son cou était assez proche pour qu'il me suffise de tourner le menton et de vérifier s'il avait aussi bon goût qu'il sentait bon...

Me rappelant que nous étions nombreux dans la salle, et sans doute sous le feu des regards des curieux, je relevai la tête, mais sans m'écarter pour autant. Mon cavalier avait dû déchiffrer mes intentions, car il se plaqua contre moi et je sentis une bosse appuyer contre mon ventre. Un désir presque douloureux m'emplit, des picotements me parcoururent du sommet du crâne jusqu'aux orteils, et je retins un léger soupir. Sa seule présence agissait sur moi comme une drogue, comme un puissant aphrodisiaque qui me donnait envie de l'attirer dans un endroit intime pour nous adonner à des coquineries. Son regard reflétait le même désir. Il resserra sa prise autour de mes reins, frotta son membre durci à l'intérieur de ma cuisse, et je fus submergée d'une soudaine vague de chaleur.

Tout à coup, quelqu'un tapota sur un micro : une voix résonna en français dans les haut-parleurs. Gaspard.

– Mesdames, messieurs, j'aimerais profiter de l'occasion pour remercier certains généreux invités de notre assemblée, ce soir.

– À mon avis, c'est de vous qu'il parle, murmurai-je.

En effet, tous les yeux étaient rivés sur nous. Le morceau se termina, mais Jeremiah continua de me tenir entre ses bras quelques secondes encore. Quand il recula, il ne me lâcha pas et porta mes doigts à ses lèvres.

Le cœur battant, je déglutis. Celeste m'avait confié que la presse et la plupart des gens prenaient les assistantes personnelles de Jeremiah pour des relations professionnelles. Sauf que là, il allait être difficile d'en convaincre les témoins de la soirée. Mince! Je commençais à perdre pied tellement les signaux qui se bousculaient dans ma tête étaient contradictoires. Chaque chose en son temps, me dis-je, quand mon patron libéra ma main pour se diriger sur l'estrade et faire face à l'assistance. L'aventure pouvait se terminer du jour au lendemain, et je me retrouverais dans un appartement minable du New Jersey.

Malgré la force que Jeremiah donnait à notre relation professionnelle et personnelle, je savais que j'étais libre de partir dès que je le voulais. Même si les termes de notre contrat n'étaient pas d'une égalité flagrante, cette possibilité me semblait le seul élément un peu solide dans le chamboulement permanent de ma vie aujourd'hui. Mais l'idée de m'en aller me brisait le cœur. Si Jeremiah n'était pas du genre à jouer des mauvais tours, contrairement à Lucas, il était parfois difficile à saisir.

– Vous réfléchissez trop, ma douce.

Je sursautai quand la voix de l'aîné des Hamilton résonna à quelques centimètres seulement de mon oreille.

– Fichez le camp! soufflai-je, sans quitter son cadet des yeux.

Mon patron rejoignait Gaspard qui s'était lancé dans un petit discours en français, et je n'osai imaginer la réaction de Jeremiah s'il découvrait que Lucas se tenait à côté de moi.

– Pas de panique. Il m'a juste paru malpoli de partir sans dire au revoir à une aussi jolie femme.

J'émis un reniflement sceptique.

– Allez plutôt embêter Anya, je suis sûre qu'elle s'y est habituée maintenant.

Mon ton avait été sec, même si j'avais veillé à ne pas parler trop fort. Un ricanement sourd accueillit ma réponse. Heureusement, la plupart des invités nous ignoraient.

– Si vous voulez vous venger de votre frère, je vous prie de ne pas m'y mêler, sifflai-je.

– Oh! Mais c'est tellement plus drôle ainsi!

Des mains saisirent mes hanches, et je résistai tout en lançant un coup de pied en arrière, qui atteignit sa cible. Il me lâcha et, un bref instant, je savourai ma victoire avant de l'entendre rire à nouveau. Entre-temps, Jeremiah était monté sur scène, et je priai pour qu'il ne se tourne pas dans notre direction.

– Vous allez m'attirer des ennuis, grognai-je.

– Je suis sûr que vous adorez ça, ronronna Lucas.

Je lui lançai un regard furieux. Un sourire autosatisfait étirait ses lèvres, tandis qu'il me détaillait avec une gourmandise non dissimulée. Je levai les yeux au ciel et décidai de l'ignorer. Je me tournai vers la scène… pour découvrir les prunelles de Jeremiah rivées sur moi, si intenses qu'elles me clouèrent sur place. Mince!

– Oups! ricana son frère. J'ai l'impression qu'il vient de repérer notre petit *tête-à-tête*. Je me demande ce qui peut lui traverser l'esprit en ce moment.

Lucas ponctua sa phrase de caresses sur ma nuque du bout des doigts. Je m'écartai vivement de lui. À en juger par son expression maussade, mon patron et amant n'appréciait pas du tout la plaisanterie de son aîné. J'étais prise dans un dilemme : malgré mon poing serré et mon envie de m'en servir, j'avais conscience qu'agir avec brusquerie ne ferait qu'attirer sur nous une attention malvenue ; de plus, cela allait amuser le serpent près de moi. Jeremiah ne nous quittait pas des yeux, et Lucas, même s'il ne me touchait plus, paraissait bien décidé à me coller le plus possible. Je me représentais trop bien les idées qui pouvaient tourmenter mon patron. Heureusement, Gaspard vint à notre secours. Ayant remarqué la distraction de Jeremiah et la situation dans laquelle je me trouvais, il assena une bourrade sur le bras du milliardaire et parvint à l'intéresser à autre chose qu'à son frère et moi. Un soupir de soulagement m'échappa. Un souci de moins, en tout cas pour l'instant. Les deux hommes se serrèrent la main devant les appareils photo, ce qui mit un terme à ce moment officiel.

– C'est le signe qui m'indique de partir, marmonna Lucas.

Il se pencha vers moi, son torse frôlant mon épaule, et déposa un rapide baiser sur ma joue. J'eus beau bondir aussitôt sur le côté, je compris au visage sombre de Jeremiah qu'il n'avait rien perdu de la scène.

– Au revoir, *chérie*, souffla Lucas avant de disparaître.

Il me laissait seule pour affronter le taureau furieux qui fonçait sur moi. Sachant qu'il serait vain de plaider ma cause, je gardai le silence quand il me rejoignit.

– Partons d'ici.

Son ton ne permettait aucune objection. Une main posée sur ma chute de reins, il me conduisit habilement à travers la foule. Heureusement, personne ne s'intéressa à notre départ précipité. Et je connus enfin le soulagement que j'espérais depuis un bon moment. Je n'avais plus à me soucier de trébucher sur mes talons ni de me ridiculiser. L'euphorie que j'avais ressentie à aider Cherise et David s'était évaporée, et je n'étais pas loin de l'épuisement.

Jeremiah gardait le regard fixé sur les portes, et j'eus l'impression qu'il faisait exprès de m'ignorer. L'intransigeance de son visage m'inquiéta, car je ne savais pas ce qu'elle me réservait. La douce intimité que nous avions partagée pendant notre danse s'était envolée. Je me gardai de parler, me promettant d'envoyer dès que possible un mail à mes amis pour leur faire des adieux tardifs et leur souhaiter bonne chance dans leur entreprise.

La limousine nous attendait devant la sortie. Nous évitâmes les derniers paparazzis et montâmes dans la voiture, puis le chauffeur referma la portière derrière nous. Je m'installais sur le rebord d'une banquette latérale, face à Jeremiah. Au moment où nous démarrions pour regagner notre hôtel, il ferma la cloison en verre noir pour nous isoler du chauffeur.

Par instinct, je jetai un regard vers l'avant scellé de la voiture, et Jeremiah profita de ce moment d'inattention pour passer à l'attaque : il me repoussa brusquement sur la banquette et j'étouffai un cri de surprise. Me dominant de toute sa taille, il pesait sur l'une de mes épaules, me plaquant au cuir du siège. Ses prunelles s'attardèrent sur ma poitrine avant de remonter vers mon visage. Le feu qui les ravageait me serra la gorge.

– Écartez les jambes !

Sous l'effet du choc, j'entrouvris les lèvres. Ma respiration devint saccadée, tandis que son autre main glissait le long du tissu qui moulait ma hanche. Quand la fermeture de ma robe s'ouvrit, il y glissa les doigts afin de caresser l'intérieur de ma cuisse.

– À propos de votre frère, tremblai-je, voulant me justifier à tout prix tellement j'étais nerveuse, il ne s'est rien passé. Je l'ai confondu avec vous et...

– Non!

Je me tus. Jeremiah interrompit ses gestes, tendu comme un arc.

– Je ne veux plus entendre parler de mon frère ce soir, lâcha-t-il. S'il vous plaît, ajouta-t-il de mauvaise grâce.

Quand j'opinai, il se relaxa un peu.

– Et maintenant, reprit-il, où en étions-nous?

Sa main s'insinua entre mes genoux, les força à s'ouvrir, tandis qu'elle remontait vers le haut de ma jambe. Je cessai de respirer, le ventre noué, lorsque ses doigts tirèrent sur la jarretelle de ma cuisse et frôlèrent ma peau jusqu'à s'infiltrer sous la ceinture, autour de mes hanches. Malgré moi, je serrai les jambes, il s'arrêta.

– Vos jambes!

L'ordre se referma sur moi, tel un filet de sensualité, et je déglutis. Mon corps s'était déjà mis à vibrer, je haletais presque. Une partie de moi redoutait ce qu'il allait m'infliger; même si je ne m'attendais pas à quoi que ce soit de douloureux ni d'avilissant, j'avais peur de perdre complètement le contrôle sur moi. C'était d'ailleurs peut-être ce qu'il recherchait. Avec un soupir frémissant, j'obligeai les muscles de mes cuisses à se décontracter et écartai les genoux.

– Encore!

J'obéis en serrant les lèvres et me dévoilai à lui. Sa main quitta mon épaule pour prendre appui sur le dossier de la banquette. Quand un doigt vint appuyer sur la fine barrière de ma culotte, j'étouffai un gémissement et arquai mon corps sous l'effet du plaisir. Il attrapa mes cheveux afin de bloquer mes mouvements, et sa main palpait mes chairs. Il se pencha tout près de moi.

– Vous êtes à moi, murmura-t-il, les yeux luisants. Je veux vous l'entendre dire.

Il continuait à me caresser, sa poigne se resserrait autour de ma chevelure et je geignais de bonheur.

– Je suis à vous, parvins-je à souffler avec difficulté.

Mon corps tremblait comme un cœur battant. Les yeux fermés, j'étais toute entière concentrée sur les sensations que son contact suscitait en moi. L'agréable douleur du désir se répandit dans mon bas-ventre. Retirant mes chaussures, je m'arc-boutai sur le sol et poussai mes hanches vers la main magicienne.

– Répétez.

– Je suis à vous, Monsieur.

Ses doigts tirèrent brutalement mes cheveux et je rouvris les yeux en haletant. Ses prunelles fouillaient les miennes, je n'aurais su dire en quête de quoi, mais je crois que, de toute façon, je n'étais pas en mesure de lui cacher quoi que ce soit. Je ne voulais qu'une chose – lui. J'essayai de lui montrer à quel point j'étais désespérée qu'il me rejoigne. Les lèvres de mon vagin palpitaient, réclamaient qu'on les cajole, et je priai en silence pour qu'il m'en donne toujours plus.

Soudain, il relâcha sa prise autour de mes cheveux et se déplaça. Si l'intensité de son regard avait baissé d'un cran, il n'en était pas de même pour son exigence.

– Je veux que vous jouissiez pour moi, souffla-t-il, son visage tout près du mien.

Ses mots me firent fondre, sa voix grave envahit mon corps d'un plaisir sensuel. Ses doigts habiles s'activaient sans effort

sous mes dessous, et je gémis sans retenue quand ils s'insi-
nuèrent dans mes replis intimes pour caresser mon con mouillé.
La voiture brimbalait doucement, me rappelant où je me trouvais, mais les légers cahots ne faisaient que renforcer mes sensations. Un majeur épais s'enfonça en moi, tandis que le pouce
agaçait mon clitoris durci. Des soupirs saccadés filtrèrent de ma
bouche entrouverte.

– Je suis le seul à être autorisé à agir ainsi, reprit Jeremiah,
qui accentua ses paroles en taquinant une partie de mon corps
avec une telle agilité que je bondis littéralement sur la banquette. Aucun autre homme ne vous touchera sans ma permission, ajouta-t-il. Est-ce clair?

Secouée par des vagues de plaisir, en route vers un orgasme
stellaire, je répondis par une sorte de murmure étranglé. De
nouveau, il me tira les cheveux.

– Ou... oui! parvins-je à prononcer.

– Je ne vous entends pas.

– Oui! criai-je. S'il vous plaît, Monsieur!

– Regardez-moi!

Je rivai mes yeux sur son visage et le pouvoir incandescent qui émanait de ses prunelles me cloua sur mon siège.
Son pouce frottait de plus en plus fort, tandis que son majeur
s'incurvait en moi et s'activait avec une précision d'expert sur
l'ouverture de mon con.

– Et maintenant, jouissez!

C'est avec un geignement ravi que je plongeai par-dessus
bord. Le corps agité de soubresauts incontrôlables, j'agrippai sa
veste, et tout en moi explosa. Mes ultimes forces quittèrent mon
corps, et je me répandis sur le cuir de la voiture en tentant de
retrouver ma respiration.

Jeremiah lâcha mes cheveux et se rassit à sa place, m'abandonnant sur la banquette. Si j'avais réussi à refermer les cuisses, je ne pouvais plus rien faire d'autre. J'étais encore secouée de frémissements, et j'avais les jambes en coton. La voiture ralentit et tourna, m'envoyant contre le dossier, et je sursautai quand une main se posa sur mon genou. Je déglutis et distinguai, de l'autre côté de la vitre teintée, la façade illuminée de notre hôtel qui me surplombait.

12

Nous parcourûmes le court trajet qui nous séparait de notre suite dans un silence impressionnant. J'avais à peine retiré mes hauts talons pour libérer mes orteils douloureux qu'un bras puissant entoura ma taille. Jeremiah colla son corps dur contre le mien et me plaqua au mur. Une cuisse musculeuse s'insinua entre mes jambes et, avant que j'aie pu saisir ce qui m'arrivait, il me donna un baiser passionné. Encore excitée par ce qui s'était passé dans la limousine, je croisai mes doigts autour de sa nuque et dans ses cheveux, tout en répondant à son baiser avec force et gémissements.

Ses mains s'arrondirent sur mes fesses, il me souleva et me coinça entre le mur et lui. Je m'accrochai à ses épaules pour conserver mon équilibre, mais il me tenait fermement, tandis que ses lèvres et ses dents glissaient le long de mon cou. Ses mains caressèrent mes cuisses avant de nouer mes jambes autour de sa taille. Je sentis son érection appuyer sur mon bas-ventre déjà affamé.

— Mienne, murmura-t-il.

Sa voix grave parcourut mon corps, tel un raz-de-marée. Emprisonnant mes poignets dans une seule main, il les cloua

133

au-dessus de ma tête. Sa bouche revint à la mienne, la suçota, la mordilla. Son autre main pétrissait la chair tendre de mes seins, le pouce agaçait mes tétons et je me cambrai vers lui.

Son désir et sa passion m'incendièrent. Je geignis, le corps tendu comme un arc pour me rapprocher encore et encore de lui. Il fit bouger ses hanches, je poussai un petit cri. Ses dents jouèrent avec mon lobe avant de descendre lentement le long de ma gorge, et je perdis toute notion du monde.

À un moment, je me rendis compte que nous nous déplacions, mais la réalité ne s'imposa à moi que quand l'univers bascula, me faisant atterrir sur le dos, au milieu du grand lit. Jeremiah ne perdit pas de temps à se coucher sur moi, sans se soucier de ma robe luxueuse qu'il froissait d'une main rude. Sa ferveur accentua mon désir. J'en voulais plus, j'en avais besoin. Mais quand je me risquai à le toucher, il emprisonna de nouveau mes poignets, qu'il immobilisa près de ma tête, tandis qu'il suçait et taquinait mon cou.

– Tournez-vous.

Je me dépêchai d'obéir et sentis la fermeture de ma robe glisser le long de mon dos et sur mes reins. Il dévoila ma peau puis fit courir ses lèvres sur ma colonne vertébrale. Je m'arquai comme un chat, jouissant de la caresse, puis entendis le bruit métallique de la boucle de sa ceinture qu'il défaisait. Excitée par la promesse de ce son, je tendis le derrière pour le frotter contre son bas-ventre. À ma plus grande joie, sa respiration devint plus courte.

Ses mains agrippèrent de nouveau les miennes et les tirèrent vers la tête de lit. La sensation du cuir frais autour de mes poignets m'amena à regarder. Jeremiah était en train de m'attacher aux barreaux en laiton. Pour le coup, j'étais bel et bien prisonnière! Ensuite, il entreprit de m'ôter ma robe. Je soulevai le bassin pour qu'il puisse la tirer. Il la jeta en boule par terre. Il se mit à pétrir mes fesses et écarta mes jambes. Je m'agenouillai, mourant d'envie d'un contact plus intime encore. J'étais à présent dans une position vulnérable, entièrement exposée, et un grognement appréciateur déclencha mes frissons.

D'une main brutale entre mes omoplates, il m'obligea à enfoncer ma poitrine dans le matelas. Puis il se pencha sur moi, et ses lèvres jouèrent sur mon dos. Mes soupirs de plaisir étaient des expirations haletantes, mes doigts agrippaient le cuir de la ceinture. Quand ses dents griffèrent la peau tendue de mon cul, je ne pus retenir le gémissement qui montait du plus profond de moi. Mon corps trembla de désir inassouvi, mais Jeremiah prenait son temps. Il caressa mes hanches puis mes fesses, son pouce glissa du creux de mes reins jusqu'à l'intérieur de mes cuisses mouillé.

Je bondis en avant quand il écarta mes chairs sensibles, et ma respiration se transforma en un rythme haché qui se répercuta dans le silence de la chambre. Je sentis son souffle sur moi – une indication de ce qui allait suivre –, puis ses lèvres et sa langue brûlante trouvèrent sans hésiter mon trou douloureux. Je me cambrai, mon cri rebondit sur le mur, tandis que sa langue léchait l'ouverture étroite avant de s'y enfoncer et que ses doigts jouaient avec mes lèvres. Tout mon corps frissonna de bonheur.

Il fit durer le plaisir au point que j'en vins à ruer et à le supplier.

– Pitié, ne cessais-je de répéter.

J'ignore pourquoi j'implorai sa pitié, d'ailleurs. Pour qu'il cesse cette torture délicieuse? Pour qu'il continue et me donne encore plus de jouissance? Les deux, sans doute.

Mais sa seule réponse à mes prières fut de rire doucement et de continuer à m'assaillir de caresses.

Quand il finit par introduire un doigt en moi, je m'enfonçai dessus avec avidité. Il se contrôlait et dominait mon plaisir. Mais lorsqu'il commença à frotter mon sexe, mes sensations ne firent que s'accentuer, et je me sentis couler le long de mes cuisses. Je devais me mordre les lèvres pour ne pas hurler sous l'effet de sensations aussi aiguës et intenses.

Soudain, il s'écarta puis me remit sur le dos, face à lui. Je contemplai son visage empreint de sauvagerie quand il écarta de force mes genoux, y noua l'un de ses bras et planta toute sa queue au plus profond de moi, d'un seul coup. Je cambrai les reins et fermai les yeux, le souffle coupé par cette invasion si brusque. Les poignets toujours attachés, je subis ses assauts violents, prisonnière de sa passion débridée.

– Regardez-moi.

J'ouvris les yeux et admirai son beau visage intense. Une main remonta le long de mon corps et s'enroula autour de ma gorge, tandis qu'il baissait la tête tout près de la mienne. Ses hanches poursuivaient leur va-et-vient impitoyable, déclenchant des vagues de plaisir qui me rendaient folle.

– Dites mon nom.

– Jeremiah, soufflai-je en frottant mes seins à son torse.

Sous ma lingerie, mes mamelons dressés exigeaient qu'on les caresse. Je repliai ma jambe libre pour la plaquer avec force sur ses reins et crocheter mes chevilles l'une à l'autre. Il écarquilla les yeux, accéléra le mouvement de ses coups de boutoir.

– Encore!

– Jeremiah! hurlai-je d'une voix désespérée, presque un sanglot. Pitié!

Sa main se referma sur mon cou, pas assez pour m'étrangler mais suffisamment pour que le sang me monte à la tête. Son autre main entreprit de malaxer ma poitrine à travers le tissu rigide de mon corset, en pinçant fortement les tétons. Mes hanches bougeaient au rythme de ses allers et venues qui m'amenaient, lentement mais sûrement, vers la jouissance absolue, presque à l'orgasme mais pas encore...

De nouveau, Jeremiah referma ses doigts sur mon cou, me coupant le souffle avec assez de puissance pour trancher dans le brouillard du plaisir. Mes yeux s'ouvrirent vivement sur les siens, si verts, et j'y lus le même besoin que celui qui courait dans mes veines. Je me laissai aller à mes sensations, décidant de lui faire confiance malgré mes poumons qui commençaient à brûler.

Tout à coup, il me lâcha et s'enfonça encore plus fort, tout en tordant doucement l'un de mes tétons. Le retour brutal de ma respiration et du sang dans mon corps fut trop pour moi et, avec un cri et un tremblement, je jouis pour la seconde fois ce soir-là. Surfant sur mon plaisir, je me tordis sous lui et tirai sur la ceinture qui retenait mes poignets.

J'ignore combien de temps il me fallut pour revenir à la réalité, mais je finis par retrouver mes esprits. Jeremiah était toujours couché sur moi. Ses prunelles guettaient la moindre de mes réactions. Une de ses mains glissa sur ma joue, et ce fut le premier contact tendre depuis notre arrivée dans cette chambre. Quand son pouce caressa mes lèvres, j'ouvris la bouche, aspirai le doigt et le mordillai.

C'est alors que, remarquant le feu qui couvait dans son regard, je pris conscience qu'il était toujours aussi dur en moi.

Il libéra mes mains. Mes doigts étaient engourdis, mes poignets douloureux, mais ça m'était égal. Sans cesser de le fixer dans les yeux, j'appuyai sur son épaule pour qu'il bascule sur le lit. À mon grand étonnement, il m'autorisa ce geste, et je suivis le mouvement jusqu'à me trouver au-dessus de son corps imposant. Si, dans la bataille qui avait précédé, il s'était débarrassé de sa veste et de son pantalon, il avait conservé sa chemise blanche, dont seuls les deux boutons du haut étaient défaits. J'enfourchai ses hanches, sentis son sexe érigé appuyer sur mes fesses. L'un après l'autre, je défis les boutons de son vêtement.

Je ne l'avais encore jamais vu nu et, malgré la langueur qui alourdissait mes membres, j'étais aussi avide de découvrir son corps que lui le mien. S'il me scrutait, il ne m'empêcha pas de lui ôter sa chemise et de caresser son torse ferme. Il n'avait pas un poil de graisse. Les contours de ses muscles saillaient d'une façon impressionnante sur sa peau mate, autour de ses petits tétons sombres. Mais des cicatrices déparaient une telle perfection : une fine étoile blanche et irrégulière sur l'une de ses épaules, des lignes plus ténues à travers sa poitrine et son ventre. Je les lissai de l'index, l'une après l'autre. Il tressaillit mais, là encore, ne m'arrêta pas.

Il était mien, à son tour. Ma possessivité me surprit. Je promenai mes mains sur son abdomen et ses pectoraux avant de me pencher pour observer ses traits. Impassible, il me laissa détailler d'un doigt la courbe de ses joues, la carrure de son menton qui, même rasé de près, picotait légèrement, comme une feuille de papier de verre. Il était si beau ! Prenant sa mâchoire dans ma main, je me soulevai un peu avant de me placer au-dessus de son membre durci.

Je baissai la tête vers son visage quand une main se plaqua sur mon épaule, m'arrêtant net, à quelques centimètres de ses lèvres. J'eus du mal à déchiffrer l'éclat de ses prunelles, qui exprimaient une sorte de retenue, de précaution, dont le sens m'échappa. Si sa main me retenait de descendre plus avant, rien de m'empêchait d'onduler du bassin, et je finis par m'empaler sur lui. Il déglutit, sa pomme d'Adam montant et descendant. Je commençai à remuer les hanches et à glisser lentement sur son érection. Un soupir lui échappa. La main qui maintenait mon épaule se détendit, et je baissai la tête pour embrasser son cou, jusqu'à la cicatrice en forme d'étoile, sans cesser de rouler autour de son sexe.

Ma bouche traça le contour de la peau blanche, mon index taquina l'un de ses tétons. D'aussi près, la marque était plus grosse que je l'avais cru. Ses bords étaient moins décolorés que l'intérieur, mais le derme en était fripé. Je relevai la tête et vis qu'il m'observait de cet air toujours aussi impénétrable. Ses lèvres pleines étaient entrouvertes, je mourais d'envie de les goûter. Me redressant, je fis de nouveau courir mes doigts de chaque côté de son visage.

– Vous êtes tellement beau, soufflai-je, incapable de le quitter des yeux.

Le désir qui allumait les siens s'intensifia. Je fixai sa bouche sensuelle ; il emmêla ses doigts dans mes cheveux et attira mon visage vers le sien. Nos lèvres se heurtèrent, saisies d'une même avidité. Son autre main s'enfonça dans ma hanche, tandis que je le chevauchai sauvagement tout en caressant son torse.

Soudain, un téléphone portable vibra longuement, au point d'en devenir agaçant.

– Apparemment, quelqu'un tient absolument à vous parler, ronronnai-je avec un sourire.

– Qu'ils rappellent plus tard, gronda-t-il.

Alors il donna un coup de rein violent afin de s'enfoncer plus profondément en moi. Je poussai un cri, oubliant tout de l'interruption gênante. Jeremiah me fit rouler sur le dos, ses dents trouvèrent mon cou, et il me cloua sur le matelas avec ses va-et-vient. J'agrippai mes cuisses autour de lui, gémissante, tandis qu'il me transperçait encore et encore. Mes ongles griffaient son dos, sur lequel je m'appuyais pour répondre à ses mouvements. Il me tira les cheveux, m'obligeant à le regarder. Un désir proche du désespoir éclairait ses prunelles, et j'éprouvai un moment de triomphe quand il geignit et jouit en moi dans un ultime coup de rein.

Les paupières closes, je m'accrochai à son corps frissonnant. J'adorais son poids sur moi, il me donnait l'impression d'être en sécurité. Je poussai un soupir repu.

– Je…

«Vous aime.»

J'ouvris aussitôt les yeux, frappée par ce que j'avais failli dire. Horrifiée, même. Je fixai le plafond, tandis que Jeremiah se retirait et s'allongeait à mon côté. J'avalai ma salive, le souffle court. Avais-je vraiment été sur le point de prononcer ces mots?

Sans un bruit, je m'écartai de lui, regagnant le rebord du lit avant de m'enfuir vers la salle de bains contiguë à la chambre. Tirant le verrou derrière moi, je regardai mon reflet dans le miroir, encore bouleversée par les paroles qui avaient traversé mon esprit.

Je connaissais cet homme depuis quoi… deux jours? En tout cas pas assez pour déclarer ma flamme. Pourtant, la phrase avait manqué de m'échapper, et j'en étais remuée. C'est avec des mains tremblantes que je tournai les robinets du lavabo et pris un gant de toilette pour me laver.

Je n'avais jamais connu de liaison où les mots fatidiques avaient été échangés. Même adolescente, j'avais l'esprit trop pratique pour les dire à quiconque, excepté à mes parents.

Qu'ils me soient passés par la tête, à deux doigts de sortir de ma bouche, me bouleversait.

Il était beaucoup trop tôt pour ça, me dis-je en me grondant. Malheureusement, je me rappelai mon père, qui avait toujours affirmé qu'il s'était épris de ma mère dès qu'il l'avait vue. Je repoussai ce souvenir. Mon père avait été le romantique de la famille, ma mère la plus pragmatique des deux. Je tenais d'elle. J'avais tendance à regarder autour de moi avant de plonger. Il n'empêche, la situation dans laquelle je me trouvais avec Jeremiah m'était totalement inconnue.

Des coups frappés me tirèrent de mes réflexions. Passant la tête par la porte de la salle de bains, j'entendis qu'on tambourinait au battant de la suite. Heureuse de cette diversion, j'attrapai un peignoir, l'enfilai et allai jeter un œil par le judas. Un employé en uniforme de l'hôtel était planté devant la porte. Il tenait un objet que je ne réussis pas à identifier. Curieuse, j'entrebâillai le battant. L'homme s'inclina légèrement devant moi.

– Un cadeau pour M. Hamilton et son invitée, annonça-t-il dans un anglais parfait, en me montrant une bouteille de champagne et deux flûtes.

Je haussai les sourcils sous l'effet de la surprise. Ne sachant comment réagir, je lui pris son présent. Avec une seconde révérence, il recula d'un pas et je refermai la porte. Je tournai les talons, arrêtai mon geste, puis rouvris.

– Je vous dois quelque chose?

Mais l'homme avait déjà disparu. Je refermai à clé, emportant la bouteille et les verres dans la chambre à coucher.

Allongé sur un fauteuil, Jeremiah avait son portable collé à l'oreille. Quand il m'aperçut, son visage s'éclaira d'un grand sourire, ce qui ne manqua pas de m'étonner. Mon cœur fit un bond devant tant de beauté. J'avais du mal à croire qu'il était mien.

Pour l'instant, me rappelai-je aussitôt, tempérant mon enthousiasme. Décidément, la réalité se manifestait toujours aux pires moments.

Jeremiah reposa le téléphone et tendit le bras vers moi.

– Approchez.

J'acquiesçai et m'emparai de sa main.

– À genoux !

Je m'exécutai sans réfléchir. Sa paume se mit à caresser ma chevelure. Une partie de moi se demandait pourquoi j'étais aussi obéissante. Même si je n'étais pas une féministe enragée, j'avais ma fierté. Et pourtant, autoriser cet homme à me dominer suscitait en moi une forme de paix que je n'avais pas ressentie depuis longtemps. Ma vie avait tellement pesé sur moi que cela ressemblait en quelque sorte à des vacances. De plus, l'approbation que je lus dans ses yeux fut une récompense qui valait la peine de me montrer docile, même si mon côté pratique m'empêchait de trop m'abaisser.

– Qui était-ce ? demandai-je.

– Personne d'important, répondit-il. Sinon, ils auraient laissé un message. Et ça, ajouta-t-il en désignant la bouteille et les flûtes, qu'est-ce que c'est ?

– Un cadeau, apparemment.

Il me les prit des mains et examina la bouteille.

– Une bonne marque, commenta-t-il. Sûrement un des invités du gala.

– Je n'ai jamais eu l'occasion de boire du champagne français, avouai-je, épatée qu'il soit capable de déterminer qu'il s'agissait là d'une bonne bouteille.

– Vraiment? s'étonna-t-il.

– Juste du cidre quand j'étais jeune, puis, adolescente, des pétillants de mauvaise qualité. Adulte, je ne fréquentais pas les endroits où on en sert.

– Eh bien, sachez que vous avez droit à un excellent champagne pour votre première.

Il m'aida à me relever et m'entraîna vers le bar de la suite. Je l'observai avec amusement retirer le muselet puis diriger la bouteille vers le plafond et la déboucher bruyamment. Il emplit les deux flûtes à moitié et m'en tendit une.

– Buvez.

Le liquide jaune pâle pétillait dans le verre, pas très différent de ce que j'avais pu connaître plus jeune. Bizarrement, la première gorgée me sembla très amère, et je plissai le nez tandis que les bulles explosaient sur ma langue. Un autre essai ne réussit pas davantage à me faire apprécier la boisson.

– Euh... je ne dois pas être faite pour le luxe.

Jeremiah éclata de rire et je sursautai. Il paraissait plus détendu et ouvert que jamais, sans que j'en saisisse la raison. Il me regarda avec un air de petit garçon, qui me fit fondre. Cet homme se doutait-il à quel point il était craquant quand il dévisageait une femme de cette façon?

– Il faut peut-être un peu de temps pour s'habituer au goût, dit-il.

Il remua son propre verre, mais ne but pas, préférant me couver des yeux. Je rougis avant de me sermonner. Allons, j'étais une grande fille. Je pouvais prendre l'initiative.

– Avez-vous déjà... euh... joué... avec des aliments?

Ce fut à son tour de sursauter, et il me dévisagea avec une stupeur non feinte.

– Et vous? contra-t-il aussi sec.

Je secouai la tête, ce qui eut le don de le surprendre. La malice éclaira ses traits. Je n'en revenais pas. Il était d'une humeur presque joyeuse, bien loin de sa gravité habituelle. Mais le défi que je déchiffrai dans ses yeux réveilla la rebelle qui sommeillait en moi. Sans quitter son regard, je rejetai la tête en arrière et renversai mon verre sur ma poitrine. Le liquide coula sur mon peignoir et entre mes seins.

Mon audace eut l'effet escompté, et les prunelles de Jeremiah s'assombrirent. Il m'attira dans ses bras.

– Vilaine allumeuse, rit-t-il en retirant la flûte de mes doigts avant de poser ses lèvres sur ma gorge.

Une crampe traversa tout d'un coup mon ventre. Je tressaillis, mais sans y prêter plus d'attention que cela. Les lèvres de mon amant descendirent vers la boisson qui recouvrait ma peau. À ce moment, mon estomac se tordit de nouveau et je poussai un léger cri, puis basculai en avant. L'amusement céda la place à l'inquiétude sur le visage de Jeremiah.

– Qu'y a-t-il?

Sa voix sévère exigeait une réponse. Sauf que je n'en avais aucune à lui donner.

– Je ne me sens pas bien, parvins-je à articuler.

Je titubai jusqu'à l'évier du bar. J'eus à peine le temps de l'atteindre pour y vomir le maigre contenu de mon estomac. J'avais du mal à me tenir debout, même en m'appuyant au comptoir en marbre.

J'entendis un bruit de verre brisé dans mon dos et me retournai. Une tache sombre, le reste de mon verre, se répandait sur le sol. Jeremiah attrapa le téléphone le plus proche, tandis que j'étais prise de nouvelles nausées.

tout ce qu'il voudra

– Envoyez tout de suite un médecin dans ma suite! hurla-t-il.

Quand mes jambes se dérobèrent sous moi, il lâcha l'appareil pour prévenir ma chute.

– Lucy? Ne vous évanouissez pas!

Mon ventre était si douloureux que je ne pouvais plus me retenir de crier. Une main lissa en arrière mes mèches soudain humides, et je frissonnai en gémissant, incapable de contrôler mon corps. Je sentis qu'on me couchait par terre, la silhouette floue de Jeremiah traversa mon champ de vision.

– Un médecin! Tout de suite!

Un rugissement emplit mes oreilles, comme un torrent derrière lequel me parvenait la voix de mon patron. Bien que je sois assourdie, j'en détectai les accents frénétiques. Puis je me raidis, mes muscles se tétanisant dans une douleur fulgurante, et je sombrai dans le noir.

13

Quand j'attrapais la grippe pour la première fois, j'avais huit ans. C'était si grave qu'on me conduisit aux urgences. Même si je ne me souvenais pas de grand-chose, je me rappelais très bien les courbatures et la douleur de mon corps qui luttait pour se débarrasser de la maladie.

Quand je me réveillai dans cette chambre d'hôpital, j'éprouvai les mêmes sensations, comme si je sortais d'un rêve pénible. Les yeux fermés, je tournai la tête sur le côté, et ce simple geste me donna le vertige et la nausée. Je gémis, créant des mouvements près de moi. Une voix masculine étrangement familière dit :

– Allez chercher le médecin.

D'où le connaissais-je ? Qui… Comme réfléchir provoquait une migraine épouvantable, j'arrêtai de chercher pour essayer de rester le plus tranquille possible. Mon envie de vomir finit par disparaître. J'ouvris un œil, puis l'autre.

J'étais dans une pièce violemment éclairée ; la lumière fluorescente des néons au-dessus de mon lit transperçait mon crâne comme un poignard. Devinant qu'il valait mieux pour le moment garder les paupières closes, je tendis l'oreille. Plusieurs personnes étaient autour de mon lit.

– Mlle Delacourt? Je suis le docteur Montague. Je vais vous demander de bien vouloir ouvrir les yeux.

Ma langue collait au palais, j'avais la bouche sèche. Je refis une tentative pour regarder autour de moi et, cette fois, ce fut moins pénible. Les contours de la pièce et les silhouettes de ses occupants étaient flous. Un grand type juste à côté de moi se pencha et promena une lampe sur mes prunelles. Je sursautai. Mais ma douleur se dissipait déjà, et l'homme se contenta de quelques balayages oculaires avant d'écarter l'aiguille lumineuse.

– Comment vous sentez-vous?

– J'ai l'impression d'être passée sous un bus. Je suis toujours à Paris? demandai-je faiblement.

– Oui. Vous avez été transportée ici juste après votre petit malaise.

– Où est Jeremiah?

J'essayai de me redresser, négligeant la déflagration qui se produisit dans mon cerveau et la main du médecin qui tâchait de m'empêcher de bouger.

– Il va bien? insistai-je.

– Il collabore avec les autorités françaises qui enquêtent sur ce qui a pu se produire, intervint une autre voix. Discrètement.

Il me fallut un moment pour identifier la personne, debout près du lit, qui avait parlé. Je distinguais à peine la tête chauve d'Ethan dans mon champ de vision brouillé.

– Alors, lui n'a pas été…

– Non, il a échappé à cette tentative d'empoisonnement, me coupa-t-il en finissant ma phrase.

Je poussai un soupir de soulagement.

– Il est en train d'activer tous ses contacts pour essayer d'attraper le coupable, enchaîna le responsable de la sécurité. Je l'ai averti que vous aviez repris connaissance, il ne devrait pas tarder à nous rejoindre.

La nouvelle que Jeremiah n'avait rien et qu'il arrivait m'enleva un poids de la poitrine. Le médecin me tendit un verre d'eau. Je le pris tout en jetant un coup d'œil à la pendule et à la fenêtre. Il faisait nuit.

– Combien de temps suis-je restée dans les vapes?

– Trois jours, répondit Ethan.

Je m'étranglai avec l'eau que je venais d'avaler. L'homme s'agita, mal à l'aise.

– Nous avons craint le pire. Heureusement pour vous, Jeremiah sait donner les premiers secours.

– J'ai failli mourir? chuchotai-je, stupéfaite.

– Deux fois, m'annonça le médecin. Sans… heu…, l'insistance de M. Hamilton, nous n'aurions sans doute pas cette conversation.

Il me reprit le verre pour le déposer sur la table de nuit. Je commençai à y voir un peu plus clair. Je fixai mes mains pendant un long moment, l'esprit troublé.

– Je suis fatiguée, murmurai-je enfin en me rallongeant.

Ethan avança d'un pas.

– Avant que vous vous rendormiez, me dit-il, il faut vraiment que je vous interroge au sujet de l'homme qui a monté la bouteille de champagne dans votre suite.

Je me raidis, soudain glacée.

– Vous pensez que c'est lui qui…

– C'est ce que nous essayons de savoir.

Mon cœur bondit en entendant cette voix grave que je connaissais bien. Jeremiah venait d'entrer dans la chambre. Il s'approcha du médecin, au pied du lit.

– Comment va-t-elle? lui demanda-t-il.

– Elle s'est réveillée, c'est un signe encourageant. J'aimerais la garder en observation au moins une journée de plus.

Mon patron accepta. Montague hocha la tête et s'en alla sans un bruit. Oppressée par la peur, je tâtonnai, cherchant la main de Jeremiah lorsqu'il s'assit sur la chaise, à côté de moi. Je me fichais qu'Ethan le voie. Quelqu'un avait essayé de me tuer. Cette idée me paniquait.

– Quel souvenir avez-vous de l'homme qui a apporté le champagne? insista Ethan, tandis que je m'agrippai à Jeremiah.

– Il était banal, répondis-je, aussitôt consciente de l'inutilité de cette phrase. Blanc, habillé de l'uniforme de l'hôtel, cheveux bruns et yeux marron, je crois.

– On peut changer la couleur de ses cheveux et de ses yeux, répliqua Jeremiah. Parlez-nous plutôt de son visage. Des cicatrices? Des grains de beauté?

J'avais mal à la tête à force de me creuser la cervelle. Je me concentrai pour essayer de retrouver cette vision que j'avais eue de cet homme.

– Ses yeux étaient profondément enfoncés, me semble-t-il, ses lèvres fines, et il mesurait dix centimètres de plus que moi. Je crois qu'il avait un grain de beauté sur la tempe gauche et une marque blanche sur le menton, mais cela pourrait aussi bien s'agir de maquillage.

Les regards des deux hommes se croisèrent, et mon cœur se serra. Je venais sûrement de décrire la moitié de la population masculine du pays.

– Et sa voix? finit par demander Ethan en griffonnant sur un calepin.

– Son anglais était excellent, dis-je. Enfin, son américain, plutôt. (Frustrée, je tapais du poing sur le lit.) Je n'en sais rien. Il avait tout de l'employé d'hôtel moyen et, sur le moment, il ne m'est pas venu à l'esprit de l'observer attentivement. Et les caméras de sécurité? ajoutai-je, soudain traversée par l'idée. Elles doivent montrer quelque chose, non?

Tous deux secouèrent la tête.

– Nous avons déjà vérifié, m'annonça Jeremiah. Ce type savait exactement où elles étaient cachées, il a réussi à ne jamais exposer son visage.

Je retombai sur mon oreiller.

– Il n'y a donc rien que je puisse faire pour aider? soupirai-je.

À ce moment, le portable de mon patron sonna et il en regarda l'écran.

– Il faut que je prenne cet appel, dit-il en retirant sa main de la mienne. Ethan? Voyez si vous trouvez quelqu'un pour faire un portrait-robot. Je reviens.

Les yeux pleins de larmes, je le vis quitter la chambre. Quelle idiote! Les affaires et la vie continuaient. N'empêche, j'avais du mal à accepter qu'il s'éloigne tellement sa présence me donnait un sentiment de sécurité bien supérieur à celui que me procurait son garde du corps, Ethan.

– Cette histoire l'a bouleversé, lâcha soudain ce dernier.

Je me tournai vers lui en essuyant mes larmes. Il ne me regardait pas, trop occupé à tapoter sur son téléphone. Je sentis pourtant que j'avais toute son attention.

– Comment ça? demandai-je.

Il ne répondit pas tout de suite. Quand il raccrocha son portable à sa ceinture, il me dévisagea.

– Depuis combien de temps le connaissez-vous?

Désarçonnée par son ton inquisiteur, je fronçai les sourcils.

– Quelques jours, pourquoi?

– Il se démène comme un fou pour retrouver le coupable. Voilà longtemps que je ne l'avais pas vu aussi actif. Même la dernière fois qu'on a tenté de le tuer, il ne s'est pas autant mobilisé.

– Quoi? soufflai-je, complètement ahurie.

Ethan haussa les épaules, comme si sa révélation n'était que de la routine.

— À l'armée, lui et moi avons accompli des missions dangereuses, même si, à l'écouter, ce n'était rien du tout. Aujourd'hui encore, un homme qui, comme lui, évolue dans des milieux d'affaires impitoyables, est menacé de toutes parts. C'est juste après qu'il a accepté de parrainer mon entreprise qu'on lui a tiré dessus devant le siège de sa société. Il avait déjà maîtrisé et désarmé le type quand je suis arrivé sur place.

– Et après? insistai-je alors qu'Ethan se taisait pour vérifier de nouveau son téléphone.

– Rien. Il m'a ordonné de trouver qui était derrière tout ça et de le tenir au courant, puis il a sauté dans un avion pour Dubaï. Pas inquiet le moins du monde. Là, c'est peut-être différent, parce que c'est vous qui avez été touchée à sa place. Mais Celeste le remplace à la tête de l'entreprise, pendant que lui se consacre entièrement à la chasse à l'homme et veille à ce que la presse ne sache rien.

– Ainsi, son coup de fil…

– Sans doute l'un de ses contacts. S'il ne souhaitait pas que nous écoutions, c'est sûrement parce qu'il s'agit d'une relation que je désapprouve. Jeremiah est prêt à tout, sur ce coup-là.

C'est le moment que choisit l'intéressé pour revenir en rangeant son portable. Par la porte entrouverte, je pus pour la première fois jeter un coup d'œil dans le couloir: deux hommes en noir se tenaient de chaque côté du seuil. Il était allé jusqu'à poster des gardes du corps devant ma chambre. Étions-nous autant en danger?

– J'envoie mes hommes chercher un dessinateur, annonça Ethan. Avec un peu de chance, on n'en aura que pour quelques heures.

– Bien, approuva Jeremiah avant de s'adresser à moi, le front plissé: vous devriez être en train de vous reposer.

– Avec qui venez-vous de discuter? demandai-je abruptement, ce qui me valut un regard sévère. Si cela me concerne, insistai-je, j'estime que je devrais être au courant. Qui a tenté de nous tuer?

Jeremiah foudroya Ethan du regard, mais ce dernier fixait son téléphone, ignorant délibérément notre conversation.

– Je n'en suis pas encore très sûr. J'ai transmis votre description, mes interlocuteurs ont l'air assez optimistes. Et maintenant, reposez-vous!

Mon corps exigeait que j'obéisse. Jusqu'à présent, j'avais lutté contre le sommeil.

– Vous ne m'abandonnez pas? murmurai-je en me glissant sous les draps.

Son expression s'adoucit.

– Je ne m'éloignerai pas, promit-il.

Sur ces paroles rassurantes, je cédai à l'épuisement.

Je restai en observation trois jours de plus. Le médecin était optimiste, mais j'étais faible comme un bébé. J'avais besoin qu'on m'aide pour des gestes aussi simples que marcher, ce qui m'irritait et m'incitait à tout faire pour me débrouiller seule. Mais quand je glissai et manquai de tomber, en essayant d'aller dans la salle de bains attenante à ma chambre, Jeremiah donna l'ordre qu'une infirmière ou un garde du corps m'assiste en permanence.

Si je passai l'essentiel de mes journées à dormir, je finis par m'ennuyer de rester couchée. Lorsque je le dis à Ethan, toujours dans les parages, il ne tarda pas à me fournir une tablette toute neuve. Cela me permit de tuer le temps, que je consacrai surtout à faire des recherches sur mon patron.

J'avais décrété sur le ton de la plaisanterie tout connaître de la version Wikipédia de sa biographie. Il s'avéra que c'était le cas de tout le monde. Les articles qui lui étaient consacrés mentionnaient dans le détail son engagement dans les rangers, ses donations aux associations humanitaires et ses affaires diverses et variées. Ce que je savais déjà. La presse n'hésitait pas à le qualifier de «mystérieux» ou d'«énigmatique», des adjectifs plutôt appropriés, à en juger par l'absence générale d'informations détaillées. Les articles qui évoquaient sa reprise en main de la société. après la mort de son père. étaient tout aussi superficiels et s'attachaient surtout à donner la parole à des analystes, qui spéculaient sur l'avenir de l'entreprise, ou sur les chances qu'avait un homme sans formation en économie de remplacer un magnat tel que Rufus Hamilton, etc.

Au bout de quatre jours, je parvins à marcher seule, ce qui nous permit de quitter l'hôpital. On se serait cru dans un film d'espionnage. Les gardes du corps me conduisirent au parking du sous-sol et m'installèrent dans une limousine, dont je pensai qu'elle nous conduirait à l'aéroport. Jeremiah surveilla toute l'opération sans jamais me quitter ; il me soutenait même le coude quand la voiture sortit du garage.

Je somnolai sur l'épaule de Jeremiah pendant presque tout le trajet. Je m'éveillai une seule fois, pour constater que nous n'étions plus en ville. J'y accordai peu d'attention et me rendormis jusqu'à ce que le véhicule s'arrête et que mon compagnon bouge, m'obligeant à relever la tête. Hébétée, je regardai par la fenêtre. Les hautes herbes des prairies que nous traversions s'agitaient dans le vent. En me frottant les yeux, je réalisai que nous n'étions pas du tout à l'aéroport.

– Où sommes-nous ?

Sans répondre, Jeremiah s'approcha de la portière qu'on lui ouvrait.

– Venez le découvrir vous-même, me dit-il.

Me prenant le bras, il m'aida à sortir de la voiture. Je n'identifiai pas tout de suite les lieux et perçus seulement le clapotis des vagues. Devant moi s'élevait un bâtiment qui m'était vaguement familier, comme le paysage alentour. D'autres véhicules étaient garés à proximité, et quelques touristes se baladaient dans l'air frais. Le cerveau encore embrumé de sommeil, je tentai de deviner où j'étais.

Plusieurs hommes en costume sombre se trouvaient à proximité. L'un d'entre eux s'approcha.

– L'endroit est sécurisé, monsieur, annonça-t-il.

Je regardai attentivement les dunes, d'où émergeaient quelques stèles commémoratives, mais cela ne me rappelait rien. C'est seulement quand je vis les drapeaux français et américains flotter ensemble au-dessus de l'entrée du bâtiment que je réalisai où nous étions.

– Vous m'avez amenée à Utah Beach! murmurai-je, ébahie.

Je n'avais jamais vu ce site historique qu'en photo ou à la télévision avec mon père. L'odeur iodé qui flottait dans l'air rappelait que la mer se trouvait là, juste derrière les bâtiments, cachée par la brume hivernale. Sans voix, je me tournai vers Jeremiah, les larmes aux yeux. Je n'avais évoqué cet endroit qu'une seule fois, et je pensai qu'il avait oublié cette conversation. J'avais aujourd'hui la preuve qu'il m'avait vraiment écoutée.

Retirant sa veste, Jeremiah en couvrit mes épaules quand je frissonnai.

– Vous m'aviez dit que vous aimeriez visiter cet endroit, murmura-t-il, l'air mal à l'aise, sur la défensive. (Était-ce à cause de mes larmes?) Un musée a été construit, des objets récupérés sur la plage elle-même y sont exposés. Mais, si vous préférez, nous pouvons nous promener au bord de l'eau.

Sa voix était bougonne, son attitude brusque. Ça m'était égal. J'étais heureuse d'être là où j'avais rêvé de venir. Le vent en provenance de la mer était glacial. Le ciel était couvert au point que la neige paraissait prête à tomber. La petite photo des lieux que mon père gardait sur le manteau de la cheminée ne leur rendait pas justice. Le site était très vaste, peut-être un peu trop pour mon état de faiblesse actuel, mais j'avais envie de tout visiter!

Submergée par l'émotion, je retins un sanglot et glissai ma main dans celle de Jeremiah. Il se raidit. Puis ses doigts se détendirent.

– Vous m'aidez à entrer? demandai-je en me blottissant dans son manteau.

Son regard s'adoucit, il leva ma main à ses lèvres.

– Tout l'honneur sera pour moi, répondit-il.

14

Nous ne restâmes pas aussi longtemps que je l'aurais voulu. Jeremiah m'accompagna pendant toute la visite. Moins d'une heure plus tard, sentant que je faiblissais, je demandai à aller sur la plage avant de ne plus pouvoir tenir debout. Il accepta, mais abrégea la promenade quand il me vit trébucher et, malgré toutes mes couches de vêtements, être prise de tremblements. Il me promit que je reviendrai quand je serais guérie ou qu'il ferait moins froid. Je le crus sur parole.

Je dormis pendant presque tout le vol de retour jusqu'à New York. Je ne m'éveillai qu'à l'arrivée. Fidèle à sa promesse, Jeremiah ne me quitta pas un instant. Les formalités douanières accomplies, nous montâmes dans une limousine qui prit une direction inconnue – de moi, en tout cas. J'appuyai ma tête sur l'épaule de Jeremiah, dont la main serrait un peu ma cuisse. Même si ce geste n'avait rien de sexuel, j'en perçus le côté possessif, qui ne me dérangeait pas.

Remarquant de belles demeures à travers la vitre, je me mis à regarder le paysage. Quelques rayons de soleil transperçaient les nuages et se réfléchissaient sur l'eau d'une marina que nous longions. De grands voiliers et des yachts y étaient amarrés.

tout ce qu'il voudra

– Où allons-nous? finis-je par demander.

– Mon loft de Manhattan est trop connu pour que vous y soyez en sécurité. La maison de famille des Hampton conviendra mieux jusqu'à ce que nous ayons résolu cette sombre affaire.

La dernière phrase avait été littéralement grommelée, et cela me fit avaler ma salive. M'intéressant de nouveau aux villas – aux gigantesques propriétés, devrais-je dire –, j'essayai de ne pas penser au tour qu'avait pris ma vie depuis peu.

Excepté leur taille et leur standing, les maisons qui défilaient n'avaient presque rien en commun. Je n'étais jamais venue dans ce coin de Long Island, ni d'ailleurs dans aucune des riches banlieues new-yorkaises, mais des amis m'en avaient parlé et j'en avais vu des images à la télévision et sur Internet. De nombreuses propriétés étaient dotées de pontons et d'immenses espaces verts soigneusement entretenus. Implantées sur la rive, les plus anciennes reflétaient une atmosphère familiale très joyeuse – et une opulence évidente. On était loin de Manhattan, qui n'était pourtant qu'à deux heures de route.

La maison vers laquelle notre voiture se dirigea était tout aussi imposante que ses voisines, mais moins avenante. Au portail, la petite armée de gardes qui nous demanda de baisser les vitres ne fit rien pour calmer mes inquiétudes. Mais Jeremiah paraissait très satisfait de ces mesures de sécurité.

– C'est toujours comme ça? demandai-je, tandis que les hautes grilles s'ouvraient.

– J'ai dit à Ethan de placer ici quelques hommes dont il n'avait pour l'instant pas besoin afin de surveiller les lieux. La plupart d'entre eux sont d'anciens militaires qui savent à quoi s'attendre.

– Oh! murmurai-je, ignorant comment réagir. (Mon patron possédait sa propre armée.) C'est, euh… super.

L'allée était bordée de haies et d'arbres qui cachaient la demeure. Après un virage à droite, soudain je la découvris et retins mon souffle. Étant née dans une famille de la bourgeoisie, j'avais grandi dans une maison jolie, mais plutôt modeste (avant que la banque me la reprenne à la mort de mes parents). Elle aurait pu tenir dans la moitié de la bâtisse, ce qui me laissa sans voix. Je sentis que Jeremiah observait mes réactions. J'aurais sans doute dû dire quelque chose, mais j'avais l'esprit vide. Cette demeure m'évoquait un château anglais tout en pierre de taille et en lierre. Il était protégé des regards des voisins par des arbres et des taillis. Au-delà du bâtiment principal, le terrain descendait doucement vers l'eau ; on y distinguait des dépendances qui, même si elles étaient grandes, n'avaient pas sa somptuosité.

Une voiture rouge luxueuse était garée devant l'entrée. À côté de moi, Jeremiah poussa un soupir agacé. Notre limousine s'arrêta derrière le véhicule et le chauffeur la contourna pour nous ouvrir la portière. Au même moment, une femme mince et blonde descendit de la voiture rouge.

– Qui est-ce ? chuchotai-je.

– La famille.

Ces mots étaient lourds de sens. Mais Jeremiah sortit avant que j'aie pu l'interroger. Il m'aida à le rejoindre. La femme venait vers nous ; elle était plus vieille que ce que j'avais cru au premier abord, même s'il était difficile de lui donner un âge précis. Ses lèvres semblaient trop pleines, son visage un peu trop tendu. Seuls son cou un peu flasque et ses clavicules saillantes sur un corps mince, presque maigre, trahissaient une certaine maturité.

– Quel plaisir de te voir, chéri! lança-t-elle.

Elle enlaça un Jeremiah très raide, qui ne lui rendit pas son geste.

– À l'entrée, les hommes m'ont appris ton arrivée, et j'ai décidé de t'attendre. Figure-toi qu'ils ont refusé que les Dashwood m'accompagnent. Ahurissant, non? Ils se faisaient une telle joie de visiter les lieux.

– Les Dashwood ne sont pas sur la liste des personnes autorisées dans la maison, répondit Jeremiah d'une voix polie mais contrainte, comme s'il contenait sa mauvaise humeur. Vous-même, que faites-vous ici?

Une telle froideur ne déstabilisa pas la femme.

– Je te l'ai dit, chéri, je voulais juste montrer la propriété aux Dashwood. Je crois qu'ils ont été vexés de ne pas pouvoir entrer. Je devrais peut-être les rappeler pour qu'ils reviennent, maintenant que tu es là?

Jusqu'alors, ma présence avait été ignorée, ce qui était un soulagement. La femme était tirée à quatre épingles, son corsage et sa jupe sur mesure assortis à ses chaussures et à son petit sac à main. De mon côté, mes vêtements étaient froissés par le voyage et j'avais assez perdu de poids à l'hôpital pour que j'aie l'air de flotter dedans. Avant cette rencontre fortuite, cela m'était égal. À présent, j'essayais de me rendre aussi invisible que possible, un don que j'avais passé ma vie à cultiver. Notre déménagement du Canada aux États-Unis quand j'étais collégienne avait été difficile. J'avais déployé une énergie folle à me débarrasser d'un accent que je n'avais pas conscience d'avoir. De toute façon, j'avais toujours été plus ou moins solitaire. Passer inaperçue m'était d'autant plus facile que je détestais me faire remarquer.

Jeremiah soupira de nouveau.

– Vous n'êtes plus chez vous, maintenant, lâcha-t-il.

Un argument visiblement déjà avancé plusieurs fois, que la femme balaya d'un revers de la main.

– Bêtises, chéri. J'ai encore le droit de venir en visite de temps en temps.

Son regard se posa sur moi sans rien manquer de mon apparence négligée. Ses yeux devinrent durs.

– Franchement, Jeremiah, enchaîna-t-elle, es-tu obligé d'amener tes conquêtes peu reluisantes dans la maison de famille ? Et si les journalistes la voyaient ?

J'en restai bouche bée. Je serrai les poings, plus qu'indignée. J'étais tellement furieuse que je ne trouvai rien à répondre sinon une insulte, qui risquait de conduire à une empoignade. Quelle garce !

Même Jeremiah sembla contrarié par le sous-entendu. Il s'avança, s'interposant entre la femme et moi, qui enrageais.

– Ça suffit, mère !

Pour le coup, j'en restai estomaquée. Sa mère ? Cette dernière leva les yeux au ciel.

– Eh bien, répondit-elle au bout d'un moment, tu comptes faire les présentations ?

Malgré une évidente répulsion, les bonnes manières de Jeremiah l'emportèrent.

– Voici Mlle Lucy Delacourt, ma nouvelle assistante. Lucy, ma mère, Georgia Hamilton.

– Tu recommences avec cette mascarade ? répliqua-t-elle sans se donner la peine de cacher son mépris.

Jeremiah ne sembla pas avoir envie de s'étendre sur le sujet, mais je réalisai que je n'avais pas peur de dire ses quatre vérités à cette harpie. J'ouvrais déjà la bouche quand, soudain inspirée, j'arborai un sourire faux.

– *Bonjour*, lançai-je en français. *Je vous signale que vos lèvres et vos seins paraissent avoir été refaits par le même chirurgien. Malheureusement, il s'est un peu trompé...* Georgia sursauta, surprise.

– Vous êtes française?

Constatant qu'elle ne comprenait rien à ce que je racontais, je souris de plus belle.

– *Je sais maintenant pourquoi vos deux fils ont des problèmes*, poursuivis-je en désignant sa tenue. *C'est un miracle que vous soyez encore autorisée à venir ici si vous avez le même comportement à chacune de vos visites.*

– Lucy s'occupera du volet français de nos affaires, intervint Jeremiah d'une voix doucereuse.

Sa mère plissa le nez, soupçonneuse. Il me glissa un regard en biais, mais j'étais trop contente pour ne pas jubiler.

– J'ai dû trop longtemps embaucher des traducteurs, ajouta-t-il. Il me faut quelqu'un sur place qui parle couramment la langue.

Sans cesser de sourire, je lui jetai un rapide coup d'œil. Était-il sérieux? Ce n'était sûrement qu'un stratagème destiné à égarer sa mère. Il n'empêche, j'aurais adoré occuper ce poste. Il était finalement peut-être possible de mélanger travail et plaisir.

– Bien, commenta celle-ci en lissant sa jupe qui n'en avait nul besoin. Je continue de penser que tu avais trouvé une perle avec cette Russe, Anya. Un peu naïve, certes, mais elle faisait le ménage correctement, avec l'aide de ton personnel de maison tout de même... Quel dommage que tu l'aies laissé partir!

Naïve? Ce n'était pas le mot que j'aurais employé pour décrire Mlle Petrovski. Quoi qu'il en soit, Jeremiah ne parut ne guère apprécier le nouveau tour que prenait la conversation. Il toisait sa mère en fronçant les sourcils. Cette dernière haussa les épaules, insensible à la réaction que ses paroles avaient provoquée chez son fils.

– Eh bien, très chère, cela fut un plaisir de vous rencontrer, ajouta-t-elle avec un air qui contredisait pourtant ses paroles. Il faudra que nous déjeunions, un de ces jours.

Plutôt mourir! Je serrai les dents pour garder mon sourire. Jeremiah glissa son bras sous le mien.

– Et maintenant, dit-il, si vous voulez bien nous excuser. Je vais montrer sa chambre à Lucy.

– Ne devrais-tu pas d'abord contacter les Dashwood? Ils étaient plutôt fâchés.

– Bonne journée, mère.

Jeremiah me poussa vers la porte, désireux comme moi d'abréger la conversation. Un bruit agacé retentit derrière nous, et une portière claqua tandis que nous franchissions les immenses portes qui s'ouvraient sur l'intérieur de la maison.

Je ne savais pas trop à quoi m'attendre. Les murs étaient lambrissés d'un bois aussi sombre que celui des rares meubles; la hauteur sous plafond et les parois peintes en blanc évitaient à l'atmosphère d'être trop lugubre. Dans le hall, un escalier à double volée en imposait; la lumière se déversait par une verrière et par l'ouverture qui menait au reste de la demeure. Au-delà des marches, une cuisine aux placards de bois noir était disposée autour d'un patio. Dans le salon, un immense écran de télévision, plus grand que Jeremiah, occupait un mur entier. Au fond, une baie vitrée donnait sur une terrasse qui surplombait l'océan.

Si cette vue me coupa le souffle, Jeremiah, lui, protesta.

– Pourquoi ces vitres sont-elles restées transparentes? grommela-t-il en m'empêchant d'entrer dans la pièce.

– Désolé, monsieur, dit un homme derrière nous. Votre mère nous a priés de les laisser ainsi.

– Ce n'est pas sa maison. Fermez-moi ça.

La seconde suivante, la mer disparut, les carreaux devenant opaques, comme embués. J'étais stupéfaite. Sans arrêter de pester, Jeremiah me laissa pénétrer dans le salon.

– Des vitrages intelligents, répondit-il à ma surprise. Les fenêtres s'opacifient grâce à un système électrique. Je l'ai fait installer pour plus d'intimité.

Je n'avais encore jamais rien vu de pareil. Si on ne distinguait plus l'extérieur, la lumière entrait tout de même par la baie vitrée. À l'opposé de l'espace télévision, un coin salle à manger était occupé par une table gigantesque et des chaises. À côté, une cheminée au manteau imposant. Au-dessus, le mur était nu et je me demandai quel tableau y avait été suspendu autrefois.

– Autre chose, monsieur? demanda Ethan qui nous avait rejoints.

Jeremiah secoua la tête, et son responsable de la sécurité s'éclipsa de nouveau, nous laissant seuls.

– C'est magnifique, soufflai-je en dévisageant mon compagnon. C'est ici que vous avez grandi?

– Entre autres endroits, oui, acquiesça-t-il en allant dans la cuisine, pendant que je continuais à admirer le salon. Qu'avez-vous dit à ma mère? ajouta-t-il au bout d'un moment.

Sa question me fit sourire.

– Des réflexions un peu vives, expliquai-je avec un regard amusé.

Il ne me rendit pas mon sourire et se contenta de hocher la tête, gâchant mon plaisir.

– Rien de trop impoli, précisai-je. Promis juré.

Je ne voulais pas l'offenser. Il s'agissait de sa mère, après tout.

– Elle est parfois pénible, admit-il, même si elle n'a pas toujours été comme ça.

Il regarda au loin, perdu dans ses réflexions.

– Tenir la maison de mon père, finit-il par reprendre, supporter son caractère tyrannique... Je crois que c'est pour cela qu'elle s'est entichée d'Anya. Elle lui rappelait un peu la femme qu'elle avait été.

Il changea brutalement de sujet.

– Avez-vous faim? me demanda-t-il.

J'indiquai que non.

– Vous cuisinez? Vu l'endroit, je pensais que vous auriez un chef à domicile.

– C'était le cas quand j'étais enfant. J'ai jugé que c'était du gaspillage. Comment vous sentez-vous?

Il avait ouvert le réfrigérateur puis les placards. Il y avait des provisions.

– Fatiguée, dis-je en bâillant.

J'avais beau avoir dormi dans l'avion, j'avais l'impression que ça ne suffisait pas. Penser à un lit tout en regardant Jeremiah provoqua en moi des frissons qui n'avaient rien à voir avec mon empoisonnement. Hum... je n'étais peut-être pas si épuisée que ça, à la réflexion. Il avait troqué son costume habituel pour un jean griffé et une chemise blanche. Quand je l'avais vu ainsi pour la première fois, j'avais ressenti un choc – agréable. La façon dont son corps bougeait dans son jean me donnait des idées – et des démangeaisons au bout des doigts.

– Venez, je vous montre votre chambre.

Il m'escorta vers l'escalier. Je m'appuyai sur lui pour monter les marches, un bras passé autour de sa taille. Il était raide et n'eut pas de réaction particulière à mon contact. Je levai les yeux : il regardait droit devant lui, le front soucieux. Surprise, je retirai ma main et fus déçue de voir qu'il se détendait. Qu'y avait-il ? Moi qui croyais enfin le comprendre, j'étais décontenancée par son comportement qui, de nouveau, semblait être celui d'un inconnu.

La pièce où il me conduisit était très vaste, avec lit immense et salle de bains attenante. Là aussi, les vitres avaient été opacifiées – apparemment, le système équipait toute la maison. Quelque chose me dit que ce n'était pas la chambre du maître des lieux. Bien que spacieuse, il lui manquait la classe que, selon moi, la pièce réservée à Jeremiah devait avoir. Je fus sur le point de lui demander quel serait mon statut durant mon séjour ici : serai-je considérée comme une invitée ou notre arrangement était-il un secret de polichinelle ? Mais quand Jeremiah m'accompagna jusqu'au lit, je compris que j'allais dormir seule. Un instinct me poussa à le retenir par la main et à la porter à mes lèvres pour l'embrasser.

De nouveau, il se tendit, se figea même. Si je crus discerner du désir dans ses yeux, ce fut très bref. En se dégageant doucement, il m'obligea à m'allonger.

– Vous avez besoin de vous reposer, chuchota-t-il.

«C'est de vous dont j'ai besoin», pensai-je. J'eus une moue déçue. Il paraissait réticent à me toucher et cela me blessa plus que je l'aurais imaginé. Mais j'étais fatiguée. Après tout, son attitude était peut-être une façon de me forcer à dormir.

J'inspirai profondément pour me relaxer. Je me blottis sous les draps et fermai les yeux, espérant que mon inquiétude au sujet de Jeremiah ne m'empêcherait pas de m'assoupir. Mon corps réclamait du repos : je m'endormis avant que Jeremiah ait quitté la pièce.

15

Le soleil était haut quand je me réveillai, plus reposée que jamais depuis mon empoisonnement au champagne. Je m'étirai sous la couverture, avant de l'écarter et de me lever. Au pied du lit, une serviette et un peignoir avaient été posés, ainsi qu'une valise grise qui devait m'appartenir. Mon estomac gargouilla, me rappelant que je n'avais pas mangé avant de me coucher. Je descendis au rez-de-chaussée dans l'espoir d'y trouver Jeremiah.

Malheureusement, c'est Ethan qui se tenait au bas de l'escalier, juché sur un tabouret de bar qui détonait dans ce hall d'entrée. À mon arrivée, il se leva.

– Bonjour!

– Bonjour, répondis-je, réservée.

Ne sachant pas quelle attitude adopter, je le contournai pour gagner la cuisine. Jeremiah n'était pas là non plus. Malgré les vitrages opacifiés, la pièce était baignée de lumière.

– Quelle heure est-il? demandai-je, un peu surprise.

– Neuf heures et demie, m'annonça Ethan après avoir regardé sa montre.

– Quoi? Neuf heures et demie du matin? Mais combien de temps ai-je dormi?

– Environ seize heures.

Pas étonnant que je me sente tellement en forme! Respirant un grand coup, j'inspectai le contenu du réfrigérateur.

– Où est Jeremiah?

– Il suit plusieurs pistes. Il est parti il y a deux heures à peu près.

Je jetai un regard discret à Ethan tout en posant une brique de lait sur le plan de travail.

– Et il vous a laissé ici pour veiller sur moi?

Il acquiesça. Je contenais ma déception. Que j'étais bête! Jeremiah n'avait pas voulu me réveiller, c'est tout. Mais je me souvenais de sa froideur de la veille, et cela me perturbait. J'avais une envie folle qu'on me prenne dans les bras et qu'on me dise que tout allait bien.

Rien n'allait bien. J'avais du mal à l'intégrer. J'essayais de contenir mon impatience; j'ouvris un placard. Chaque chose en son temps.

Un moment plus tard, je grignotais des céréales tout en regardant mon garde du corps lire un magazine sur les armes. Il faisait mine de ne pas me voir et, régulièrement, tapotait sur son oreillette: j'en conclus qu'il était en liaison avec ses hommes, dehors. Je le dévisageai un instant, puis pointai ma cuillère vers lui.

– Votre femme m'a dit que vous aviez été ranger en même temps que Jeremiah.

Ethan articula un vague acquiescement sans lever le nez de son magazine. Encore un taciturne. D'ailleurs, je repensai à notre trajet entre l'aéroport et le Ritz, à Paris. Il avait gardé le silence presque tout le temps. Je choisis une autre approche.

– Comment avez-vous été blessé à la jambe?

– Une mission qui a mal tourné.

– Vous étiez avec Jeremiah?

– Non, il avait déjà quitté l'armée.

– Pourquoi?

– Son père était mort.

Obtenir des réponses était aussi dur qu'arracher une dent. Enfin, il acceptait de parler. Alors j'insistai.

– Qu'est-ce que faisait Jeremiah chez les rangers?

– Tireur d'élite.

Je sursautai. Vraiment? Je m'accordai une minute pour digérer l'information, avalai quelques cuillères de céréales, puis repartis à l'assaut.

– Que s'est-il passé après son départ?

Ethan resta silencieux un moment. Je respectai ce silence, en priant pour qu'il le rompe le premier.

– Ça en a ennuyé plus d'un, finit-il par marmonner.

Je m'arrêtai.

– Comment ça?

– Il avait fichu le camp. Soit il avait trouvé une faille, soit il a fait pression, mais il a obtenu d'être libéré. La plupart d'entre nous ont jugé qu'il trahissait, qu'il désertait. Devenir ranger est dur, et il abandonnait, comme ça.

– Et vous, qu'avez-vous pensé?

– Je ne lui ai pas caché mon opinion, répliqua-t-il avec un regard mauvais.

– Donc vous étiez contre?

Ethan haussa les épaules et retourna à sa lecture.

– Il a renoncé à une vie dont beaucoup rêvaient. Il a laissé tomber ses hommes. Oui, j'avais des objections.

– Comment en êtes-vous arrivé à devenir son responsable de la sécurité, alors?

Ethan soupira et reposa son magazine sur le comptoir pour me regarder bien en face. Malgré son attitude revêche, il était d'accord pour continuer cette conversation. Aussi, j'essayai de ne pas me sentir trop coupable d'insister.

– Après mon accident, Jeremiah a débarqué à l'hôpital. Il m'a proposé du travail, au cas où l'armée ne voudrait plus de moi. Je l'ai envoyé balader, il est parti. Et puis, quelques mois plus tard, j'ai été libéré, et de nouveau il est venu me voir, m'offrant la chance de lancer une affaire que nous avions projetée pour notre retraite.

– La sécurité?

– Oui. Jeremiah a avancé les fonds. J'espère bien lui racheter ses parts très bientôt.

– Pourquoi rompre ce partenariat? Vous ne vous entendez pas, vous et lui?

– Il a d'autres chats à fouetter, et je préfère rester indépendant.

Le sujet était clos, apparemment. Mais ma curiosité n'était pas encore satisfaite.

– De quoi avait-il l'air à l'époque?

– Plus jeune.

Ma grimace comique provoqua l'ombre d'un sourire chez mon interlocuteur.

– Il se sentait toujours obligé de faire ses preuves, enchaîna-t-il, pensif. Il voulait toujours être en première ligne. On a été surpris quand il s'est décidé à devenir tireur d'élite. Je crois que ça l'a aidé à aiguiser sa patience. (Ethan inclina la tête sur le côté.) S'il n'a jamais été un boute-en-train, il savait s'amuser. Même si, depuis la mort de son père, j'ai l'impression qu'il n'a pas beaucoup consacré de temps à cela.

Puisqu'il était aussi bavard, autant aller au bout des choses.

– Et Anya? Comment se sont-ils connus?

Ethan plissa les yeux et me regarda. J'avalais une nouvelle cuillère de céréales en affichant un air innocent.

– Ce n'est pas à moi de vous en parler, protesta-t-il.

Je continuai mon petit déjeuner, l'air de rien, et il finit par céder après avoir levé les yeux au ciel.

– Jeremiah avait des soucis avec une affaire en Russie, il avait besoin d'une traductrice et interprète. Anya était idéale pour ce rôle, elle est devenue son assistante personnelle, la précédente étant nommée à un poste de direction.

– Ils étaient…

Ensemble. C'était le mot que j'avais envie de dire, mais je ne le fis pas, ignorant ce que le responsable de la sécurité savait de ma relation avec mon patron. Je rougis sous son regard insistant, me servis un nouveau bol alors que je n'avais plus faim.

– Leurs relations personnelles ne me concernaient pas. Il était clair qu'elle était amoureuse de lui, mais de son côté il ne trahissait rien. Quoi qu'il en soit, quand il a découvert qu'elle l'espionnait pour le compte de son frère, il l'a jetée dehors. Ça doit faire environ trois ans, maintenant.

– Comment était-elle? Je ne pus m'empêcher de lui demander ça.

– Jeune. Naïve. Innocente. Plutôt maligne, parlant très bien deux langues. Jeremiah l'avait dénichée en Russie et ramenée ici. Mais quand il l'a licenciée, c'était comme si elle n'existait plus.

La pauvre! Malgré l'arrogance de cette belle femme blonde, j'avais de la peine pour elle. Elle avait peut-être eu ce qu'elle méritait, il n'en reste pas moins que c'était rude pour cette exilée.

– Et Lucas? Pourquoi Jeremiah le surnomme-t-il Loki?

Ethan s'agita, et son air renfrogné s'accentua.

– Loki est la branche pourrie de l'arbre généalogique, ce n'est rien de le dire. Cet homme est une vraie perte de temps, si vous voulez mon avis.

Une pareille violence me déconcerta. Il ne cachait pas ses sentiments!

– Loki était son surnom quand il était enfant, ou quelque chose comme ça? insistai-je, espérant que je n'avais pas poussé le bouchon un peu trop loin sur ce sujet délicat.

– Que s'est-il passé entre lui et Jeremiah?

– Mis à part que Loki est devenu ce contre quoi Jeremiah et moi avions lutté autrefois? Des problèmes s'étaient déjà produits avant que je quitte l'armée, mais ce sale type a piqué trente millions de dollars à la société, lors de la nomination de Jeremiah, avant de se volatiliser on ne sait où.

J'étouffai un soupir. C'était une sacrée somme.

– Et qu'a-t-il fait de cet argent?

– Aucune idée. C'est sans doute à cette époque qu'il s'est mis à acheter des armes.

Ethan hocha la tête devant mon air choqué.

– Oui, oui, reprit-il, c'est un trafiquant d'armes. Il gagne son argent en vendant des armes à des pays en guerre. Il se fait appeler Loki depuis toujours. Je suppose que son prénom faisait trop snob.

Ma cuillère m'échappa des mains. Stupéfaite, je dévisageai Ethan, dont l'expression furieuse était soudain devenue intimidante. Il serra les mâchoires en voyant à quel point j'étais retournée.

– Je n'aurais rien dû vous dire, marmonna-t-il en reprenant son magazine. Ce ne sont pas mes affaires, après tout.

J'avais du mal à digérer la nouvelle. J'avais donc dansé avec un trafiquant d'armes? Je repensai à ses yeux bleu-vert et à leur lueur moqueuse, à son beau visage familier abîmé par une cicatrice sur la joue. Bon sang! Dans quel pétrin m'étais-je fourrée?

La porte s'ouvrit dans un cliquetis, et Ethan sauta sur ses pieds, ce qui me fit sursauter. Mais il se détendit presque tout de suite et Jeremiah apparut. Je souris, heureuse de sa présence, mais il stoppa ma joie en me regardant à peine.

– Du nouveau? demanda Ethan.

Jeremiah secoua la tête, les lèvres pincées.

– J'ai lancé mes lignes, répondit-il. Je devrais en savoir plus d'ici un jour ou deux.

Ethan acquiesça, les sourcils froncés.

– Je serai dehors si vous avez besoin de moi.

Sur ce, il s'éloigna. Je regardai mon patron.

– Vous avez l'air fatigué, lui dis-je.

– Ça va aller, souffla-t-il. Et vous? Comment ça va?

– Mieux, dis-je en montrant mon bol vide. J'ai même retrouvé l'appétit.

Il opina avant de détailler ma tenue négligée.

– J'ai laissé des affaires de toilette et des vêtements au pied de votre lit.

– J'ai vu ça, merci. Je comptais prendre une douche après mon petit-déjeuner.

Je frissonnai, tout à coup nerveuse. J'avais peu d'expérience en matière de flirt. Je relevai la tête, le regardai sous mes cils baissés.

– Ça vous dirait de me rejoindre?

Il se raidit aussitôt et ses mains se crispèrent sur le plan de travail. Un éclat de feu traversa ses yeux, mais à ma grande surprise il refusa mon offre.

– J'ai des choses à régler avant midi.

Je ne m'attendais pas à ça. J'avais beau être consciente qu'il était dans son bon droit, ce rejet me blessa. J'essayai de me raisonner. Après tout, c'était un homme très occupé par ses affaires, et quelqu'un avait tenté de nous tuer.

– Laissez-moi vous raccompagner à l'étage.

Il prit mon coude, mais je résistai.

– Qu'avez-vous appris jusqu'à maintenant?

Agacé, il serra les lèvres – soit par mon manque de docilité, soit par la situation elle-même. Pas question pour autant de me laisser impressionner.

– Rien encore, répondit-il en me tirant par le bras. Montons.

Je me libérai de son emprise.

– Je suis capable de me débrouiller toute seule, merci.

La vexation qu'il venait de m'infliger, en plus de son attitude distante de la veille, m'irritait : j'étais bien décidée à me passer de son aide. Rassemblant tout ce qu'il me restait de dignité, je me dirigeai vers l'escalier. J'avais à peine fait quelques pas qu'il m'attrapa et me souleva dans ses bras. Je poussai un cri de surprise et m'agrippai à son cou, tandis qu'il me portait à l'étage, montant les marches deux par deux.

— C'était inutile, lâchai-je en essayant de ne pas avoir l'air boudeur.

— Vous êtes sous ma responsabilité.

Autrement dit, j'étais un fardeau.

— Vous savez comment tourner un compliment, ricanai-je.

— Aucune importance. L'essentiel est que vous soyez en sécurité.

Je levai les yeux au ciel, mais je ne répondis rien, me contentant de resserrer ma prise autour de sa nuque. S'il n'était pas toujours très romantique, la force protectrice qui émanait de lui était agréable.

— Plus tard, vous me ferez faire un tour du propriétaire? demandai-je, une fois en haut de l'escalier. J'adorerais descendre au bord de la mer.

— Non. Tant que nous n'aurons pas éclairci la situation, vous resterez à l'intérieur de la maison.

— Pardon? Je suis aux arrêts?

— Il y a trop d'endroits exposés dehors. Je tiens à assurer leur surveillance et à limiter les risques avant de vous autoriser à sortir.

Son ton était sans réplique, ce qui, bien sûr, réveilla mon naturel rebelle. Mais j'essayai d'envisager les choses de son point de vue. Ayant été tireur d'élite, il n'ignorait rien des dangers à distance. En même temps, et même si l'idée d'être épiée au moyen de jumelles était déroutante, voire vraiment effrayante, rester enfermée me contrariait.

– Et si je portais un gilet pare-balles ? proposai-je. Un casque en kevlar ? Ça existe ?

Il accueillit ma suggestion par un bruit qui aurait tout aussi bien pu être un rire étouffé. Me déposant devant la porte de ma chambre, il me poussa gentiment à l'intérieur.

– Allez vous doucher. Vous êtes libre de circuler dans toute la maison, mais interdit de sortir. (Il repoussa l'une de mes mèches derrière mon oreille, son doigt s'attarda sur le contour de mon menton.) Je vous veux en sécurité ; à ce stade, c'est tout ce qui compte.

J'essayai d'appuyer mon visage sur sa main, frustrée de ses caresses, mais il la retira et recula. Après un bref salut de la tête, il s'en alla, m'abandonnant là, seule avec mon amertume. J'eus envie de lui crier que c'était insensé, car c'était lui que visait l'assassin et, pourtant, lui, il avait le droit d'aller dehors, à sa guise.

Je fis une rapide toilette qui ne me calma pas. M'enveloppant dans le peignoir, une serviette autour de mes cheveux humides, je redescendis au rez-de-chaussée où, malheureusement, je fus accueillie par un énième garde du corps. Je ne m'attendais pas à tomber sur des inconnus dans la maison. Je serrai ma ceinture de peignoir autour de ma taille quand l'homme leva les yeux sur moi.

– Où est Jeremiah ? lui demandai-je.

– Il avait à faire dehors, madame. Nous serons ici en bas si vous avez besoin de quelque chose.

J'opinai sèchement avant de filer à l'étage pour m'habiller.

16

Au bout de deux jours passés dans la somptueuse demeure, j'étais devenue presque folle.

Cette maison avait beau être vaste, je m'y ennuyais ferme après en avoir épuisé tous les mystères. Enfin, autant que possible, avec pour seules armes ma curiosité et Internet. Je regardais la télévision, surfais sur Internet, essayais de m'occuper dans les limites de mon enfermement. J'étais toujours sur le qui-vive et m'attendais constamment à ce qu'un homme armé ou un assassin débarque – c'était épuisant. Pire encore, personne ne me disait où on en était. Jeremiah disparaissait tout le temps et les gardes ne disaient rien. Bref, j'étais livrée à moi-même. Il n'était pas logique d'éprouver de la rancœur à être gardée captive alors que c'était pour mon propre bien, mais je ne pouvais exprimer ma rébellion qu'en pensées.

Ainsi, l'une des salles de bains n'était pas équipée de barreaux à la fenêtre ni de ces fameux vitrages intelligents. Elle surplombait le parc. Je m'y douchai tous les matins pour mieux jeter un coup d'œil dehors – je me sentais un peu ridicule de ce sentiment de défi que cela me procurait. La vue donnait sur l'océan, dont les vagues battaient l'arrière de la propriété.

Un hangar à bateaux avait été construit sur la berge, dans le prolongement d'un long ponton. En général, une sentinelle y patrouillait. Une camionnette venait aussi tous les deux jours déposer une équipe de jardiniers. Je rêvais de m'approcher de l'eau, peut-être d'y tremper mes pieds. Mais les paroles de Jeremiah sur d'éventuelles menaces me revenaient à l'esprit, et je refermais la fenêtre, prise de peur. Plus que tout, cette crainte me donnait l'impression d'être prisonnière et alimentait mon amertume.

Cependant, tout n'était pas ennuyeux dans mon existence.

J'étais libre de circuler comme je voulais dans toute la maison ; seul le bureau de Jeremiah m'était interdit. Désireuse d'en apprendre plus sur mon employeur/amant, je furetai un peu partout en quête de renseignements. Les lieux étaient étonnamment dénués d'objets personnels ; il n'y avait ainsi pas de photos de famille sur les murs ou la cheminée. Bien que décorée avec goût, cette résidence de luxe aurait pu appartenir à n'importe qui. Je m'étais pourtant attendu, vu son histoire, à ce que la demeure ait quelque chose d'unique ; pourtant, je ne trouvai rien qui puisse la lier à la dynastie Hamilton.

Jusqu'au troisième jour, où je découvris un tableau ancien au fond d'un placard de la chambre des maîtres de maison.

La toile était grande, presque aussi haute que moi, et encadrée d'un lourd cadre en bois. Je l'extirpai péniblement du réduit, l'appuyai au mur, face à la lumière et retirai le drap qui la protégeait. D'abord, je crus qu'il s'agissait d'un portrait photographique, en pied, grandeur nature. Mais un examen plus approfondi me permit de détecter, dans le visage et les cheveux, les traces des coups de pinceau. Si je ne reconnus pas l'homme, je lui trouvai une ressemblance frappante avec Jeremiah et son frère Lucas. Il était jeune, environ l'âge de Jeremiah, et portait un costume cravate qui, à mes yeux, ressemblait à n'importe quel autre.

L'artiste, quel qu'il soit, avait un indéniable talent. Il avait su rendre l'expression de domination hautaine de son sujet, tant sur ses traits que dans son regard. À force de contempler ce visage figé sur la toile, je finis par comprendre à qui j'avais affaire : Rufus Hamilton, le patriarche de la famille et père de Jeremiah.

– Que faites-vous?

Une voix, peu amène, me fit sursauter, et je me retournai. Sur le seuil de la pièce se tenait Jeremiah, qui fixait le tableau. Il avança de quelques pas, mais ne s'approcha pas de la toile, comme si le portrait le révulsait. Gênée d'avoir été surprise en flagrant délit, je commençai à balbutier des excuses puis, inspirée, demandai :

– Est-ce le tableau qui était accroché dans la salle à manger?

Ma question était destinée à m'éviter la colère de Jeremiah. À sa réaction, je devinai que j'avais eu raison.

– Pourquoi n'avez-vous pas de photos de famille? insistai-je alors qu'il ne répondait pas. Vous avez grandi ici, vous avez sûrement des souvenirs...

– J'ai donné l'ordre qu'on enlève tout lorsque j'ai hérité de la propriété, m'interrompit-il avec raideur avant de me regarder. Je préfère ne conserver aucune trace de mon enfance.

– Vraiment?

J'avoue que je fus déstabilisée. Je savais toutefois que ma propre éducation avait été très différente de la sienne. J'avais rencontré sa mère et après tout ce que j'avais entendu dire de Rufus, je me doutais que la vie de Jeremiah n'avait pas été une partie de plaisirs. J'eus du mal à saisir et je ne pus m'empêcher d'insister :

– Cette maison ne vous a vraiment laissé aucun bon souvenir ?

Jeremiah tordit la bouche et jeta un coup d'œil cynique au tableau.

– Mon père, répondit-il, n'aimait pas s'amuser, sauf s'il s'agissait d'impressionner. En général, nous venions ici plus pour mener des affaires que pour nous détendre. L'idée était de séduire de nouveaux clients. (Il ricana.) Rufus était de la vieille école en matière d'éducation : les enfants étaient priés de rester invisibles et muets. Nous... nous n'avons pas toujours été très accommodants.

Je tentai de l'imaginer plus jeune, en vain. Quant à Lucas, s'il était alors un tant soit peu l'homme qu'il était aujourd'hui, je ne doutais pas qu'il se fasse entendre. Jeremiah en revanche...

– À quoi ressemblait votre enfance ? demandai-je.

Ma question était impertinente et trop personnelle. Je ne m'attendais pas à ce qu'il réponde. Mais il le fit.

– Très encadrée. Nous savions tenir notre place, sous peine d'endurer de sévères punitions. Rufus s'était marié et avait eu des enfants sur le tard. Honnêtement, je crois que ma mère ignorait ce qui l'attendait. Mon père avait une idée extrêmement précise de ce que devait être, en théorie, la famille parfaite, et il contrôlait tout d'une poigne de fer.

Il se tut un instant, fixant la toile.

– Comme vous pouvez l'imaginer, reprit-il, mon frère ne jouait pas toujours le jeu. Mais alors que j'étais au lycée, il a semblé se calmer et vouloir réellement apprendre à diriger l'entreprise familiale.

Je détectai de la tendresse dans ses intonations, ce qui ne manqua pas de m'intriguer.

– Vous l'adoriez, n'est-ce pas ? risquai-je.

Un regard dur accueillit ma phrase, je m'empressai de me corriger.

– Votre frère, Lucas, l'admiriez-vous ?

Le visage de Jeremiah, qui hésitait à répondre, refléta son indécision. Combien de temps avais-je avant qu'il ne se referme comme une huître ? Que savait-on des relations qui animaient la famille Hamilton ? Étais-je en train de briser un tabou ? J'étais sur le point de battre en retraite lorsque Jeremiah finit par s'exprimer.

– Lucas m'a protégé de notre père, ce que je n'ai compris que beaucoup plus tard. Lui et Rufus s'affrontaient souvent, particulièrement quand il s'interposait pour m'éviter d'être puni alors que j'avais fait une bêtise. Lorsqu'il est parti à l'université, j'ai perdu ce bouclier. Mais, à ce moment, j'étais en âge de me défendre tout seul.

– Alors, quand vous avez appris pour l'argent volé…

Il pinça les lèvres.

– Ça a été douloureux, dit-il en passant une main dans ses cheveux soigneusement coiffés. Au début, j'ai refusé d'y croire. Malheureusement, les livres de comptes le désignaient, et j'ai bien été obligé d'en informer le conseil d'administration. De son côté, Lucas avait déjà fui le pays, sans même se donner la peine de plaider sa cause. Cela a suffi à le condamner aux yeux de tous.

Je fis un pas vers lui, prête à poser une main réconfortante sur son bras, mais je me retins, hésitante.

– Quel genre de clients votre père invitait-il ici? demandai-je à la place.

– Les très prometteurs, ceux qu'il souhaitait impressionner. Je me souviens d'un homme, un général à la retraite de l'Armée de l'air que Rufus régalait de ses vins et de plats raffinés. Le type a passé plus de temps à répondre à mes questions sur la vie militaire qu'à s'entretenir avec son hôte. Mon attitude a été punie. Ma voiture m'a été mystérieusement confisquée, certains de mes privilèges m'ont été retirés. Mais ça m'était égal. Moins d'un an plus tard, je m'engageais à l'insu de mon père…

Il éclata d'un rire sans joie avant d'ajouter :

– Même s'il a fini par m'avoir en fin de compte.

Franchissant les quelques mètres qui nous séparaient, et, suivant mon instinct, j'enroulai mes bras autour de sa taille. Je l'attirai à moi, le tissu soyeux de sa chemise frôla ma joue.

– Je suis désolée que votre enfance ait été un tel calvaire, murmurai-je, souhaitant pouvoir effacer sa douleur par mon étreinte. Mais, maintenant, vous pouvez vous construire des souvenirs heureux… Il n'est pas trop tard.

Jeremiah gardait le silence. La tête penchée sur le côté, il me contemplait. Il caressa ma joue. Le feu qui couvait dans son regard, cette étincelle de désir qui n'attendait que de s'embraser me firent prendre conscience de notre proximité physique. Comme dans l'avion, il me plaqua contre le mur. Son beau visage me dominait et je sentis le renflement de son sexe sur mon ventre. Je poussai un soupir de bien-être, relevai la tête pour qu'il m'embrasse.

Mais il s'écarta.

– Je ne peux pas, chuchota-t-il en fixant le sol.

– Pourquoi? objectai-je, décontenancée.

Il semblait aussi frustré que moi.

– Je ne veux pas… commença-t-il. Anya…

– Anya! répétai-je.

Que venait-elle faire dans cette conversation? Je croisai les bras sur ma poitrine, essayant ainsi de contenir la jalousie qui étreignait mon cœur.

– Elle et vous? Il s'est passé quelque chose?

J'avais eu du mal à prononcer ces mots. Jeremiah nia, et je ressentis un immense soulagement.

– Non, dit-il, nous n'avons jamais été ensemble. Mais vous me rappelez la femme qu'elle était avant tout ce gâchis.

Il s'interrompit, visiblement troublé par le tour qu'avait pris notre discussion. Brutalement ses traits redevinrent de pierre, comme à son habitude. Il désigna le tableau d'un geste du menton.

– Merci de le ranger où vous l'avez trouvé.

Je le regardai quitter la pièce. Combien de secrets me restait-il encore à découvrir?

Le quatrième jour de ma captivité, je perçus la voix de Jeremiah provenant du grand bureau à l'étage. Très déterminée, je fonçai vers la pièce et poussai la porte sans frapper. Une femme rousse, assise devant la grande table de travail, se retourna, et je fus surprise de reconnaître Celeste, la directrice générale de Hamilton Industries. Elle aussi sembla déconcertée, et son regard alla de moi à son patron, installé de l'autre côté du bureau.

– Un souci? me lança-t-il avec raideur, tout en jaugeant ma tenue d'un air réprobateur.

Son ton et son regard renforcèrent mes résolutions et je relevai le menton.

– J'aimerais savoir quand je pourrai m'en aller.

Au départ, j'avais eu l'intention de l'interroger sur les progrès de l'enquête, mais la présence de Celeste m'avait désarçonnée. Elle était, après la mère de Jeremiah, la première femme que je voyais ici. Qu'elle ait été étonnée – parce qu'elle me découvrait ici, ou du fait de notre situation actuelle – apaisait un peu mon mécontentement : au moins, je n'étais plus la seule à tout ignorer de ce qui se passait.

– Nous parlerons de ça plus tard, Mlle Delacourt, répondit Jeremiah, tandis que son portable se mit à vibrer. Un moment, je vous prie, mesdames.

Il se leva pour quitter la pièce, me laissant comme une idiote devant l'espace vide qu'il occupait l'instant d'avant.

– Avez-vous la moindre idée d'où nous en sommes ? me demanda Celeste, apparemment aussi énervée que moi.

Je secouai la tête et haussai les épaules.

– Non. Et vous ? risquai-je. Peut-être en savait-elle plus que moi.

– Je ne sais rien de rien, sinon qu'Ethan ne me lâche pas d'une semelle ! s'exclama-t-elle, agacée. Il m'a placée sous surveillance sans daigner m'expliquer pourquoi. Jeremiah s'est déchargé de toutes ses affaires sur moi et je me démène comme une folle pour tenir le coup. Vous êtes ici depuis votre retour d'Europe ?

– Je n'ai même pas le droit de sortir ! soupirai-je.

Celeste m'adressa un regard complice.

– J'ai vraiment du mal à les supporter, ces deux-là, quand ils se mettent à jouer aux mâles surprotecteurs. Ça m'énerve !

– Bienvenue au club.

– Ils ne sont pas seulement surprotecteurs, ils sont surtout grossiers, ajouta-t-elle.

Ces mots confirmèrent mes soupçons : elle n'avait pas été mise au courant de la tentative d'empoisonnement. J'hésitai à l'informer, même si l'envie me démangeait, ne serait-ce que pour avoir une alliée. Malheureusement, je n'en eus pas l'occasion, car Jeremiah revint dans le bureau, suivi par Ethan.

– Dis-moi ce qu'il y a, Remi, exigea Celeste. Je réponds à toutes sortes de requêtes en ton nom, je te remplace à des tas de réunions et je n'ai aucune explication à fournir à ceux qui m'interrogent.

– Tu ne t'en sors pas ? répliqua froidement l'intéressé. Faut-il que je te retire certaines tâches pour les confier à d'autres ?

Une lueur de colère brilla dans les yeux de Celeste. Il était évident que son orgueil la faisait réagir à cette seule idée de déléguer.

– Je t'accorde jusqu'à la fin de la semaine pour me donner des réponses, finit-elle par assener, pointant un index furieux vers le milliardaire.

Jeremiah acquiesça, ce qui parut amadouer son adjointe, qui se leva et se dirigea vers le couloir. Quand Ethan voulut poser une main sur son épaule, elle l'esquiva – mais il ne lui en voulut pas. Il lui emboîta le pas, telle une ombre. La porte se referma sur eux et je me tournai vers Jeremiah… qui m'observait. Il était toujours aussi difficile de déchiffrer ses pensées. Inspirant profondément, je contournai le bureau pour le rejoindre.

– S'il vous plaît, dites-moi où en est l'enquête.

Je n'avais pas voulu prendre un ton suppliant. Celeste s'était montrée très ferme et j'aurais bien aimé lui ressembler un peu plus. Mais je perçus une douceur nouvelle dans les yeux de mon patron, qui écarta de mon visage une mèche égarée. Ses doigts caressèrent ma joue et se refermèrent autour de mon menton. Je retins mon souffle, fondis à ce contact et m'appuyai sur sa main.

Il la retira aussitôt. Déséquilibrée, je dus me retenir à la table, tandis qu'il s'écartait et me couvait d'un regard sombre.

– Il est de mon devoir qu'il ne vous arrive rien, déclara-t-il d'une voix de nouveau glaciale.

Quand il fit mine de reprendre son travail, ma colère monta.

– Je suis en droit de franchir cette porte, rien ne vous autorise à m'en empêcher!

Au moins, ces paroles eurent le mérite de retenir toute son attention. Il me fit face, une expression furieuse sur son beau visage. Je ne flanchai pas.

– Vous avez fait de moi une prisonnière, poursuivis-je, j'en ai plus qu'assez!

– Vous avez signé un contrat stipulant que vous feriez tout ce que je voudrais, gronda-t-il avec férocité. Vous ne partirez pas d'ici!

Le PDG impassible avait disparu; j'étais allée trop loin, et le fauve redressait la tête. Je reculai d'un pas, il me suivit. Je me raidis et le fusillai du regard.

– Ce contrat stipule aussi que je peux quitter mon «emploi» quand ça me chante. Si vous continuez à vous taire, je démissionne et quitte cette maison sur-le-champ!

Sur ces mots, je tournai les talons et me dirigeai vers la porte. Je n'eus pas le temps de m'éloigner car, soudain, la pièce virevolta et je me retrouvai plaquée contre un mur. Si l'impact ne fut pas douloureux, il me déstabilisa. C'est avec de grands yeux que je fixai Jeremiah. Il me dominait de toute sa taille et ses mains sur mes bras étaient deux étaux d'acier. Mais ma colère semblait avoir calmé sa rage, même si ses yeux étaient enflammés quand il caressa mon visage.

– J'ai essayé de vous résister, murmura-t-il, tandis que son regard suivait le parcours de ses doigts sur ma peau. Me côtoyer est dangereux, et vous voici embarquée là-dedans. Je devrais vous oublier, vous éloigner.

Mon cœur fondit. Je ne voulais pas qu'il me quitte – une pensée sur laquelle je ne m'attardai pas. Son pouce glissa sur mes lèvres, je l'avalai et le mordillai tout en le léchant. Jeremiah étouffa un soupir et resserra sa prise autour de mes bras. Sa pomme d'Adam bougea quand il déglutit. Mes yeux se rivèrent sur sa bouche, le souvenir de ses lèvres et de sa langue sur mon corps me fit haleter.

– Je ne suis pas un gentleman, dit-il en me dévisageant.

L'une de ses mains descendit vers ma poitrine, mais il serra le poing au lieu de me caresser.

– Quand je vous regarde, je ne vois que votre fragilité, la facilité avec laquelle je pourrais vous briser. Vous avez failli mourir par ma faute et...

Je me libérai d'une secousse. À ma grande surprise, il me lâcha. Mais ses prunelles s'assombrirent, et je devinai qu'il croyait que je le repoussai. Avant qu'il se soit écarté, je pris son visage entre mes mains.

– Et moi, soufflai-je, voulez-vous savoir ce que je vois?

Un tel désir brûla dans ses yeux qu'il me tordit le cœur.

– Je vois un bel homme exaspérant dont les rêves ont été réduits à néant. Je ne demande qu'à réparer les choses, sauf que je n'en ai pas le pouvoir.

Je promenai mon pouce sur sa joue et portai ses doigts à ma bouche.

– Je me suis engagée à vous donner tout ce que vous voudrez, j'étais sincère, poursuivis-je en embrassant sa main avant de la placer sur mon cou. Croyez-moi, je suis plus forte que j'en ai l'air.

Il déglutit, les yeux fixés sur sa main. Quand il la serra autour de ma gorge, je rejetai la tête en arrière tout en le fixant encore. Les bras le long du corps, je le laissai voir ce contraste entre sa peau mate et la pâleur de mon cou. Lorsqu'il releva ses yeux avides, un brasier tout aussi fort incendia mon ventre.

– Prenez-moi, Monsieur, chuchotai-je.

Mes mots brisèrent ses dernières résistances : je le compris sans peine dans son regard.

Me prenant dans ses bras, il me porta hors du bureau, traversa sans bruit le couloir et entra dans la grande chambre à coucher voisine. Il me déposa à côté du lit, avant de refermer et de verrouiller la porte. Je l'observai en silence, attendant ses ordres.

– Déshabillez-vous et agenouillez-vous ! me lança-t-il.

Un soulagement envahit mon corps, me plongeant dans un état d'excitation vertigineux. En un éclair, je me rappelai la première fois que j'avais entendu cette voix et le pouvoir qui résonnait dans chaque mot prononcé. Jeremiah aurait pu lire le dictionnaire que j'aurais mouillé ; mais quand ses yeux me scrutaient, comme en ce moment, j'étais littéralement en feu. Soutenant son regard, je déboutonnai lentement mon corsage et l'ôtai d'un geste brusque des épaules. Il tomba à mes pieds, bientôt suivi par mon pantalon, qui s'étala autour de mes chevilles. Je l'enjambai et commençai à me baisser.

– Tous vos vêtements, dit Jeremiah, implacable.

Mon cœur battait à tout rompre, ce qui ne m'empêcha pas d'obéir. Je dégrafai mon soutien-gorge et, les mains tremblantes, exposai mes seins au regard ardent de mon patron. Une lave incandescente se répandit à l'intérieur de mon ventre. Je pouvais sentir la caresse de ses prunelles sur mon corps, qui répondait en frémissant à un tel désir. La fraîcheur de l'air enveloppa mes tétons déjà durcis, et je retins mon souffle tout en retirant la mince bande de tissu, qui rejoignit mon corsage par terre.

Les pouces autour de l'élastique, je fis glisser ma culotte sur mes cuisses. Jeremiah émit un son appréciateur quand mes fesses s'arrondirent ; alors je prolongeai mon geste, allant presque effleurer le sol de mes doigts avant de retirer mon sous-vêtement. Quand je me redressai, je vis qu'il me dévorait des yeux, et j'en tremblai de plaisir.

– Si belle, murmura-t-il.

Je rougis de bonheur.

Il s'approcha de la table de nuit et, derrière le meuble, tira un sac en papier noir luxueux. Rien n'indiquant son origine, c'est avec curiosité que je l'observai le poser sur la console.

– À quatre pattes sur le lit ! m'ordonna-t-il.

J'écarquillai les yeux et retins mon souffle. Cette position allait m'exposer entièrement et me mettre à sa merci. La nudité, surtout en présence d'un autre, était nouvelle pour moi. Mais l'expression de Jeremiah ne tolérait aucune résistance. Je m'exécutai donc avec raideur tout en continuant à le regarder. L'idée qu'il puisse jouir visuellement de mon intimité m'embarrassait, mais il sembla content du spectacle. Il agita le sac.

– Devinez ce qu'il y a dedans.

Le contenu semblait solide, mais l'imagination me manqua.

– De la lingerie? hasardai-je, même si je me doutais qu'il s'agissait d'autre chose.

Il sourit, provoquant mes frémissements. Il était vraiment magnifique. Il commença à vider le sac.

– J'ai acheté ces objets en pensant à vous, m'annonça-t-il en les alignant l'un après l'autre sur la table de nuit.

Tout d'abord, mon cerveau refusa de comprendre ce que je découvrais, jusqu'à ce qu'il place une paire de menottes en cuir sur le lit. Je les regardai un moment, de même que les autres articles en plastique. Mince! Si mes expériences sexuelles étaient plutôt limitées et si j'étais incapable de nommer les jouets dévoilés, j'avais tout de même une assez bonne idée de ce à quoi ils pouvaient servir.

Jeremiah prit un objet mince et sombre, ainsi qu'un tube de lubrifiant, avant de se placer derrière moi.

– Regardez devant vous! exigea-t-il quand il vit que je le suivais des yeux.

J'obéis, tremblant face à la tournure nouvelle que prenaient les choses. Je redoutais ce qui allait suivre et, pourtant, je l'attendais avec impatience. Depuis ma rencontre avec Jeremiah, j'avais expérimenté des choses auxquelles je n'avais jamais pensé, y compris dans mes rêves les plus fous, et je me doutais que cela ne serait pas différent. Il n'empêche, je bondis quand il posa une main sur mes reins. Son rire grave me liquéfia. Une telle sensualité…

– Vous êtes si belle, chuchota-t-il, tandis que sa main caressait l'extérieur puis l'intérieur de mes cuisses. J'aime vous avoir ainsi à mon entière disposition.

Ses doigts agiles appuyèrent sur mes replis intimes, glissèrent sur mon orifice devenu presque douloureux de désir et, surprise, je plongeai en avant. Il agrippa mes hanches de son autre main pour me stabiliser, sans arrêter ses caresses. Je ne tardai pas à haleter. Quand son majeur s'enfonça en moi, écartant les parois étroites de mon con, je poussai un long gémissement.

De nouveau, son rire me parvint, puis son pouce s'attaqua à mon autre trou, en caressant son ouverture. Ayant déjà eu droit à ce genre de manœuvre, je ne fus pas étonnée. Mais la bouffée de chaleur que j'éprouvai pendant qu'il jouait avec le filet de peau entre mon sexe et mon anus me déstabilisa. Ce contact était délicieux. Jeremiah enfonça son pouce dans mon anus, et je geignis de nouveau, déroutée par ma réaction mais encore plus excitée.

Il retira son doigt, qui aussitôt fut remplacé par quelque chose de dur et de contondant, qui entra fermement en moi. Une plainte m'échappa, tandis que mes chairs étaient écartelées et que, lentement mais inexorablement, l'objet pénétrait toujours plus loin en moi. La douleur était faible, car Jeremiah veillait à progresser peu à peu, mais la pression exercée par ce corps étranger était inhabituelle. J'eus l'impression d'une éternité avant que Jeremiah cesse enfin d'appuyer. Une tension réelle, mais indolore, étirait à présent mon cul. Je risquai un regard et vis que Jeremiah admirait son œuvre. Lorsqu'il me surprit, il sourit légèrement et, d'un simple geste, m'intima de me retourner de nouveau.

— Vous n'avez encore jamais rien fait de tel, hein?

Je secouai énergiquement la tête, déclenchant son rire.

— Je vous avais déjà taquiné le derrière, mais j'avais hâte de me retrouver seul avec vous et avec votre délicieux petit cul.

Il écarta mes fesses et ma respiration se fit courte. L'inconnu de la situation m'emplissait d'une inquiétude exquise qui luttait avec mon désir. Sentant que mon plaisir coulait le long de mes cuisses, je rougis, gênée. Mais Jeremiah me huma profondément et souffla :

- Ce que vous sentez bon !

Ses mains attrapèrent mon bassin et, sans m'avertir, son visage disparut entre mes cuisses. Sa bouche et sa langue commencèrent alors à jouer avec les plis sensibles de mon sexe exposé.

Je poussai un cri de surprise et tombai en avant, me rattrapant in extremis en appuyant mes coudes sur le matelas. Je n'avais pas le choix : soit je continuai d'avancer et tombai du lit, soit je poussai vers l'arrière, à la rencontre de cette bouche tellement douée. Et les mains de Jeremiah accrochées à mes hanches ne me laissaient aucune marge de manœuvre. Ses lèvres, sa langue et – oh, bon sang ! – ses dents me suçaient, me léchaient, me mordillaient… L'une de ses mains abandonna ma hanche frémissante pour se poser sur mon sexe trempé, caressant tous les endroits qu'il fallait, jusqu'à me faire perdre la raison. Le godemichet enfoncé dans mon cul bougea, provoquant en moi de drôles de sensations. S'il était assez étranger pour ne pas faire oublier sa présence, cela ne gâtait en rien le plaisir. Quand il recommença à s'agiter, je me rendis compte que c'était Jeremiah qui le faisait tourner ; mais l'action de ses doigts dans mon con et de sa bouche sur mes cuisses m'empêchait de remarquer grand-chose.

Soudain, derrière moi, le matelas se souleva. Jeremiah s'était levé pour se placer devant moi. Appuyée sur mes genoux et mes coudes, hors d'haleine, j'essayai de calmer les tremblements de mon corps. Il caressa ma tête puis mon dos, et je vis la bosse qui tendait son pantalon, juste sous mes yeux. L'esprit brouillé de plaisir, je massai son gland à travers le tissu avant de jouer le long de son érection. Il frissonna, sans cesser de faire danser ses mains sur ma peau, mais ne prit pas l'initiative. Cédant à l'audace, je déboutonnai son pantalon, ouvrit sa braguette, puis plongeai mes doigts à l'intérieur pour libérer son sexe.

Ses ongles griffèrent mon dos quand j'avançai la tête et donnai un coup de langue à son nœud gorgé de sang. Son grognement m'encouragea et, en me penchant autant que je le pouvais, je le pris dans ma bouche. Malgré l'angle inconfortable, je fis de mon mieux, suçant le gland et léchant la verge rigide. Il ramena ses mains sur ma tête, enfonça ses doigts dans mes cheveux. De mon côté, j'attrapai ses couilles lourdes et les massai, ce qui fut récompensé par un halètement étranglé.

Si une partie de moi était horrifiée par mon comportement, il m'était impossible de résister à mon désir. Mon corps avait soif de caresses, chaque mouvement me rappelait l'objet enfoncé entre mes fesses, qui élargissait mes muscles pour que je l'accepte davantage. Mon con réclamait qu'on le touche, au point que j'y glissai ma main, m'appuyant sur un coude pour me relever un peu.

Aussitôt, Jeremiah se retira de ma bouche et me donna une grande claque sur les fesses. Le coup me brûla, je sursautai de surprise et m'arrêtai immédiatement de bouger.

– Vous en ai-je donné la permission ? tonna-t-il.

Déstabilisée, je retirai ma main et la ramenai devant moi. Jeremiah souleva mon visage pour me regarder droit dans les yeux.

– Étiez-vous sur le point de vous toucher ?

Sa domination pleine et entière, ses prunelles implacables exigeant une réponse redoublèrent mon désir.

– Oui, Monsieur, chuchotai-je.

D'instinct, je sus qu'un mensonge risquait de m'attirer des ennuis. Il acquiesça, satisfait de ma sincérité.

– Vous y avais-je autorisée?

– Non, Monsieur, soufflai-je.

Une peur délicieuse traversa mon corps, tandis qu'il opinait de nouveau et lâchai ma tête avant de regagner le pied du lit. Sa main effleura mon cul et frôla le godemichet, comme pour me rappeler sa présence.

– Comment dois-je réagir avec celui qui me désobéit? gronda-t-il.

Ses doigts glissèrent sur ma peau encore brûlante de la claque, comme pour m'aider à répondre. Je restai muette. Lui demander de me fesser était au-dessus de mes forces, même si cette idée m'excitait d'une manière dérangeante. Je n'aimais pas avoir mal, et le coup qui venait de tomber n'était pas franchement de mon goût, mais l'envie d'être punie me faisait me tortiller d'impatience. Parmi les objets posés sur la table de nuit, il y avait une sorte de raquette en bois et un fouet à lanières en daim, dont le manche tressé avait l'air étonnamment doux. Le cuir rouge et noir formait un contraste qui attira mon attention : c'était presque joli – quelle drôle d'idée, car l'instrument était sans doute destiné à châtier... Quand la main de Jeremiah s'attarda au-dessus de la raquette, je me raidis ; quand ses doigts prirent le fouet, je me détendis.

– Alors, comme ça, vous aimez le martinet? murmura-t-il sur un ton amusé.

Je rougis et détournai la tête, mais il m'obligea de nouveau à lui faire face.

– N'ayez pas honte de votre curiosité, souffla-il en caressant ma joue de son pouce. Je sais que vous êtes une innocente, et je serai doux, mon seul but est de vous plaire et, pour cela, j'ai besoin que vous m'aidiez. Alors, dites-moi, la fessée vous excite-t-elle?

J'acquiesçai. Il secoua la tête.

– Je veux vous l'entendre dire.

Dire mon accord était un obstacle. J'avalai ma salive et inspirai profondément avant de chuchoter :

– Oui, Monsieur.

– Bien.

Il prit le fouet et l'abattit sur son bras. Les lanières firent un claquement sec, je me tendis. Mais dans quoi me laissais-je entraîner?

– Fermez les yeux.

J'obéis, le cœur battant, et sentis qu'il posait un masque sur mes yeux. Soudain pleine d'appréhension, je me tins tranquille, pendant qu'il reprenait sa place derrière moi. L'envie d'arracher le bandeau était puissante, mais deux punitions pour deux affronts consécutifs seraient pires qu'une simple fessée. «Non, mais tu t'entends? pensai-je. C'est fou! Pourquoi autorises-tu cet homme à te faire ça?»

S'il ne fut pas très fort, le premier coup réussit tout de même à me surprendre. Le deuxième mordit un peu plus dans ma peau et s'approcha de mon entrejambe sensible. Je tendis mes muscles pour essayer de protéger mes parties exposées au fouet.

– Gardez les jambes écartées!

Nom d'un chien! Je luttai contre l'instinct qui m'incitait à résister à l'ordre, bien décidée à vivre l'expérience jusqu'au bout. Me détendre fut plus difficile que prévu, mais je m'y obligeai et fis passer la tension dans mes poings serrés. Maintenant, l'objet qui me sodomisait paraissait moins intrusif, ou alors je commençais à m'y habituer. Cette séance m'apportait tellement de nouveautés en même temps.

Le fouet s'abattit deux fois encore. Le dernier coup toucha mes chairs sensibles et je criai de douleur, même si j'avais conscience que Jeremiah ne m'avait pas blessée. D'ailleurs, c'est ce qui me permit d'endurer trois nouveaux coups. À présent je tremblais, et mes cuisses et mes fesses me brûlaient. Jeremiah semblait décidé à ne plus se retenir, et je devinai que ma peau de blonde serait marquée pour un moment.

Une main vint caresser ma peau endolorie et parcourut tendrement les stries rouges laissées par les lanières.

– J'aime voir ma signature sur vous, dit-il en déposant un baiser sur mes reins. Et j'ai une nouvelle surprise pour vous.

J'attendis avec un peu d'angoisse, puis sentis qu'il enroulait quelque chose autour de mon bassin. Un objet, petit mais ferme, en plastique, me sembla-t-il, se nicha contre mon clitoris érigé. Des sangles reliées à mes hanches le maintenaient en place. Quand, sans prévenir, il se mit à vibrer, je poussai un cri.

– Je me suis dit que vous apprécieriez, murmura Jeremiah en promenant sa main sur l'intérieur trempé de ma cuisse. Ce joujou n'est destiné qu'à votre clito. J'en ai un bien plus gros pour stimuler tout à la fois, mais il me gênerait pour ce que je veux faire maintenant.

Il retint mon bassin, pendant que je me cabrais de plaisir.

– Putain! Ce que vous êtes sexy!

Le matelas s'enfonça, mais je n'y prêtai pas attention, toute entière concentrée sur les sensations qui agitaient mon corps. Quand quelque chose approcha de mon trou mouillé, en écartant les lèvres comme pour demander la permission d'entrer, je reculai en gémissant. Le masque que j'avais sur les yeux m'obligeait à me fixer entièrement sur mo 1 plaisir, et j'avais maintenant besoin que Jeremiah soit en moi. D'ailleurs, il y consentit et s'enfonça de toute sa longueur dans mon vagin étroit. Pleine de sa présence, je sentis de nouveau les caresses du godemichet contre les parois de mon cul.

– Ah! s'exclama Jeremiah.

Il allongea sur moi son torse nu – quand donc avait-il retiré sa chemise? – et me poussa contre le lit, se mettant à aller et venir avec force. J'accueillis avec bonheur ses coups de boutoir, tandis qu'une nouvelle pression montait en moi, ne demandant qu'à s'exprimer. Des geignements s'échappaient de ma bouche, mes mains tordaient la couverture pour m'empêcher de tomber, tandis que Jeremiah m'assaillait par-derrière. Il écarta encore mes genoux, changea d'angle et frappa en un endroit très sensible de mon corps, ce qui me fit crier de plaisir.

– Pi… pitié! dis-je d'une voix tremblante.

L'orgasme que j'avais tant espéré allait se déclencher, il suffisait de la bonne poussée et…

Ses lèvres s'écrasèrent sur mon dos, sa langue goûta ma peau. Sa main appuya fort sur le vibreur, contre mon clitoris.

– Je veux vous sentir jouir, murmura Jeremiah d'un ton lourd de passion.

C'est en hurlant que je me laissai aller à l'explosion de mes sens. Mon orgasme me vida du peu d'énergie qui me restait, et je reposai mon front sur mes mains, haletante.

Quelques minutes plus tard, je pris conscience que Jeremiah se retirait, puis j'entendis le bruit de l'emballage d'un préservatif qu'on déchirait. Il retira le godemichet et, avant que je comprenne ses intentions, je sentis son sexe se frayer un chemin au bord de l'ouverture étroite de mon anus. Encore sous le coup des frissons de ma jouissance, je m'agitai, hésitant à accepter la sodomie.

Il caressa mes hanches et mes seins.

– J'en rêve depuis le début, murmura-t-il en embrassant mon épaule. Vous allez adorer...

Le désir cru que son intonation trahissait me fit céder à sa demande, et je l'autorisai à pousser plus encore son érection. Sous le masque, je n'étais qu'un concentré de sensations. La respiration hachée de Jeremiah était raccord avec la mienne, et le plaisir évident qu'il prenait à briser les tabous ranimait des braises qui couvaient en moi. Je n'avais pas mal, je redécouvrais une pression étrange, et quand il bougea des hanches, je me plaquai contre lui pour mieux m'empaler sur son membre. Mes mains agrippaient les rebords du lit.

Il me dominait, appuyé sur ses bras musclés pour ne pas m'écraser. Je tâtonnai, posai une main sur la sienne. et il entrelaça ses doigts aux miens tout en accélérant le rythme de ses va-et-vient. Son plaisir était mon but, mais je me rendis vite compte que le mien revenait en force. Soudain, ses mains se refermèrent sur les miennes et il cria. Son front tomba sur mon dos, pendant qu'il frémissait et jouissait en silence.

J'éprouvais une satisfaction immense d'avoir offert un tel relâchement à cet homme aussi puissant. Je regrettais juste de ne pas voir son visage. Il se retira agilement ; profitant de ce moment heureux, je restai dans cette position avant de rouler sur le côté. Certaines parties de mon corps étaient délicieusement douloureuses, surtout quand je bougeais, mais c'est avec bonheur que je m'étirai.

– Ça a été incroyable, soufflai-je.

Fermant les yeux, je posai ma tête sur l'oreiller.

– A été? répondit Jeremiah, visiblement amusé.

Toujours aveuglée, j'entendis un drôle de bruit métallique. Soudain, il me plaqua sur le dos et étira mes bras au-dessus de ma tête. Avant que j'aie pu protester, il me glissa les menottes et, dans un déclic, les attacha à la tête de lit. Je fus sous le choc. C'est alors que Jeremiah souleva un coin du masque. Mon regard furieux sembla beaucoup le divertir.

– Ça vous apprendra à avoir menacé de partir, grogna-t-il en replaçant le bandeau sur mes yeux. Cela vous retiendra ici, où je peux vous protéger. Entre-temps, j'ai quelques petites idées pour profiter des avantages de la situation. Vous avez envie de les connaître?

17

L'après-midi passa du crépuscule puis à la nuit, et Jeremiah se montra exceptionnellement attentionné. Quand il me libéra enfin des menottes, je n'essayai pas de fuir, prisonnière de l'orage sensuel qu'il avait déclenché et n'avait pas un moment laissé s'apaiser. Il s'était montré insatiable, et je n'avais pas eu d'autre choix que de relever le défi. À quatre reprises cette nuit-là, il me tira du sommeil, prêt à m'infliger de nouveaux et merveilleux tourments. À quatre reprises, je m'effondrai, comblée. La cinquième fois, je me réveillai la première et pris le temps de le regarder dormir. Dans son sommeil, il se détendait, ses traits soulignés par la lumière qui passait à travers les vitres opaques. Je promenai un doigt léger comme une plume au-dessus d'un de ses sourcils, ne m'arrêtant que quand il bougea. Il était si beau, et il était tout à moi.

Pour l'instant.

Comment un tel homme avait-il pu s'intéresser à moi? Cela dépassait mon entendement. Et pourtant, il était bien là, offert à mes yeux avides. Il n'avait remonté les draps soyeux qu'à hauteur de son ventre, et je savourai le spectacle de son corps, dont seules les cicatrices blanches, à peine visibles dans la lumière diffuse, atténuaient un peu la splendeur. Mon cœur se serra douloureusement à l'idée des épreuves qu'il avait dû endurer. Savoir qu'il avait été militaire était une chose, mais ces marques prouvaient qu'il s'était battu et avait été blessé, tels des rappels des missions accomplies et des dangers affrontés.

De l'index, je suivis la ligne fine de poils qui descendait le long de son ventre et vis avec plaisir que le drap se soulevait sous une nouvelle érection. Je glissai au pied du lit, enfouis délicatement ma tête sous les couvertures, me penchai sur son corps et léchai son gland gonflé avant d'engloutir son sexe.

Il bougea des hanches pour mieux s'enfoncer dans ma bouche. Encouragée, je le saisis à pleine main et entrepris de le caresser de bas en haut, ma bouche accompagnant mes mouvements de poignet. Il durcit encore, et je souris sans cesser de m'activer. Les blocages que j'avais pu autrefois éprouver avaient disparu, du moins l'espace d'une nuit.

Sa main saisit mes cheveux, et un gémissement résonna. M'accrochant à son bassin, je l'avalai plus profondément et sentis qu'il s'arc-boutait à l'intérieur de moi. Soudain, il m'écarta, attrapa mes épaules et me renversa sur le dos avant de se coucher sur moi. Il me regarda, et toute trace de sommeil s'était dissipée sur son beau visage. Son désir puissant m'envahit quand il ouvrit mes cuisses avec son genou et me pénétra d'un coup.

Rejetant la tête en arrière avec un geignement, j'agrippai son dos, jusqu'à le griffer. Il se mit à bouger. Mes muscles endoloris par nos ébats nocturnes protestèrent, mais ça m'était égal. J'enroulai mes jambes autour de sa taille, le suppliai de m'en donner toujours plus, tandis qu'il s'enfonçait brutalement à l'intérieur de moi. Ses lèvres s'écrasèrent sur les miennes, la passion emportant tout, et je me hissai vers lui, les bras autour de sa nuque. Cette fois, ce fut bref, mais l'intensité de notre orgasme nous plongea dans un sommeil lourd.

Quand je finis par me réveiller, le soleil était haut dans le ciel et j'étais seule. Je m'étirai, cambrant le dos, et remarquai que les menottes pendaient toujours à la tête du lit. Je souris au souvenir de ce qui s'était passé quelques heures plus tôt. J'étais courbatue, et c'est en boitillant que je gagnai la salle de bains pour remplir la baignoire. Je m'attardai un bon moment dans mon bain, laissant l'eau soulager mon corps douloureux.

Quand mon ventre se mit à gargouiller, je me séchai, me vêtis et attachai mes cheveux avec une barrette avant de quitter la chambre. Des voix montaient du rez-de-chaussée. Poussée par la curiosité, je descendis pour voir qui était là. Comme il n'y avait personne au bas de l'escalier, j'allais vers la cuisine, droit sur le réfrigérateur.

– J'ai pris la liberté de venir vous rendre visite, Mlle Delacourt.

En entendant cette voix, je faillis lâcher le lait que je tenais et je me retournai.

– Mme Hamilton, répondis-je avec l'impression d'avoir été prise en flagrant délit tellement ses yeux étaient froids. Je ne m'étais pas rendue compte que vous étiez ici.

Elle pinça les lèvres sans cesser de me détailler de la tête aux pieds.

– Les femmes de votre milieu ont tendance à se jeter au cou de mon fils, répondit-elle. Heureusement, d'ordinaire il a la présence d'esprit de déceler leurs artifices. Vous n'êtes même pas jolie, ajouta-t-elle avec un reniflement méprisant. Au moins, sa dernière assistante avait ça pour elle, au début. Dites-moi, avez-vous de quoi le compromettre?

J'en fus stupéfaite.

– Pardon?

Elle leva les yeux au ciel.

– Je ne vois rien qui explique que mon fils s'encombre de vous. Orpheline, issue, au mieux, de la classe moyenne. Vous parlez peut-être français, mais vous n'avez aucun diplôme susceptible de justifier un poste quelconque dans l'entreprise. Vous aurait-il mise enceinte?

Une telle question me laissa sans voix. Malgré la colère qui montait en moi, déstabilisée par ce regard condescendant, j'ouvris la bouche, mais sans émettre un son. Impossible de me retrouver dans le tourbillon de pensées qui m'assaillait. Je serrai les poings. J'aurais adoré effacer le sourire de ce visage hypocrite. Malheureusement, ma bonne éducation me clouait sur place.

– Je ne suis pas enceinte, finis-je par répondre, sans pouvoir exprimer ce que j'avais vraiment dans la tête.

– Bien. Alors, vous n'êtes qu'un divertissement.

Elle claqua la langue d'un air réprobateur et incrédule.

– Quand je pense qu'il vous a amenée dans notre propriété familiale! poursuivit-elle. Si vous aviez un peu de jugeote ou de classe, Mlle Delacourt, vous quitteriez cette maison sur-le-champ. Mais bon, vu votre genre, je gaspille sûrement ma salive.

– Ça suffit, mère!

J'allais presque jeter mon lait à la figure de cette harpie. Si l'arrivée de Jeremiah ne m'en ôta pas l'envie, elle eut le mérite de détourner l'attention de Georgia, qui afficha dès lors une expression totalement différente, radieuse – ce qui ne trompa personne.

– Vous m'aviez dit que vous partiez, lâcha-t-il d'une voix glaciale.

– C'est le cas, chéri. J'ai juste croisé ta charmante assistante, alors je me suis arrêtée pour discuter un peu.

Charmante assistante ? N'importe quoi ! La brique de lait faillit me tomber des mains. Je brûlais de hurler ma rage à cette femme odieuse. Au lieu de quoi, je restai figée sans dire un mot, toute tremblante.

– Allez-vous-en, mère, s'il vous plaît, reprit Jeremiah sur un ton ferme mais las. Avant que je sois contraint de vous interdire définitivement ces lieux.

Georgia eut un revers de main insouciant.

– Voyons, chéri, tu ne ferais jamais ça. Je t'ai élevé ici, c'est ma maison autant que la tienne. Et puis, tu sais que je ne veux que le meilleur pour toi, car je t'aime.

J'étouffai un petit cri. Un regard aux traits tirés de Jeremiah m'apprit que cette conversation n'était pas nouvelle.

– Vous n'avez donc aucun respect pour votre fils ? lançai-je.

La femme me fusilla du regard.

– Ne vous mêlez pas de cela, répliqua-t-elle. Vous n'imaginez même pas...

Je tapais violemment sur la table en marbre.

– Il est le propriétaire de cette demeure et vous permet d'y venir quand bon vous chante. Pourtant, vous le traitez comme s'il était encore un enfant. Je sais ce que sont de bons parents, et vous ne méritez pas la loyauté dont il fait preuve envers vous.

– Espèce de petite salope ! marmonna Georgia, dont le sourire faux se transforma en un rictus méchant.

Elle leva la main pour me gifler, mais Jeremiah la retint par le poignet. De mon côté, folle de colère, je ne flanchai pas et, le menton haut, soutins son regard haineux.

– Je ne vous permets pas d'insulter mes invités chez moi, gronda Jeremiah d'une voix grave et furieuse. Andrew !

Un jeune garde nous rejoignit au pas de course. Jeremiah lâcha Georgia.

– Merci d'escorter ma mère jusqu'à sa voiture et de veiller à ce qu'elle quitte la propriété. Informez également vos collègues du portail qu'elle n'aura désormais plus le droit d'entrer ici qu'avec mon accord.

– Bas les pattes ! rugit Mme Hamilton quand son fils voulut la prendre par le bras. Ton accord ? répéta-t-elle. C'est ridicule, chéri, sois raisonnable.

Il ne daigna pas lui répondre ; malgré ses protestations bruyantes, elle fut conduite hors de la cuisine. La porte d'entrée claqua, le silence retomba sur la maison.

Je poussai un soupir.

– Je suis désolée d'avoir agressé votre mère, murmurai-je.

– Il lui arrive d'être pénible.

Sa réponse était simple et lourde de sens.

– Tout de même, elle reste votre mère. Ce n'était pas à moi de lui faire des reproches.

L'atmosphère était embarrassée, loin de celle que j'avais espéré trouver ce matin. La présence de Mme Hamilton avait tout gâché. L'appétit coupé, je rangeai le lait dans le réfrigérateur, puis suivis Jeremiah hors de la cuisine.

– Des nouvelles de vos enquêteurs ?

– Pas pour l'instant.

Je fronçai les sourcils et insistai.

– Ethan m'a dit que vous aviez des sources de renseignement personnelles. Ont-elles...

Jeremiah pivota vivement pour me faire face.

– Que vous a-t-il raconté ?

Je sursautais, déstabilisée par ce brusque changement d'humeur.

– Pas grand-chose, m'empressai-je de dire, un peu agacée. Tout comme vous ! Je ne suis au courant de rien, sinon que j'ai failli mourir et que maintenant je suis coincée ici.

– Nous nous en occupons, répliqua-t-il, les lèvres serrées.

– Vous vous occupez de quoi exactement ? Personne ne veut me parler.

Il passa une main dans ses cheveux et inspira profondément.

– Je vous jure que nous trouverons celui qui a tenté de vous empoisonner. Une fois cette menace neutralisée, vous serez libre de partir.

Je désignai la porte.

– Vous, vous avez le droit de sortir tous les jours, mais moi, je dois rester coincée ici ?

– Quelqu'un cherche peut-être à vous tuer.

Si ses intonations trahissaient sa sincérité, ses mots ne correspondaient pas à ce que je croyais être la vérité.

– Ce n'est pas moi, la cible, rétorquai-je, aussi peu aimable que lui. Vous l'avez dit vous-même, d'ailleurs. Et puis, je ne demande pas à être lâchée dans la nature avec une cible dans le dos. Je veux juste que vous répondiez à mes questions.

– Ça suffit, Lucy !

L'espace d'une seconde, il sembla sur le point d'exploser; une lueur terrible, que je ne lui avais encore jamais vue, passa dans ses yeux. J'en fus choquée, mais, aussi vite qu'elle était venue, sa colère s'estompa. Son masque impassible réapparut, et il redevint le PDG froid que je connaissais. Ou, plutôt, que je croyais connaître.

– J'ai promis de veiller sur vous, reprit-il avec son calme ordinaire. Je vous demande juste d'arrêter de m'interroger, c'est pour votre bien. Quand le danger aura été écarté, vous pourrez vous en aller.

Un sentiment de défaite m'envahit, me donnant presque envie de m'arracher les cheveux. Je regardai Jeremiah sortir, refermant sans bruit la porte derrière lui. Les mains raidies, je lissai mes mèches, détachant ma barrette, qui tomba par terre. Je n'y prêtai pas attention.

J'étais hors de moi. J'essayai de respirer lentement, mais rien ne réussit à me calmer. Cette maison était ma prison et Jeremiah était devenu mon geôlier. Les vitres opaques auraient aussi bien pu être des barreaux. De la même façon, cette technique nouvelle me privait de liberté. Je n'avais pas revu l'extérieur depuis le jour de mon arrivée, excepté quelques coups d'œil par la fenêtre de la salle de bains. L'idée absurde que je risquais de finir ma vie de cette manière me conduisit de l'autre côté du salon, jusqu'à l'immense baie vitrée, au fond, près de la porte qui menait à l'arrière de la demeure.

Sa poignée était fraîche. Sans réfléchir, je la tournai et regardai vite au-delà de la terrasse, vers le parc et l'océan, à moins de cent mètres de moi.

Je refermai aussitôt le battant, apeurée par ce qui pouvait m'attendre dehors.

Un sanglot me secoua, que j'étouffai en plaquant ma main sur ma bouche. Il me fallait du courage. Si Jeremiah avait le cran d'affronter la situation, pourquoi pas moi? Pendant un moment, je l'ai détesté de m'avoir mis en tête que je pouvais être une cible. Je n'étais personne. Désemparée, je dus retrouver ma respiration et me ressaisir. Je devais sortir, sinon j'allais devenir folle. Un point, c'est tout.

En ouvrant la porte de la terrasse, j'avais redouté que des alarmes retentissent, mais rien ne s'était produit. Personne ne se rua sur moi, aucune sirène ne se déclencha. Je m'en voulus de ne pas avoir tenté plus tôt. Quel système de sécurité! Rassurée, j'entrebâillai de nouveau la porte. Je ne vis aucun garde du corps. L'étendue d'eau et l'abri pour bateaux que j'avais aperçus par la salle de bains étaient tout proches. De grands arbres bordaient la propriété, empêchant d'éventuels voisins indiscrets d'y observer les allers et venues. Une fraîcheur hivernale imprégnait l'air, il n'y avait aucune embarcation à l'horizon. Pourtant, je m'agrippai à la poignée, incapable de bouger. C'était maintenant ou jamais.

Faisant appel à toute ma volonté, je franchis le seuil d'une démarche nerveuse et saccadée, et dévalai les marches qui conduisaient au hangar. Je me retournai: j'avais oublié de fermer derrière moi. Mais je savais que si je revenais sur mes pas je n'aurais plus le courage de ressortir. C'était extraordinaire de retrouver l'extérieur et, dans la joie de ce moment, je me fichais bien que les gardes m'aperçoivent.

L'abri pour bateaux était encore plus intéressant de près. Ce que j'avais tout d'abord pris pour une sorte de cabanon était en réalité un édifice à deux niveaux, qui suivait la courbe de la rive, et dont le rez-de-chaussée donnait sur une jetée. L'étage était au niveau du sol. Des marches menaient au hangar à bateaux, sous une sorte de studio aménagé. Apparemment, personne n'y avait vécu depuis un moment. Le bâtiment était beaucoup plus ancien et décrépi que la demeure principale : il respirait le bon vieux temps, avec cette touche d'élégance qui manquait à la maison. Malgré sa robustesse, il n'avait pu résister aux intempéries, qui avaient patiné les peintures extérieures, jusqu'à les faire disparaître par endroits. Des plaques de lichen vert poussaient sur le sol et les planches.

J'approchais du hangar quand une alarme se déclencha quelque part. Le cœur battant, je courus vers l'abri, essayant d'y entrer. Jetant un coup d'œil par-dessus mon épaule, je vis trois hommes se ruer vers la maison que je venais de quitter et disparaître chacun dans une direction.

Était-ce moi ou un intrus qu'ils cherchaient ? L'idée qu'un tueur ait réussi à s'introduire dans la propriété me paralysa ; mentalement, je me flanquai des gifles pour ma fugue imprudente. Quelle idiote ! Mais quelle idiote ! À quoi avais-je pensé ?

Je découvris un accès au hangar à bateaux et m'y précipitai, à la recherche d'une cachette. La porte n'était pas verrouillée, j'entrai et la claquai derrière moi. J'appuyai ma tête pendant un instant, tout en observant d'autres gardes qui surgissaient par la porte de la terrasse. Une bouffée de culpabilité m'envahit. J'étais bonne pour avoir de sacrés ennuis.

Soudain, je discernai un mouvement. Avant que j'aie eu le temps de réagir, une main se plaqua sur ma bouche. Je hurlai, du moins j'essayai, tandis que des bras puissants me tiraient à l'intérieur de la petite maison. En me débattant, je renversai une chaise et une lampe, mais mon agresseur ne lâcha pas prise. Je lançai un coup de pied en arrière, qui fut agilement évité. J'allais mourir, c'est ça ? pensai-je, désespérée. Jeremiah, pardonnez-moi...

– Ravi de vous retrouver ici, lança une voix joviale derrière moi. J'espérais vraiment que notre prochaine rencontre aurait lieu dans de meilleures circonstances.

Ayant identifié l'homme, j'arrêtai de lutter.

– Vous devriez apprendre quelques gestes d'autodéfense, continua-t-il. Vous êtes si prévisible. Et à présent, ma chère, ne criez pas. Je préférerais qu'on ne sache pas où nous sommes.

La main libéra ma bouche et je restai là, désarçonnée. Il avait bloqué mes bras dans mon dos, me maintenant prisonnière.

– Je vais mourir? chuchotais-je, le cœur au bord des lèvres.

– Tout dépend de la vitesse à laquelle va se présenter mon petit frère.

Sa main monta jusqu'à mon cou et le serra. Je fus plaquée contre un corps ferme.

– Prête à parier sur le programme?

18

Tremblante, je cherchai des yeux quelque chose pour me défendre. À une époque, le hangar à bateaux avait été occupé. Des meubles, dont la moitié étaient recouverts de draps, encombraient la pièce poussiéreuse. Peu à peu, elle avait été transformée en lieu de stockage, des outils et des appareils s'y accumulaient, certains suspendus au plafond. Malheureusement, rien d'utile n'était à ma portée.

– C'est vous qui essayez de tuer Jeremiah ? soufflai-je pour gagner du temps.

Le rire de Lucas nous secoua l'un et l'autre.

– J'ai sans doute les meilleures raisons du monde de souhaiter sa disparition, mais je crains de ne pas être votre homme, non.

Surprise, j'inclinai la tête pour le regarder. Plus petit et trapu que son cadet, il ne me dominait pas – même s'il avait une poigne de fer... Son regard était calme et il esquissa un sourire quand il constata que je l'examinais.

– Ça vous étonne? enchaîna-t-il. J'ai beau détester mon frère, sa mort ne m'intéresse pas. Je me suis d'ailleurs démené pour l'empêcher.

– Que faites-vous ici, alors?

S'esclaffant de nouveau, il colla sa bouche contre mon oreille.

– Vous m'avez peut-être manqué?

– Menteur! marmonnai-je.

Comprenant qu'il n'avait pas l'intention de me tuer, je me rendis soudain compte de l'intimité de notre posture. Une fois encore, mon corps me trahissait, ce qui m'irrita.

– Tout à fait, admit-il sans vergogne, ce qui me fit lever les yeux au ciel. À moins que je sache qui vous traquez?

Je le dévisageai.

– Vous savez qui en veut à Jeremiah?

– C'est possible, ricana-t-il.

Quel homme énervant!

– On va bientôt nous trouver, dis-je en regardant par la fenêtre. Vous devriez me lâcher. Sinon, vous risquez d'avoir des ennuis.

– Connaissant mon petit frère, je ne doute pas que sa meute de gardes-chiourmes nous ait déjà localisés.

Il désigna le plafond.

– Je suis prêt à parier qu'il y a plusieurs caméras installées entre ces poutres, épiant nos moindres gestes, ajouta-t-il.

Il embrassa ma joue et je tressaillis.

– Allons-nous nous donner en spectacle? susurra-t-il.

Agacée par ces insinuations, je me débattis. En vain.

– Si vous avez des informations, pourquoi n'êtes-vous pas entré par la porte principale, comme toute personne sensée? Pourquoi vous cacher comme un voleur?

– C'est bien plus intéressant comme ça. Mon frère est parfois très collet monté en matière de sécurité. J'adore lui prouver que c'est un jeu d'enfant de contourner ses mesures de protection. Et puis, il y a toutes les chances qu'il alerte la police plutôt que de m'écouter.

– Parce que vous croyez qu'il n'est pas en train de le faire?

Lucas émit un petit rire. Soudain, le plancher se mit à vibrer: dehors, des pas lourds résonnèrent sur les marches en bois du vieux hangar. Lucas se contenta de resserrer sa prise et de s'interposer entre la porte et moi.

– C'est l'heure! dit-il avec une décontraction déroutante.

Au même moment, le battant fut enfoncé. Des gardes envahirent les lieux et nous encerclèrent. Quand ils braquèrent leurs armes sur nous, mon cœur fit un bond. Malheureusement, Jeremiah n'était pas parmi eux, et un sursaut de déception me transperça la poitrine. Lucas, lui, se borna à pousser un léger soupir.

– J'ai comme l'impression que mon cadet ne se donne plus la peine de diriger ses propres luttes.

Le son d'un chien qu'on arme est bien reconnaissable, surtout quand il résonne dans votre dos. Lucas s'empressa de me libérer et leva les mains. Je sautai en avant et, en me retournant, vis que le canon d'un pistolet était appuyé contre son crâne.

– Donne-moi une seule raison de ne pas te tuer.

Le ton était lourd et menaçant, et les yeux de Jeremiah brûlaient d'une férocité qui me coupa le souffle. La différence de taille entre les deux hommes me frappa pour la première fois:

Jeremiah paraissait écraser son aîné de sa taille, et ses biceps tendaient le tissu de sa chemise. Son pistolet noir était braqué sur la tempe de Lucas, la tension blanchissait ses doigts. Tour à tour, je regardai les deux Hamilton. Jeremiah n'allait tout de même pas… pas son propre frère…

— Les liens du sang? répondit ce dernier.

Son ton était léger, comme s'il parlait de la météo, même s'il se tenait très raide, le visage figé et le regard vide.

— Ça ne va pas suffire, rétorqua Jeremiah.

Il appuya un peu plus son arme contre la tempe de Lucas, qui ferma les yeux.

— Non! criai-je tout à coup en m'approchant. Il est là pour nous aider, Jeremiah. Il sait qui cherche à vous éliminer. Ne le tuez pas!

Si le milliardaire ne daigna pas tourner la tête vers moi, son arme se mit à trembler. Les gardes baissèrent les leurs, mais n'intervinrent pas pour autant, préférant laisser les deux frères régler ça entre eux. Ma gorge se serra à l'idée terrifiante de ce dont j'allais être témoin, puis Jeremiah cessa à son tour de braquer Lucas. Il lui tordit aussitôt le bras dans le dos. Ce n'est qu'à ce moment-là que ses hommes réagirent.

— Emmenez-le dans la maison, leur ordonna-t-il d'une voix tendue et basse.

Ils obéirent après avoir passé les menottes aux poignets du prisonnier. Ce dernier ne résista pas, presque soulagé par le tour que prenaient les événements. Malgré tout, les gardes se massèrent autour de lui, comme s'il représentait encore un danger. Je m'apprêtais à suivre le mouvement quand une main me retint d'une secousse sèche.

— Pas si vite! gronda Jeremiah.

Moi qui avais cru avoir assisté à ses crises de colère froide, je n'avais encore rien vu. Une véritable fureur animait son regard. J'étais dans les ennuis jusqu'au cou.

— Jeremiah... tentai-je.

J'aurais voulu m'excuser, mais il serra les poings et je m'arrêtai net.

— Savez-vous le mal que je me suis donné pour vous protéger? s'emporta-t-il.

Lui qui avait toujours réussi à se dominer n'y parvenait plus. La rage qui l'avait envahi le transformait en un étranger. J'essayai de bouger, il resserra sa prise autour de mon poignet.

— Elle ignorait que j'étais ici! lança Lucas depuis l'autre côté de la pièce.

Manifestement, il observait notre confrontation avec beaucoup d'intérêt. Je m'aperçus alors que les gardes, qui s'étaient arrêtés sur le seuil du hangar, faisaient de même.

— Emmenez-le! rugit Jeremiah.

Les hommes parurent déçus, mais ils obéirent et me laissèrent seule en compagnie du patron. Je m'efforçais de rester calme, malgré la chaleur qui émanait de lui et me submergeait.

Lorsque la porte se referma, il me lâcha enfin et m'emboîta le pas quand je reculai pour me protéger de sa colère. Ma hanche heurta une table, puis je me retrouvai acculée à un mur, sans pouvoir m'échapper. Il me surplombait de toute sa hauteur, les poings toujours serrés. Je tentai d'apaiser les doutes qui m'envahissaient.

— Jeremiah, je suis...

— Êtes-vous consciente des dangers que vous courez? Pourquoi avez-vous quitté la maison?

Malgré sa fureur, il ne bougea pas.

– Parce que c'est après vous qu'en a l'assassin, pas après moi?

Je n'avais pas voulu donner un ton interrogatif à ma phrase, pourtant c'est ainsi qu'elle sonna. L'expression qui traversa le visage de Jeremiah m'apprit que ce n'était pas la bonne réponse.

– Écoutez, je suis vraiment désol…

Soudain, mes épaules furent clouées au mur par deux mains qui semblaient vouloir m'enfoncer dans le bois. Je criai de surprise, levai de grands yeux vers Jeremiah, qui plissa les siens.

– Vous l'avez vu à l'hôtel, rétorqua-t-il. Avez-vous la moindre idée de ce que cela représente pour quelqu'un comme lui, qui travaille dans l'ombre?

«Pardonnez-moi», avais-je envie de dire. Mais le regard noir de Jeremiah anéantissait tout mon courage. Sur mes épaules, ses mains tremblaient, et ses traits reflétaient sa lutte pour ne pas céder à la rage. Il baissa la tête et, à ma grande surprise, appuya son front contre le mien.

– Vous auriez pu mourir, souffla-t-il d'une voix rauque qui me transperça le cœur. Je me suis démené comme un diable pour vous garder en sécurité, j'ai repris contact avec des gens que je m'étais pourtant promis de ne jamais revoir… tout ça pour vous. Pourquoi êtes-vous sortie?

Malheureuse comme les pierres, j'essayai de poser une main sur sa joue, mais il détourna la tête tout en me jetant un œil soupçonneux.

– Étiez-vous au courant de la présence de mon frère ici?

Je tressaillis à cette accusation à peine voilée.

– Non, bien sûr que non! m'exclamai-je, d'autant plus vexée qu'il parut ne pas me croire. Je vous rappelle que, grâce à vous, je ne suis au courant de rien depuis des jours!

À mon tour, j'étais si furieuse que j'abattis ma main sur son torse. Il ne me céda pas de terrain pour autant.

– Comment pouvez-vous imaginer cela, alors que je suis sous surveillance constante ? insistai-je. Vous m'avez enfermée dans cette maison sous le regard permanent de votre petite armée. Vous ne me dites rien de vos plans, vous vous contentez de me faire la morale sur ma sécurité, sans plus de détails, et vous espérez que je l'accepte docilement…

– Ça suffit ! rugit Jeremiah, m'imposant le silence. Je ne veux pas avoir votre mort sur la conscience !

Un désespoir intense remplaça brutalement sa colère. Ses mains dégagèrent mes épaules et encadrèrent mon visage, mais sans l'effleurer.

– J'ai juré de vous garder en vie, reprit-il, et voici que vous déguerpissez sans crier gare et vous fourrez dans le pétrin !

Les émotions que je lisais sur son visage me laissèrent pantoise. J'avais beau avoir appris à décrypter le langage subtil de ses attitudes et de ses expressions retenues, sa brusque passion me déstabilisa. Il luttait pour ne pas craquer, c'était évident. Il faillit caresser ma gorge et se retint au dernier moment, comme s'il redoutait de me toucher.

– Ma famille détruit tous les étrangers qui ont le malheur de trop s'approcher de nous, continua-t-il. C'est arrivé à ma mère, à Anya, à une multitude d'autres personnes. (Il avala sa salive.) Je n'ai peut-être pas droit au bonheur, mais vous, si, et j'ai bien l'intention de vous aider à l'atteindre.

Enfin, un doigt frôla ma joue.

– Je ne suis pas un homme bon, ajouta-t-il dans un murmure. les yeux fixés sur son poing qui était redescendu près de ma poitrine. Je n'aurais jamais dû vous mêler à tout ça. Par ma faute, vous avez failli mourir. Depuis, pour moi, votre sécurité passe avant tout le reste.

Ce chagrin qu'il avait gardé pour lui depuis notre rencontre et que je voyais dans son regard me fit monter les larmes aux yeux. De nouveau, je voulus le toucher, mais il m'en empêcha, emprisonnant mon poignet près de ma tête.

– Je vous interdis de recommencer, rugit-il. Nous ignorons qui nous en veut et quels sont les moyens dont dispose cette personne pour nous approcher.

J'eus la sensation que mon cœur se brisait en un million d'éclats minuscules. Tremblant de tous mes membres, je cherchai à lui dire mes remords.

– Je suis désolée d'avoir quitté la maison.

– C'est largement insuffis...

Il interrompit sa réplique hargneuse quand il vit que je m'agenouillais. En me lâchant, il recula d'un pas, se pétrifia et m'observa.

– Que faites-vous? demanda-t-il enfin.

Jamais je ne m'étais sentie aussi vulnérable, ainsi courbée devant lui. Je n'avais pas la moindre idée de la façon dont il allait réagir, mais je devinais qu'il avait besoin d'exercer son pouvoir, de contrôler ses émotions, trop violentes pour qu'il parvienne à les analyser.

– Je vous demande pardon... Monsieur.

Ce qui lui restait de férocité s'effaça soudain. Toutefois, il hésita. De mon côté, je fixai le sol, car je n'avais plus le cran de le regarder en face. S'il portait un pantalon de costume, il avait en revanche délaissé ses souliers pour des rangers usées. Dataient-elles de sa période dans l'armée? Le moment était mal choisi pour lui poser la question.

Le silence dura, qui ajouta à mon anxiété. Je ne bronchais pas, priant pour ne pas avoir pris une mauvaise initiative. Ma plus grande crainte était qu'il me rejette. Aussi, c'est avec un soulagement infini que je l'entendis me parler :

– Levez-vous, mains au-dessus de la tête.

J'obéis en déglutissant. Mes yeux se dirigèrent vers le plafond. Des cordages pendaient d'une vieille voile enroulée et attachée aux poutres. Je tressautai quand Jeremiah s'en servit pour me ligoter les poignets.

– Tenez-vous tranquille ! m'ordonna-t-il.

Il commença à fouiller le coin jusqu'à ce qu'il déniche un bout de tissu qu'il arracha à un tas de rebuts. Je sursautai en percevant le bruit de déchirure. Il le noua sur mes yeux, me plongeant dans le noir. J'étouffai un cri quand il tira sur mes liens, m'obligeant à me dresser sur la pointe des pieds.

– Ainsi, vous souhaitez que je vous punisse, dit-il.

Mon cœur battant la chamade, je gémis mais ne protestai pas. Malgré ses rangers, il se déplaçait dans un silence étonnant. Je tournai la tête ici et là en essayant de détecter ses mouvements, et sursautai quand je sentis son haleine sur ma nuque.

– Qu'est-ce que ce sera ? murmura-t-il en caressant mes bras levés. Faut-il que je vous donne une fessée pour m'avoir désobéi ? Que je vous fouette ? Quel châtiment pourra vous enseigner à ne pas flirter avec la mort ?

Je ne répondis pas. Vu son humeur, je doutais qu'il se montre tendre. Je me souvins des coups de martinet de la nuit précédente, et une vague de chaleur déferla dans mes entrailles. Bon sang ! Ce n'était pas le moment de mouiller !

– Ou alors, reprit Jeremiah, quelque chose de tout à fait différent ?

De ses mains agiles, il déboutonna mon pantalon et, quand ce dernier tomba par terre, saisit l'une de mes jambes à la hauteur du genou et la souleva haut, en me tournant sur le côté. Je me retrouvai en équilibre sur un pied, soutenue par les liens de mes poignets. Je rougis, consciente que cette position dévoilait mon intimité. Je n'avais que des sous-vêtements sexy, ce que j'appréciais au fond de moi, mais qui, dans des moments comme celui-ci, me mettait mal à l'aise.

Un index inattendu glissa entre mes cuisses, et je m'arquai sous l'effet de la surprise.

— Vous mouillez, lâcha Jeremiah.

Sa voix ne me permit pas de discerner ce qu'il pensait, et j'aurais vraiment aimé voir son visage. Il lâcha ma jambe pour saisir l'élastique de ma culotte, qu'il fit glisser jusqu'à mes chevilles. Les joues en feu, je le sentis ouvrir mon corsage et découvrir ma poitrine. Des mains rêches abaissèrent mon soutien-gorge sans le dégrafer.

— Des pinces à tétons, peut-être, murmura-t-il. C'est parfois douloureux. Mais cette punition suffirait-elle?

Ses doigts s'enroulèrent autour de la pointe de mes seins, et je me figeai, guettant la souffrance promise. Il se contenta de les titiller avant de les lâcher. La déception me submergea, et je retins un soupir. J'eus beau me répéter que je n'aimais pas avoir mal: cela ne servit à rien.

De nouveau, les cordages se tendirent, me hissant jusqu'à ce que seul l'extrême pointe de mes orteils touche encore le sol. Les muscles de mes bras s'en ressentirent, la brûlure autour de mes poignets augmenta, mais je serrai les lèvres et n'émis aucun son. Dans mon dos, je crus percevoir un glissement de pas feutrés et, soudain, une main caressa mes fesses.

– Faut-il que je vous sodomise? Vous avez l'air d'aimer ça. Sauf que, sans préparation, cela aussi peut être très douloureux. Ce châtiment vous apprendrait-il à ne plus jouer avec le feu?

Il abattit brutalement sa main sur l'une de mes fesses. Je sursautai et me balançai, déséquilibrée par la claque, cherchant une prise pour me rétablir. En vain. Une deuxième gifle au même endroit me fit tourner plus vite. Cette fois, la peau me chauffa.

– Et si je vous corrigeais à coups de ceinturon? demanda-t-il d'une voix étranglée – et la boucle du ceinturon cliqueta, indiquant qu'il s'en débarrassait. Cela vous dissuaderait-il de commettre d'autres bêtises? Répondez!

– Pardon!

J'étais sincère, et pas seulement à cause de toutes ses menaces. Je n'avais pas oublié son expression de désespoir à l'idée que je sois exposée à un péril, et la rage incontrôlable qui s'était emparée de lui.

– Pardon, répétai-je, la gorge serrée.

– Pardon qui?

– Pardon, Monsieur.

– Pardon pour quoi?

Pour l'avoir blessé. Pour avoir provoqué son chagrin et sa fureur d'être confronté à son frère, pour cet aveu soudain des émotions qui l'avaient traversé – voilà ce que je regrettais le plus. Mais ce n'était pas la réponse qu'il attendait.

– Pour vous avoir désobéi et m'être mise en danger... Monsieur.

J'avais presque failli oublier le mot magique...

Il me saisit par les hanches et me plaqua contre son corps ferme, tandis que son genou se glissait entre mes cuisses.

Décontenancée, j'écartai instinctivement les jambes et me retrouvai suspendue au-dessus de son bassin. Après un bref moment de tâtonnement, il s'enfonça en moi, m'arrachant un cri.

– Je vous promets de vous infliger toutes ces punitions si jamais vous recommencez, gronda-t-il en ponctuant chacun de ses mots par un coup de reins.

Il plaqua une main dans mon dos pour me retenir ; de mon côté, je nouai mes jambes autour de lui. La seule puissance de ses allées et venues me faisait rebondir. Je n'avais presque pas mal : comme je m'étais préparée à un châtiment bien plus dur, mes terminaisons nerveuses étaient éveillées, en feu. Il pétrit mes fesses et les écarta pour toujours mieux me pénétrer. C'en fut trop et j'explosai. Mon orgasme me prit par surprise, mon corps se tendit et s'arqua tandis que les assauts de Jeremiah se poursuivaient.

Nos mouvements avaient déplacé la bande de tissu qui m'aveuglait. Haletante, je baissai les yeux et vit Jeremiah qui m'observait, les traits déformés par un désir intense. La faim que je lisais dans son regard paraissait dépasser un désir purement sexuel, et j'en fus bouleversée. J'avais envie de l'embrasser, de caresser son beau visage. Mais les liens qui m'entravaient m'empêchaient de lui apporter un quelconque réconfort. Peut-être était-ce là mon vrai châtiment. Car je ressentais cette privation avec intensité. Elle était étrangement appropriée. Soudain, il frissonna, et il nous fallut un moment pour revenir de cette jouissance extraordinaire.

Me serrant contre lui, il finit par détacher sans effort les nœuds des cordages. Il me reposa sur le sol. Je titubai. Il me retint d'une poigne tendre, si différente de la brutalité et de la rapidité de ce qui venait de se passer. Dès que je réussis à tenir seule debout, il me lâcha et s'écarta.

– Rhabillez-vous, je vous ramène à la maison!

Il se détourna avant que j'aie eu le temps de regarder son visage; de nouveau, cette petite marque de dédain m'emplit d'une vague déception. Je m'obligeai à l'oublier pour vite m'habiller et le suivre. Il s'était approché du mur du fond. Quand je le rejoignis, il déplaça un tapis qui dissimulait deux anneaux fixés à une trappe. Il la souleva et elle s'ouvrit sans le moindre grincement.

– Nous passerons par ici, dit-il.

Stupéfaite, je fixai le trou noir. Des marches en béton s'enfonçaient dans un souterrain traversé par un courant d'air froid.

– On ne risque rien?

– C'est par là que je suis venu sans être repéré, répondit-il. C'est plus sûr que de sortir dans le parc. Du moins, jusqu'à ce que nous ayons découvert qui nous en veut.

J'hésitai malgré tout.

– Pourquoi ce hangar à bateaux est-il équipé d'un passage secret?

Il serra les lèvres, mais accepta de s'expliquer.

– Des incidents pendant mon enfance ont exigé que... qu'on prenne certaines mesures. Mon père était paranoïaque, mais parfois il n'avait pas tort d'avoir peur. La maison est dotée d'une chambre forte et de cette issue d'urgence. Depuis sa mort, nous n'avons pas eu à les utiliser.

Il me tendit la main.

– Venez, Lucy, ajouta-t-il avec douceur. Rentrons.

Même si je n'étais pas encore convaincue que ce soit une bonne idée, j'acceptai son aide et descendis l'escalier.

19

J'allais le découvrir : je n'aimais pas les souterrains secrets. Le tunnel était à peine éclairé par des ampoules fixées à plusieurs mètres de distance, dont deux seules fonctionnaient. La principale source de lumière venait de la lampe du téléphone portable de Jeremiah, qui se reflétait sur le sol en bois. Je m'accrochai fermement à sa chemise pour ne pas déraper sur les planches pourries et glissantes.

La proximité de l'océan recouvrait le tout d'une couche humide. Je n'osais pas toucher les murs luisants. S'il faisait plus chaud en bas qu'en haut, j'avais hâte de quitter cette obscurité moite, presque écœurante. J'eus l'impression que le trajet n'en finissait pas et que les parois se resserraient au fur et à mesure de notre progression. J'étais sur le point de pousser Jeremiah et de m'enfuir à toutes jambes quand soudain nous stoppâmes devant une trappe. Mon patron tourna un anneau métallique, mais le battant ne bougea pas. Il dut s'y reprendre à deux fois pour que le panneau se soulève dans un bruit de bois qui se fendait. La pièce dans laquelle nous entrâmes n'était pas plus lumineuse que le tunnel, mais elle représenta tout de même un soulagement bienvenu.

– Grimpez, m'ordonna Jeremiah.

Je remarquai alors une échelle en fer fixée au mur. Les barreaux glacés me mordirent la peau tandis que j'escaladai rapidement. À la surface, il faisait moins froid et moins humide. La porte fut ouverte brutalement, et en un instant, je reconnus l'arrière-cuisine et ses étagères garnies de conserves. Aveuglée par la clarté soudaine, je poussai un cri de surprise et levai les mains en signe de reddition : les canons de trois armes étaient pointés vers moi.

– Repos ! lança Jeremiah dans mon dos.

Après une courte hésitation, les pistolets s'abaissèrent ; je m'assis au bord du trou, les pieds ballants. Les gardes reculèrent quand leur patron apparut. Je m'écartai pour le laisser passer, mais sans oser me relever tant la frayeur m'avait coupé les jambes. Sans effort, Jeremiah me souleva et m'escorta hors du réduit.

La cuisine et le salon étaient remplis de gens, surtout d'hommes armés ; Lucas s'y trouvait aussi, flanqué de deux gardes. Il me jeta un regard inquisiteur. Je perçus un bref soulagement sur son visage avant que son habituel masque ironique retombe. Jeremiah le foudroya du regard. Il s'approcha de lui à grands pas.

– Tu as intérêt à me dire…

– L'Archange, le coupa Lucas.

Jeremiah s'arrêta net.

– Qu'est-ce que c'est ? demanda-t-il.

– Ce n'est pas une chose, c'est quelqu'un, répondit son aîné mal à l'aise, l'air soudain renfrogné. Pourrait-on ouvrir ces menottes ? ajouta-t-il en montrant ses poignets enchaînés. Mes pauvres épaules n'en peuvent plus de…

— Qui est l'Archange? gronda son frère sans tenir compte de sa demande.

— Un tueur. Très doué. Et cher. Et contrairement à ce que tu pourrais penser, ce n'est pas moi qui l'ai engagé. J'ai même essayé de te prévenir dès que j'ai été au courant du contrat.

— Quand ça?

— Le soir du gala de charité, à Paris. J'ai tenté de t'appeler sur ton portable, mais tu n'as pas décroché.

Lucas me glissa discrètement un regard plein de regrets.

— J'aurais dû laisser un message, poursuivit-il. Je voulais te rencontrer. Mais quand je suis arrivé à ta chambre, il était déjà trop tard.

— C'était un numéro masqué, dit Jeremiah, soupçonneux.

— Une obligation, dans ma profession.

Le sourire que fit Lucas ne gagna pas ses yeux. J'eus le sentiment que ces amabilités étaient une sorte de réflexe, de dissimulation, résultant d'un véritable entraînement. Une drôle de lueur dans son regard, bientôt effacée par un rictus, me le confirma.

— J'étais sur place une minute après les secours. En te voyant hurler, j'ai compris qu'il s'était produit quelque chose de grave.

— Tu étais donc là, murmura Jeremiah, étonné et plus attentif.

— Oui, acquiesça son frère d'une voix lourde. Mais j'ai compris que, sur le coup, tu refuserais de m'écouter. Dans l'état où tu étais, tu m'aurais sans doute étranglé. Je ne me suis donc pas montré. Désolé de ne pas avoir été plus rapide, ajouta-t-il pour moi.

— Je suis en vie, lâchai-je.

Des mots quelque peu dérisoires pour lui exprimer ma gratitude et mon pardon. Je vis un soulagement fugitif sur ses traits. Décidément, j'avais du mal à associer cet homme à la carrière qu'il avait choisie. Je ne le voyais pas du tout en trafiquant d'armes.

– Revenons à l'Archange, insista Jeremiah.

– Il n'est pas dans le circuit depuis très longtemps, expliqua son aîné, mais il gravit les échelons à une vitesse stupéfiante. On m'a parlé d'une vingtaine de contrats exécutés. Je suis sûr qu'il en a des dizaines de plus à son actif. C'est un maître du camouflage, très bien équipé. Il est assez habile pour ne laisser aucune trace, au point de tromper les caméras de surveillance. Elle est la seule, précisa-t-il avec un mouvement de menton dans ma direction, à avoir vu son visage et à être encore en vie pour en témoigner.

Je me figeai.

– Alors, il est vraiment à mes trousses? chuchotai-je.

Brusquement, la pièce se mit à tourner et je dus me raccrocher au plan de travail. Lucas plissa le front et fit un pas vers moi, mais Jeremiah le devança. Il m'entoura d'un bras réconfortant et me pressa contre lui. Heureuse de sa réaction, je lui souris, tandis que son frère était tiré en arrière par ses gardes.

– Qui l'a embauché? voulut savoir mon patron sans me quitter des yeux.

– Aucune importance. La seule chose qui le soit, c'est qu'il est après toi.

Cette réponse évasive déplut à Jeremiah.

– Tu l'ignores ou tu refuses de me le dire?

D'une froideur mortelle, son ton provoqua mes frissons, alors que Lucas semblait y être insensible. À croire qu'il entendait ce genre de menace tous les jours. Ce qui était possible, vu son activité.

– On s'en souciera plus tard, répliqua-t-il avec un haussement d'épaule.

– Et si on le faisait plutôt tout de suite? Que me caches-tu, Loki?

L'emploi de son surnom assombrit ses traits.

– J'aimerais que tu arrêtes de m'appeler comme ça, grogna-t-il, avec un air consterné.

– Pourquoi? C'est pourtant ton nom.

– Il m'a été attribué, je ne l'ai pas choisi.

Il parut hésiter à en dire plus, à expliquer sa pensée, mais Ethan choisit justement ce moment pour entrer dans la pièce. S'il remarqua une tension, il n'en montra rien.

– Une visite, annonça-t-il.

– Qui est-ce? demanda Jeremiah, visiblement contrarié par cette interruption.

– Anya Petrovski, lâcha le garde du corps, regardant Lucas.

Comme je l'observais aussi, je constatai qu'une brusque colère traversa son visage. Remarquant que je le fixais, il essaya de le cacher. Mais son regard continua de lancer des éclairs. Il était comme son frère. Toutes leurs émotions passaient dans leurs yeux.

– Pas la peine de l'impliquer, dit Lucas d'une voix égale et dédaigneuse. Elle est sûrement venue plaider ma cause, ce qui est inutile.

Si je n'avais pas été habituée à passer outre l'expression stoïque de Jeremiah, j'aurais pu me laisser prendre à celle de son aîné. Tournant la tête vers Lucas, je vis qu'il étudiait son frère en fronçant les sourcils.

— Saurait-elle quelque chose au sujet de ce qui nous intéresse?

— Sûrement pas, renifla Lucas. Sinon que je suis venu ici pour t'avertir.

Sa désinvolture apparente ne convainquit pas Jeremiah, qui s'adressa à Ethan:

— Qu'elle laisse sa voiture à l'extérieur des grilles. Fouillez-la, de même que son véhicule. Avec soin. Puis amenez-la-moi.

Ethan acquiesça et relaya ces ordres à l'un des gardes, qui disparut. L'espace d'une seconde, Lucas pinça les lèvres et ferma les yeux. Puis sa bonne humeur reprit le dessus.

— J'adore le théâtre, commenta-t-il avec un sourire forcé.

À ce moment, une voix féminine résonna sur les murs en pierre et les lambris du hall d'entrée.

— Mais qu'est-ce que c'est que ces manières?

Le sourire de Lucas se figea; il tourna la tête vers la porte, les yeux écarquillés. Quant à Jeremiah, il serra les mâchoires.

— Que fait-elle encore ici? demanda-t-il à Ethan.

— Elle n'avait pas quitté la propriété quand vous avez ordonné qu'on boucle les lieux.

Georgia Hamilton surgit dans le salon, encadrée par deux gardes qui, après l'avoir escortée, se retirèrent. Le regard fixé sur son benjamin, elle s'approcha de lui d'une démarche qui trahissait sa colère.

— Qu'est-ce que ça signifie? cria-t-elle. Tu me remets à ta police privée pour me jeter dehors, avant de m'obliger à rester dans un lieu où je ne suis visiblement pas la bienvenue?

Elle poussa un soupir tremblant et porta ses doigts à sa bouche.

– Tu te moques donc complètement de ce que je ressens?

Malgré cette démonstration de mère accablée, j'eus du mal à éprouver de la compassion. Après tout, j'avais été témoin de la véritable nature de cette femme. Du reste, Jeremiah ne se laissa pas duper non plus, car il répliqua avec froideur :

– N'ayez crainte, mère, vous quitterez cette maison dès que possible.

Georgia plissa le nez, agacée, puis vinrent les larmes de crocodile.

– Comment oses-tu m'exiler ainsi de…

– Eh bien, bonjour, mère. Vous ai-je manqué?

La question moqueuse de Lucas la coupa dans son élan. Sous le choc, elle se retourna pour toiser son fils aîné qui, à l'autre bout de la pièce, la fusillait du regard.

– Que fait-il ici, celui-là? lâcha-t-elle, toute trace de chagrin s'étant envolée.

– Moi aussi, je suis ravi de vous voir, lança Lucas.

La nonchalance qu'il avait soigneusement entretenue pendant sa conversation avec Jeremiah avait disparu, remplacée par une ironie mordante et une amertume palpable. Assombrie par la colère contenue, sa cicatrice ressortait sur sa joue. Avec l'air d'avoir mordu dans un citron, Georgia pivota pour affronter Jeremiah.

– Ne l'écoute pas, lui conseilla-t-elle. Ce n'est qu'un menteur doublé d'un voleur.

Rejetant la tête en arrière, Lucas éclata de rire avant de s'incliner devant sa mère avec une moue railleuse.

– C'est que j'ai été à bonne école. Ces talents m'ont été transmis des deux côtés de la lignée.

Déroutée par cet échange, je dévisageai Jeremiah en quête d'une explication, mais il paraissait tout aussi surpris que moi.

– Qu'est-ce que ça veut dire? demanda-t-il, peu amène.

– Rien! répondit vivement sa mère en redressant le menton et en carrant les épaules. Et maintenant, je voudrais m'en aller, puisque le sens de la famille n'a plus cours dans cette maison.

– Oh, mère, surtout pas! la supplia faussement son aîné.

Refusant de le regarder, Georgia croisa ses bras sur sa poitrine. Cette fois, le sourire de Lucas exprima de la cruauté, même si elle détonnait avec la souffrance réelle dans ses yeux.

– Aimeriez-vous savoir ce que sont devenus ces trente millions de dollars qu'on m'a accusé d'avoir dérobés? lança-t-il ensuite à la cantonade. Vous devez tous mourir de curiosité quant à la façon dont je les ai dépensés.

Sa mère sursauta très légèrement et serra les lèvres.

– Je n'ai pas besoin d'entendre ça, ce ne sont pas mes affaires, répliqua-t-elle avec un reniflement méprisant. Disputez-vous autant que vous voulez, tous les deux, moi, j'attendrai dans ma voiture.

– Retenez-la! ordonna Jeremiah.

Aussitôt, deux de ses gardes bloquèrent la sortie. Outragée, Georgia protesta, mais son cadet n'en tint pas compte, tout entier concentré sur son frère.

– Je n'aime pas beaucoup les secrets, gronda-t-il.

– Tu en as pourtant entretenu un depuis presque huit ans, riposta Lucas.

Lui ne fixait que sa mère, laquelle refusait de croiser son regard. Les yeux de l'aîné des Hamilton reflétaient le bouillonnement d'émotions qui se succédaient à un tel rythme qu'il était difficile de les déchiffrer.

– Alors, mère, reprit-il, préférez-vous que je vous laisse l'honneur de parler ou dois-je m'y résoudre ?

La femme émit un petit grognement qui parut puéril pour quelqu'un de son âge. Elle tourna résolument le dos à Lucas. Mais elle se rendit soudain compte qu'il y avait du monde. Son visage retrouva aussitôt un masque de sérénité, et elle agita en l'air une main insouciante.

– Je ne comprends rien à ce que tu dis, objecta-t-elle en levant les yeux au ciel. Et maintenant, si vous voulez bien m'excuser...

Plissant les yeux, Lucas se tourna vers son frère.

– Tu ne t'es jamais interrogé sur l'origine de la fortune de mère ?

Jeremiah fut pris au dépourvu. Il scruta longuement et durement son aîné avant de jeter un œil vers leur génitrice. Je l'imitai et me demandai s'il pensait comme moi, c'est-à-dire que Georgia Hamilton n'était pas une très bonne actrice. Elle fuyait le regard de tous et tournait la tête vers les différentes issues du salon – repérant celle qui lui permettrait de se sauver le plus vite possible. Elle finit par se résoudre à affronter Jeremiah.

– Voyons, chéri, ne me dis pas que tu le crois ?

– Que je crois quoi ? répondit-il.

Ses yeux allaient de sa mère à son frère, trahissant à la fois de la confusion et de l'irritation. Mais ni Georgia ni Lucas ne semblaient avoir envie d'en parler.

– Que je crois quoi ? répéta-t-il plus fort.

Une sonnerie de portable retentit dans l'atmosphère lourde, et Ethan s'éclipsa. La question de Jeremiah me frappa tout à coup avec la violence d'une tonne de briques qui me serait tombée sur le crâne.

– C'est votre mère qui a volé cet argent.

Je n'avais pas voulu formuler ma pensée à voix haute. Mais c'est ce qui se passa et tout le monde parut sursauter, Georgia se tourna vers moi.

– C'est absurde! s'écria-t-elle.

La fureur qui essayait de s'exprimer sur ce visage botoxé faisait un drôle de spectacle, et le contraste n'en était que plus violent avec la rage véritable qui brûlait dans ses yeux.

– Et puis, ajouta-t-elle, qu'en savez-vous? Vous n'êtes qu'une traînée ramassée dans le ruisseau par mon fils!

– C'est pourtant aussi comme ça que vous avez commencé dans la vie, non? susurra Lucas, tandis que je serrais les poings. Père ne vous a-t-il pas trouvée dans un dancing de Las Vegas? Allons, mère, projeter vos propres problèmes sur cette jeune femme ne vous lavera pas de vos péchés.

À l'évocation de ce passé peu glorieux, un spasme de chagrin ravagea le visage de Georgia Hamilton. Elle essaya de le dissimuler, en vain.

– Je refuse d'entendre de pareilles horreurs, déclara-t-elle.

Sa hargne avait laissé la place à une véritable amertume. Elle voulut s'en aller, mais Lucas la retint par le bras, malgré ses mains menottées.

– Avez-vous conscience de ce que vous m'avez infligé, mère? murmura-t-il. De ce à quoi vos mensonges m'ont contraint?

Elle le toisait. Il se pencha vers elle et soutint son regard. Ni l'un ni l'autre n'était prêt à céder. Encore stupéfaite par ce que je venais de révéler, je les observais, fascinée. Je tentai un regard vers Jeremiah. Il était comme pétrifié, impossible à déchiffrer. Si ma curiosité naturelle me poussait à en apprendre plus au sujet de Georgia – avait-elle réellement été danseuse de revue à Las Vegas? –, l'heure n'était pas à ce genre de questions. Bon sang! J'ignorais vraiment tout de cette famille!

– Ne me reproche pas ce que tu es devenu, riposta Georgia à son fils aîné, sans rien céder.

– Expliquez-moi alors quels choix j'ai eus dans la vie! contra-t-il, tremblant de tous ses membres, avant de lâcher sa mère et à son tour de serrer les poings. Tout ce qui comptait pour moi, tout ce que je possédais était dans notre entreprise. On m'a tout repris. On m'a accusé d'avoir volé trente millions de dollars. J'ai choisi la seule solution qui m'éviterait de croupir en prison.

– Celle de vendre des armes au plus offrant? lança Jeremiah d'une voix glaciale. Es-tu certain que tu n'avais pas d'autre recours?

Lucas tressaillit et s'écarta de sa mère. Il avait l'air secoué, et c'est un regard vide qu'il porta sur son frère.

– Ça n'a pas commencé ainsi, se défendit-il. Il fallait que je quitte le pays. Un homme que je considérais alors comme un ami avait besoin d'un bon négociateur pour passer un accord à propos d'une cargaison. Ce n'est que dans l'avion que j'ai découvert en quoi consistait cette «cargaison». Autrement, je te le jure, je me serais rendu moi-même en prison.

– Et tu voudrais me blâmer pour tes erreurs? lâcha Georgia avec aigreur.

Ce fut plus fort que moi. Si les personnes présentes ne cachaient ni leur stupeur ni leur dégoût au fur et à mesure que la personnalité de Georgia se révélait, aucune n'avait le cran de s'exprimer.

— Au moins, assumez la responsabilité des torts que vous avez causés !

Sans se démonter, elle leva les yeux au ciel et inspecta ses ongles.

— Les raisons importent peu, répliqua-t-elle. C'est lui qui a tracé sa voie. Je n'ai pas à vivre dans la honte à cause de ses choix.

— Mais c'est votre fils ! m'exclamai-je, folle de rage. Tous deux le sont. Vous n'avez donc aucune affection pour eux ?

— Bien sûr que si ! protesta-t-elle d'un air hautain. Et je vous prie de garder pour vous vos opinions, rien de tout cela ne vous concerne.

J'aurais adoré étrangler cette salope suffisante et moralisatrice.

— Vous avez raison, mère, intervint Lucas à ce moment. Chacun doit vivre avec ses propres erreurs, non ?

Son visage s'était refermé, le masque était retombé.

Jeremiah réagit enfin et avança. Je posai une main sur son bras, sentis qu'il frémissait sous l'effet d'émotions bouleversantes. Il fixait Lucas, qui avait visiblement décidé de reprendre son ancien rôle d'amuseur public.

— Frère… commença Jeremiah.

— Es-tu au courant, l'interrompit son aîné, que mère est en train d'essayer de vendre une biographie des Hamilton à plusieurs éditeurs ?

L'intéressée rougit violemment, mais son fils n'en poursuivit pas moins.

– Un petit aperçu du fonctionnement de la famille depuis le décès de notre cher père et la prise en main de la société par son dirigeant actuel. Elle s'est naturellement réservé le rôle de l'héroïne malheureuse dans ce drame pétri de fric et d'espionnage industriel. Selon la rumeur, certains étaient prêts à lui signer un chèque à sept chiffres. Malheureusement, tous se sont désistés au dernier moment.

Devant l'air ahuri de Georgia, Lucas crut bon de préciser :

– Vous n'êtes pas la seule à avoir des contacts dans un monde des affaires désireux de vous aider à ruiner la réputation d'un homme, chère mère.

– Mais qu'est-ce que tu racontes ? C'est ridicule !

– Et, enchaîna Lucas, son sourire aigri de plus en plus large, elle vend également des rendez-vous avec son milliardaire de fils. Pour peu qu'un type ne puisse avoir accès au PDG de Hamilton Industries, il a la possibilité de se transformer en «invité» de dernière minute dans notre maison, où le hasard voudra qu'il croise le nouveau chef de famille. À condition d'y mettre le prix, bien sûr.

– Venant d'un trafiquant d'armes qui fréquente des dictateurs et la lie de la société pour tuer des innocents ! se défendit Georgia jouant les indignées. Comment oses-tu débarquer ici, monter sur tes grands chevaux et débiter de tels mensonges après ce que tu as fait ?

– Au moins, moi, je ne cache pas ma vraie nature, murmura Lucas en imitant l'arrogance maternelle.

Georgia se tourna vers Jeremiah.

– Dis-moi que tu ne crois pas à ces balivernes ! cria-t-elle, les mains sur les hanches.

Jeremiah ne daigna pas répondre. Il fixait son aîné d'un regard intense que l'autre soutint sans flancher.

— As-tu des preuves? finit-il par lui demander.

— Absolument.

— C'est sa parole contre la mienne! s'emporta leur mère, furibonde. Et tu choisis la sienne!

Elle adressa à Jeremiah un coup d'œil blessé, dont la sincérité, vu ses éclats précédents, était plus que douteuse. Se rendait-elle compte de l'image qu'elle donnait d'elle à ce moment? À sa façon d'ignorer les gardes, il était évident qu'elle était enfermée dans son propre monde et que l'opinion des autres lui importait peu.

Jeremiah s'approcha tout près d'elle. Si je ne distinguai pas le visage de Georgia quand il se pencha vers elle, je la vis tressaillir.

— Si jamais il dit la vérité, mère, je vous jure que…

— Que quoi? le défia-t-elle. Que tu me jettes dehors? Que tu me fasses disparaître? Penses-tu être le premier mâle Hamilton à me menacer ainsi? Comment crois-tu que j'ai réussi à rester mariée à ton père pendant toutes ces années? Grâce à ma beauté et à ma gentillesse? Non. Il fallait bien que j'aie prise sur lui. C'était ma seule garantie de sécurité.

Elle soutenait le regard de son fils, mais son visage avait perdu toute couleur, excepté celles de son maquillage.

— Je savais que ce vieux salopard ne me laisserait pas un sou quand il mourrait. Mais je n'avais aucun moyen de deviner qu'il partirait aussi tôt. Toi et ton frère considériez que je n'étais pas différente de votre père. C'est peut-être vrai aujourd'hui, mais ma seule certitude était que je ne pouvais compter que sur moi-même.

– Donc vous m'avez sacrifié, lança Lucas.

Sa phrase ne sonnait pas comme une question, mais il était clair qu'il cherchait des réponses à ses interrogations. Georgia blêmit, comme si ce n'était que maintenant qu'elle prenait conscience de ses actes.

– J'ignorais que ça aurait de telles conséquences, plaida-t-elle après un court silence. Ce n'était pas censé aller aussi loin.

Elle fouilla nerveusement dans son sac, en tira un tube de rouge à lèvres et un miroir de poche. Ses mains tremblaient tellement qu'elle ne fut pas capable de s'en servir.

– Votre père m'abandonnait sans rien. Le salaud avait même réussi à intégrer à l'héritage de Jeremiah ce que je croyais avoir discrètement mis de côté. Je n'avais aucun doute sur mes fils : ils ne s'occuperaient pas de moi. Je ne suis pas idiote, j'ai bien vu comment vous vous comportiez avec moi. Toi, Jeremiah, qui m'interdis l'accès à ma propre maison, qui me traites comme une enfant. Tu pars du principe que je suis incapable de me débrouiller seule, ce en quoi tu te trompes autant que ton père.

Jeremiah flancha devant cette accusation. Sa mère poursuivit sur sa lancée.

– Tout est arrivé si vite. Je suis parvenue à trouver le testament et à le lire avant que les avocats apprennent que je m'étais faite avoir. J'avais supporté cet homme pendant trente ans, porté ses enfants, fermé les yeux sur ses infidélités, joué scrupuleusement mon rôle d'épouse dévouée, et il ne me laissait rien. Considérant que je n'avais aucun talent digne de ce nom, Rufus avait juste daigné me mettre à la tête de plusieurs commissions sans importance. Les fonds combinés de chacune avoisinaient les trente millions de dollars. Je les ai pris.

Elle releva le menton en un geste de défi.

– Et vous m'avez fait porter le chapeau, intervint Lucas.

– Encore une fois, j'ignorais que ça prendrait de telles proportions! se défendit-elle avec ardeur. Sachant que je disposais de peu de temps, j'en ai dépensé un maximum. Mais il n'est pas aussi facile que je le pensais de se débarrasser de l'argent. Du moins sans attirer l'attention. Quand j'ai appris que tu étais le principal suspect – pour des raisons évidentes, je ne m'étais pas mêlée de l'enquête –, tu avais déjà fui à l'étranger. Comme il me restait pas mal d'argent, je l'ai gardé.

– Je vous plains, mère! s'écria Lucas en posant ses mains sur sa poitrine. Vraiment!

– Arrête tes idioties, Lucas, lâcha-t-elle. J'ai dérapé, un point c'est tout. Et maintenant, on fait quoi? ajouta-t-elle à l'intention de Jeremiah.

– Oui, frère, renchérit son aîné. Comment comptes-tu réagir à ces informations toutes fraîches?

Mon patron ne semblait pas en mesure de s'exprimer. Il était encore sous le choc de ces révélations. Je n'avais pas de conseil à lui donner. Je me contentai de resserrer ma prise autour de son bras pour lui montrer que je le soutenais. Il était confronté à un choix atroce entre sa mère, qui tapait impatiemment du pied, et son frère, qui se tenait, immobile et silencieux, les sourcils arqués, attendant une réponse immédiate.

Soudain, la porte s'ouvrit et une voix féminine que je connaissais cria:

– Lucas!

Toutes les têtes se tournèrent dans sa direction: une Anya Petrovski décoiffée fit son apparition, accompagnée d'un des gardes. La reine du bal tirée à quatre épingles avait disparu. Elle n'était presque pas maquillée et ses vêtements élégants étaient froissés, comme si elle les avait rapidement enfilés. Elle avait attaché ses cheveux blonds en une queue-de-cheval assez lâche. Si sa beauté naturelle continuait de rayonner, ses traits étaient moins sévères, ce qui lui donnait une apparence plus jeune, plus vulnérable. Elle balaya le salon du regard. Au moment où elle aperçut Lucas, il fut évident qu'il était le seul objet de son intérêt. Il l'accueillit fraîchement.

– Je t'avais dit de me laisser tranquille, dit-il sans émotion.

Je fus surprise par sa réaction, mais Anya encaissa. Elle bredouillait en russe, le dos raide, les traits calmes malgré les larmes qui étaient apparues dans ses yeux. Elle marcha vers lui jusqu'à ce qu'il l'arrête, une main levée.

– Je suis désolée, finit-elle par gémir en anglais, comme possédée.

– Je t'avais pourtant prévenue que je ne voulais plus jamais te revoir, grogna Lucas.

Son regard était effrayant. À ce moment, il ressemblait à s'y méprendre à son frère. Anya recula. Elle n'était plus la femme hautaine et agaçante que j'avais croisée à Paris. Son désespoir et son chagrin étaient visibles, même si leur origine restait mystérieuse. J'échangeai un regard avec Jeremiah, qui avait l'air aussi déconcerté que moi.

– C'est à lui que tu devrais demander pardon, reprit Lucas en désignant son cadet.

Anya se remit à lui parler russe. Elle agrippait la croix orthodoxe qu'elle portait déjà à son cou quand je l'avais vue à Paris, et suppliait Lucas – en vain.

– Que fait-elle ici? se résolut à lancer Jeremiah.

Anya se tut aussitôt ; elle donna l'impression de se recroqueviller sur elle-même, fixant le sol et se tordant les mains. Lucas
la couvrit d'un regard méprisant.

– Tu voulais savoir qui avait engagé le tueur ?

Il désigna la Russe blonde tout en adressant un léger sourire
à son frère.

– Sacrée surprise, non ?

20

Je ne fus pas sûre de comprendre. Jeremiah rompit le silence qui était tombé d'un claquement de doigts en direction d'Anya. Aussitôt, deux hommes l'immobilisèrent. Ce fut alors que je réalisai le sens de ce que Lucas venait de dire. Je retins mon souffle.

– Anya a recruté le tueur.

Les mots prononcés par Jeremiah résumaient ma stupeur. Il les répéta sous forme de question, incrédule.

– Anya a recruté le tueur?

– Il ne faut jamais se mettre un Russe à dos, soupira Lucas en levant les yeux au ciel. Apparemment, ce proverbe connu dans ma profession est vrai pour tout un chacun.

– C'est pour toi que je l'ai fait! se défendit Anya en se débattant entre ses deux gardes. Je croyais que c'était ce que tu voulais.

– Ce que je voulais? gronda Lucas. Tu as agi dans ton seul intérêt. Merci de ne pas me faire porter le chapeau.

– Tu disais que tu le détestais! poursuivit-elle à son intention, mais en regardant les gardes. Que tu souhaitais…

— Je n'ai jamais désiré sa mort, rugit l'aîné des Hamilton.

Anya sursauta, mais poursuivit :

— Tu ne parlais que de lui.

Elle passa au russe, se reprit et continua en anglais.

— Quand tu es ivre, tu n'arrêtes pas de raconter que tu aimerais rentrer chez toi…

— Parce que tuer mon frère me rendrait ma place ? s'esclaffa Lucas. Tu n'es pas idiote, Anya, même si la situation suggère le contraire. Regarde-moi ! (Il écarta les bras autant que le lui permettaient ses menottes.) Des milliers de gens sont morts par ma faute. Si je n'ai pas appuyé en personne sur la gâchette, c'est moi qui ai fourni les armes et les balles. J'ai du sang sur les mains. Comment rentrer aux États-Unis après les crimes que j'ai commis ? Après ce dont j'ai été complice ?

Le menton d'Anya tremblait, tandis que mon cœur se serrait devant le chagrin sincère de Lucas. Elle murmura quelques mots dans sa langue natale et tendit le bras vers lui, mais il écarta sa main brutalement.

— Ne te flatte pas, ma chère, lâcha-t-il avec une colère froide destinée à la blesser. Je ne t'ai jamais aimée. Qui manifesterait de l'affection pour un simple outil ?

Anya blêmit.

— Mais tu disais…

— Que signifient les mots ? la coupa-t-il. Rien. Tu devrais le savoir. Ma patience est à bout, ton utilité aussi. Je n'ai plus besoin ni de toi ni de ton cinéma. Tu peux partir, maintenant, ajouta-t-il avec un revers de la main.

Wouah ! J'étais partagée : j'avais détesté Anya quand nous étions en France, mais j'avais à présent de la peine pour elle… ce qui était stupide, étant donné tous les efforts qu'elle avait déployés pour nous causer du tort. Pourtant, en cet instant, j'avais du mal à admettre qu'une femme soit capable de ça.

Anya se redressa, essayant d'arborer son arrogance habituelle. Mais son regard en disait long sur sa souffrance. Sa froideur d'acier, qui la maintenait comme un carcan, avait disparu, laminée par les paroles de Lucas. Une larme roula sur sa joue.

– Je te donne tout, chuchota-t-elle avec un accent plus fort que d'ordinaire. Je deviens ce que tu exiges, je fais honte à ma famille et à moi-même, tout ça pour que tu m'aimes. Et là, tu prétends que c'était un mensonge?

Je me souvins des informations que j'avais soutirées sur Anya à Ethan. Jeremiah l'avait embauchée comme traductrice alors qu'elle n'était qu'une jeune fille. La beauté hautaine rencontrée à Paris avait de nouveau cédé la place à celle qu'elle avait dû être à l'époque, une gamine sans défense jetée dans la fosse aux lions. Et moi, allais-je finir comme elle?

– Nous autres, les Hamilton, nous abîmons tout ce que nous touchons, répondit Lucas avec un regard de pitié avant de se tourner vers moi. Tu as été prise dans la ligne de mire, dommage pour toi.

– Ce n'était pas censé se passer ainsi, murmura-t-elle. Il m'a dit que c'était ce que tu voulais, que…

Elle s'interrompit. Sa phrase sembla résonner longtemps dans le silence de plomb qui régnait.

– Qui donc? lancèrent les deux frères d'une même voix.

À ce moment-là, plusieurs événements se produisirent en même temps: les lampes s'éteignirent d'un seul coup, si bien que les fenêtres laissèrent entrer la lumière de l'extérieur, qui projeta des ombres menaçantes dans la pièce. C'est alors que je me rendis compte que la baie vitrée du salon, jusqu'alors opacifiée, ne l'était plus et ouvrait sur l'océan. Un petit bruit étouffé retentit, et Anya bascula en avant, un air surpris sur le visage. Quelqu'un m'attrapa brutalement et me repoussa dans la cuisine, où un corps lourd me plaqua derrière la table. Quelque chose siffla à mon oreille, un bocal explosa derrière moi et je poussai un cri d'effroi.

Dans le tumulte, certains plongèrent au sol alors que des gardes se ruaient hors du salon. L'un d'eux, un jeune, s'effondra par terre après un autre bruit étouffé. Ses camarades le tirèrent dans le hall.

— Que se passe-t-il? demandai-je en tremblant, le cœur battant tellement fort qu'il aurait pu s'échapper de ma poitrine.

— Le tueur.

Jeremiah — car c'était lui qui m'avait mise à l'abri — me serra fort contre lui. Le tireur fit feu une nouvelle fois, et la balle vint se ficher dans la table. Un des gardes quitta sa position pour se précipiter vers nous. Frappé en pleine course par un quatrième projectile, il pivota sur lui-même et s'écroula lourdement, presque à nos pieds. Une expression de peur étonnée traversa son visage, qui se détendit aussitôt après. Horrifiée, je compris que je venais d'assister à la mort de quelqu'un. Je faillis craquer.

— Respirez, m'ordonna Jeremiah.

J'obéis et libérai l'air que j'avais inconsciemment retenu. Jeremiah vérifia le pouls sur le cou du garde. Puis il s'empara de son oreillette.

— Ethan? Au rapport.

Le chef de la sécurité répondit. Sa voix était faible et lointaine, mais j'étais assez proche de Jeremiah pour l'entendre.

– Le système électrique a été saboté, y compris les générateurs de secours, expliqua-t-il. Nous essayons de les remettre en marche. Quelle est votre situation ?

– Un sniper nous coince dans la cuisine. Il faut opacifier les vitres le plus vite possible pour que nous puissions filer.

– Bien reçu, lâcha Ethan après une pause. Randy sera là-bas d'ici deux minutes.

Jeremiah poussa un juron avant de retirer l'oreillette.

– Deux minutes, répéta-t-il ensuite. Autant dire une éternité.

– Te rendre visite est toujours un tel plaisir, frère !

Lucas s'était exprimé avec son ironie habituelle. Jeremiah tourna vivement la tête dans sa direction, mais il ne nous regardait pas. Il était entièrement concentré sur Anya, allongée au milieu du salon. Elle se tenait le ventre en gémissant. Lucas avait réussi à renverser la table basse et un fauteuil pour s'abriter, mais ils n'offraient pas de véritable protection. La jeune femme tendit le bras vers lui avec un sanglot.

– J'arrive, chérie.

Il redressa la tête pour jeter un rapide coup d'œil. Aussitôt, une balle troua le mur dans son dos. Il jura, scruta les alentours et s'empara d'un coussin.

– Ce serait plus facile sans les menottes, Jeremiah ! cria-t-il.

Son frère tira une clé de sa poche et la lui lança.

– Qu'est-ce que tu veux faire ? demanda-t-il.

– Risquer ma vie, sans doute, répliqua l'autre en libérant ses poignets. Souhaite-moi bonne chance.

Il projeta sur le côté le coussin, qui explosa en milliers de plumes. Mais Lucas bougeait déjà et tirait Anya derrière son abri. Une nouvelle balle transperça la baie vitrée. L'aîné des

Hamilton grogna. Heureusement, il avait réussi à ramener la jeune femme avec lui, derrière la table. Deux impacts successifs touchèrent le bois épais avec un bruit sec, mais sans ressortir.

Prenant garde à bien rester caché, Lucas examina la blessure d'Anya. Rien qu'à son expression lugubre, je devinai que c'était grave. La jeune femme pleurait doucement, une main sur son ventre, l'autre tenant le bras de Lucas. De l'entrée nous parvint un hurlement assourdissant de Georgia.

– Taisez-vous, mère! cria Jeremiah.

Le résultat fut très efficace. Était-ce pour sa vie ou pour celle de ses fils que cette femme avait cédé à l'hystérie? Ce n'était pas le moment de se poser la question.

– Reste avec moi Anya, murmura Lucas.

Il retira sa chemise et la pressa contre la blessure. La jeune femme souleva des doigts faibles, couverts de sang. Des larmes coulaient sur ses joues, et la tristesse de son regard était insoutenable.

– Désolée, souffla-t-elle. J'aurais dû me douter. Je ne voulais pas…

– Chut, ne parle pas. Ça va aller.

Un mensonge éhonté. Même de là où je me tenais, je pouvais voir qu'Anya perdait beaucoup de sang, et, qu'elle était de plus en plus pâle.

– Je n'aurai jamais dû l'écouter, reprit-elle. Je voulais juste que tu sois heureux…

– Ça va aller, répéta Lucas, malgré la douleur qui se lisait dans ses yeux.

Il lâcha le vêtement trempé de sang qu'il pressait sur la blessure et prit le menton de la jeune femme.

– De qui parles-tu? demanda-t-il. Il me faut son nom. Reste avec moi.

Elle ne répondit pas, le souffle court. Son corps se détendit soudain, sa main retomba sur sa poitrine.

– Je t'ai tout donné, haleta-t-elle. Ne m'oublie pas.

– Anya! Reste avec moi! Tu ne m'as jamais emmené chez toi. Comment s'appelle-t-elle, déjà, cette petite ville d'où tu viens?

Elle semblait déjà ne plus l'entendre.

– Tout, redit-elle, les yeux fixant le vide. J'ai vendu mon âme...

– Anya! Anya!

C'était fini.

Lucas frappa le sol de son poing rougi de sang tout en lâchant des injures. Une balle se planta dans le mur, derrière lui; il ne réagit même pas. Sous sa colère, je vis l'expression d'un réel chagrin.

Anya paraissait maintenant tellement jeune et frêle. Malgré notre conflit, je n'avais pas souhaité sa mort. J'avais fini par entrevoir sa fragilité, et ses dernières paroles étaient comme un coup de poing dans l'estomac. J'imagine que c'était encore pire pour Lucas. Peut-être le méritait-il. Je ne pouvais m'empêcher de m'interroger sur les services qu'il lui avait demandés, sur la manière dont il l'avait manipulée, profitant des sentiments qu'elle avait eus pour lui, alors qu'ils n'étaient pas partagés. Pour la famille Hamilton, l'amour avait-il donc si peu de sens?

Les lampes se rallumèrent, le courant avait été rétabli. Mais les fenêtres restèrent transparentes.

– Mettez-moi ces vitrages intelligents en marche! cria Jeremiah.

L'instant d'après, le verre s'opacifia enfin. Mais le tueur n'en avait pas terminé avec nous. Visiblement, il n'appréciait pas qu'on lui joue des tours et il se remit à tirer dans la baie, surtout autour de Lucas et d'Anya.

– Allez-y! me souffla Jeremiah.

En me relevant, il me poussa en courant vers le hall d'entrée, à moins de trois mètres de nous, me faisant un rempart de son corps, jusqu'à ce que nous soyons en sécurité. Lucas nous rejoignit très vite.

Georgia se trouvait à l'autre extrémité du hall, retenue par un garde. Son affolement se dissipa quand ses fils franchirent la porte, mais elle pâlit à la vue du sang qui maculait les vêtements de l'aîné. En se libérant, elle marcha vers lui, mutique. Il l'arrêta d'une main.

– Ce n'est pas le mien, lâcha-t-il d'une voix morne.

La mort d'Anya l'avait sans doute vidé de toute émotion. Pour l'instant du moins.

Sa mère parut hésiter. Était-elle tentée de réparer les choses entre eux en lui manifestant son affection, en le prenant dans ses bras? Mais elle releva le menton et remit son masque arrogant. Décidément, tous les membres de ce clan s'efforçaient de dissimuler ce qu'ils ressentaient, comme s'ils redoutaient qu'on s'en serve contre eux. Ils avaient peut-être eu de bonnes raisons d'agir ainsi dans le passé.

Ethan surgit du dehors, suivi d'un de ses hommes qui téléphonait sur un portable.

– Nous avons remis en marche les générateurs, mais nous allons avoir du boulot pour réparer les dégâts du système principal, annonça-t-il. Nous avons trois blessés dehors, les secours sont en route.

– Ici aussi, nous avons des blessés, et au moins un mort, répondit Jeremiah. Conduisez les personnes touchées à l'étage et veillez à ce que toutes soient soignées.

Il me poussa vers Ethan.

– Occupez-vous d'elle et de mon frère, précisa-t-il. Il n'y a pas de temps à perdre.

– Monsieur?

– Nous devons attraper ce tireur avant qu'il nous échappe encore une fois.

Il se tourna vers moi et ajouta :

– Restez avec Ethan. Obéissez-lui sans discuter.

Je me forçais à le lâcher. J'avais très envie de le retenir à l'intérieur, en sécurité, mais j'avais conscience que rien ne l'arrêterait. Il avait besoin de retourner au front, de traquer l'ennemi. Il se moquait d'être la cible principale du tueur. Je ravalai ma peur.

– Promettez-moi de rester en vie, murmurai-je.

Mes paroles adoucirent un peu sa raideur, qu'il y ait trouvé du soulagement ou je ne sais quoi d'autre. Il m'embrassa sur le front pendant qu'on amenait les gardes blessés.

– Je reviendrai pour vous, je vous le promets, souffla-t-il avant de sortir.

– Installez-les là-haut! ordonna Ethan à ceux qui aidaient les blessés.

– Génial, marmonna Lucas en fixant le sol d'un air buté. Voilà que mon baby-sitter est Captain America! Hip hip hip hour...

Pivotant sur ses talons, Ethan envoya son poing dans la figure de Lucas, qui s'écroula par terre.

– Ça me démangeait depuis des années, grommela-t-il.

– Vous étiez vraiment obligé ? dis-je en m'approchant de l'aîné des Hamilton. Il n'était pas une menace...

Soudain, une main me saisit par la nuque et un mouchoir fut plaqué sur ma bouche. Surprise, je me débattis et essayai de hurler. Au lieu de quoi une odeur sucrée écœurante envahit mes narines. Presque aussitôt, la pièce se mit à tanguer, j'entendis Ethan chuchoter un « Désolé », et mes jambes se dérobèrent sous moi.

J'eus le temps de me dire que ce mot avait été trop souvent prononcé aujourd'hui, puis je perdis connaissance.

Mon rêve était étrange. J'étais incapable de déterminer si je volais ou si je tombais. Des nuages défilaient à vive allure devant moi, je me trouvais aussi haute dans le ciel que si j'avais été à bord d'un avion. Je tenais quelque chose entre les bras – peut-être était-ce à l'origine de ma chute –, mais je n'avais pas peur. Le sol se rapprochait, et pourtant j'étais bien. Sans savoir pourquoi.

La présence d'une personne bien réelle fouillant dans mes poches me tira de mon songe. Une nausée me secoua, sans doute des restes de mon rêve, puis je me rendis compte que je bougeais, allongée sur le côté. Mes mains étaient liées à mes genoux, mes pieds également entravés, et je me trouvais en équilibre instable sur la banquette arrière d'une voiture que je ne connaissais pas. Quand je tentai de m'asseoir, je m'aperçus que j'étais attachée aux ceintures de sécurité.

L'homme assis au volant tapotait sur un portable. Comme il ne semblait pas s'être aperçu que j'avais repris conscience, j'en profitai pour observer autour de moi, malgré ma somnolence. Tout était tendu d'un cuir noir luxueux, avec une odeur de neuf. La banquette était étroite, laissant peu de place pour les jambes, et j'étais obligée de me recroqueviller pour tenir dessus. J'en déduisis qu'il s'agissait d'une voiture de sport. Le vrombissement d'un moteur puissant confirma mes soupçons. Je me tournai pour regarder le ciel couvert à travers la vitre. Le cuir du siège crissa et le chauffeur me regarda. Mon cœur fit un bond lorsque j'identifiai ce visage familier.

– Ethan?

Il se remit à fixer la route. Quand il jeta le téléphone sur le siège d'à côté, je me rendis compte qu'il s'agissait du mien, celui que Jeremiah m'avait offert à Paris.

– La fille est réveillée?

Au son de cette voix, j'ouvris grand les yeux. Il n'y avait pourtant que nous deux dans la voiture. Ethan ne sembla pas étonné, mais il serra les mâchoires.

– Les effets du sédatif n'ont pas duré, répondit-il avec colère, comme s'il lui en coûtait de parler.

Soudain, mon mobile sonna, et Ethan sursauta.

– Qu'est-ce que c'est? demanda la voix qui venait de nulle part, avec un léger agacement.

– Le portable de la fille.

Ethan le prit et regarda l'écran.

– Jeremiah, ajouta-t-il platement.

Mon cœur bondit. La gorge serrée, je me mordis les lèvres pour ne pas crier.

– Répondez et mettez le haut-parleur, ordonna la voix désincarnée.

Ethan obéit. Sans lui laisser le temps d'ouvrir la bouche, j'appelai Jeremiah.

– Lucy! Où êtes-vous?

Le froid qui me saisissait depuis que j'étais sortie de mon brouillard s'estompa un peu. Il s'exprimait avec force et assurance, or j'avais un besoin fou d'être rassurée.

– Sur la banquette arrière d'une voiture, m'exclamai-je, pas très fière de mon ton suppliant, mais désireuse de lui en apprendre le plus possible. Une voiture de sport à l'intérieur tout en cuir noir. Je ne vois qu'un ciel nuageux. Ethan est avec moi.

Je m'arrêtai, indécise sur la façon d'annoncer mon enlèvement. Je croisai le regard du responsable de la sécurité, qui soupira lourdement.

– Désolé Jeremiah.

– Ethan? gronda mon patron.

Je ne savais pas si son ton trahissait de la surprise, de la rage, un sentiment de trahison ou de la déception.

– Il tient Celeste, enchaîna mon chauffeur.

L'inquiétude d'Ethan était palpable, sa bouche s'était crispée.

– Depuis quand? demanda Jeremiah après avoir juré.

– Je ne sais pas. Il m'a contacté pendant que vous vous disputiez avec votre famille. Vous savez que je suis prêt à tout pour elle.

– Alors, vous avez pensé à ça, hein? rugit Jeremiah, et cette fois sa fureur était parfaitement audible. Vous avez laissé trois hommes mourir parce que...

– Non, se défendit Ethan avec véhémence. Ce n'était pas moi, ça. Je ne savais rien avant ce coup de téléphone, et l'électricité a été coupée avant. Je vous jure sur ce qu'il me reste d'honneur que je ne suis pour rien dans l'attaque.

– Et vous vous voulez que je vous fasse confiance alors que vous avez enlevé ma... Où allez-vous?

– Procéder à l'échange.

– Ethan !

– Vous feriez la même chose pour elle, inutile de nier. (Ethan me jeta un coup d'œil dans le rétroviseur et eut un rire sec.) Tout ça me rappelle le Kosovo.

Un silence accueillit ces mots, puis Jeremiah répéta :

– Non, Ethan.

– Quand ce sera fini, n'en veuillez pas à Celeste. C'est moi qui ai pris cette décision. Je raccroche. Au revoir, Jeremiah.

– Attendez, Ethan…

Mais ce dernier avait ramassé le téléphone et coupé la communication.

– Jetez l'appareil par la fenêtre.

La voix doucereuse me fit sursauter. Ethan s'exécuta. Inspectant autour de moi, j'aperçus des haut-parleurs près de ma tête. C'était par là que nous parvenaient les ordres de celui qui semblait être derrière tout ça. Même si j'étais soulagée qu'il ne soit pas avec nous, j'eus l'intuition que je n'allais pas tarder à le rencontrer.

– Qu'est-il arrivé au Kosovo ? demanda-t-il sur le ton de la conversation.

– Nous avons été trahis par un informateur, répondit Ethan d'une voix neutre. Nous avons découvert plus tard que notre cible avait kidnappé la femme et les enfants de l'homme qui nous a lâchés pour sauver les siens.

– Ont-ils survécu ?

– Non.

– Dommage. Quoi que... le crime de cet homme méritait d'être puni. La trahison est le pire des péchés, vous ne trouvez pas?

Ethan serra les mains sur le volant mais se garda de répondre à la provocation.

– Qu'allez-vous faire de la fille? lança-t-il au bout d'un moment.

– La tuer, puis tuer votre ami quand il viendra à son secours.

Je gémis et fermai les yeux pour retenir mes larmes. Quand je les rouvris, je constatai que le garde du corps me dévisageait dans le rétroviseur.

– Et si je ne vous l'amène pas?

– Je liquiderai votre précieuse épouse. Mais pas tout de suite. C'est une ravissante petite chose pour qui aime les rousses...

Les doigts d'Ethan se crispèrent sur le volant.

– Espèce de...

À l'autre bout du téléphone, des bruits résonnèrent, puis une femme poussa un hurlement de douleur. Celeste! La voiture fit une embardée.

– Assez! rugit Ethan.

Les cris cessèrent, mais on entendait en arrière-fond des sanglots tout aussi bouleversants.

– Si vous tenez à ce que j'arrête d'abîmer votre femme, ne m'insultez plus, reprit la voix, qui avait perdu toute teinte d'ironie. Compris?

– Compris, gronda Ethan, impuissant.

Affolée, je haletais.

– Ethan, pitié! chuchotai-je.

L'idée de ce qui m'attendait me tétanisait, je peinais à parler. Je n'avais aucune envie de mourir.

– Débrouillez-vous pour qu'elle se taise ! lança le tueur.

Je m'agitai sur la banquette. Ethan attrapa un chiffon sur le siège passager et le plaqua sur mon nez et ma bouche. J'eus beau retenir ma respiration et me débattre, il ne broncha pas. Des points rouges commencèrent à danser devant mes yeux – j'avais du mal à respirer. Un sanglot m'échappa. De nouveau cette odeur douceâtre... La seconde suivante, je perdais une nouvelle fois connaissance.

Cette fois-ci, je ne rêvai pas.

21

J'ignore combien de temps je restai inconsciente. Les mouvements de la voiture me tirèrent du sommeil dans lequel la drogue inhalée m'avait replongée. Mais je ne me réveillai vraiment que lorsque le véhicule s'arrêta. J'entendis le bruit d'une portière qu'on ouvrait, puis celui d'un siège qu'on baissait. Quelqu'un attrapa mes jambes. D'instinct, j'essayai de lutter – sans beaucoup de vigueur ni d'efficacité. Une fois extirpée de la voiture, je me retrouvai en équilibre sur une épaule solide. L'océan était proche, l'air chargé d'humidité. Je frissonnai très vite sous mes vêtements légers.

– Vous allez pouvoir tenir debout? grommela Ethan.

Malgré ma nausée, je réussis à murmurer un oui. Le monde chavira quand mon ravisseur me posa doucement sur mes pieds, à côté de la voiture. Je titubai et dus me retenir à la carrosserie. Je me forçai à scruter les alentours. Des mouettes volaient en poussant des cris plaintifs. Le ressac s'abattait sur la berge, mais il était impossible de distinguer la rive opposée à cause du brouillard qui flottait. Des bâtiments industriels s'alignaient le long de la route côtière, étroite et cotonneuse. La brume s'étirait au-dessus de l'asphalte défoncé; cela ne m'empêcha pas de repérer un autre véhicule, le capot tourné vers nous, à quelques mètres de là. Menaçant.

– Est-ce...

Je repérai un mouvement et vis qu'Ethan avait une arme au poing. Je retins mon souffle. Croisant mon regard, il m'adressa un geste imperceptible du menton. Il garda son pistolet pointé vers le sol, le dissimulant derrière moi.

– Où est ma femme? lança-t-il en direction de notre voiture.

La portière de l'autre véhicule s'ouvrit, confirmant mes pires craintes. Une mince silhouette en sortit d'un pas mal assuré.

– Ethan? appela Celeste d'une toute petite voix.

– Je suis là, répondit-il.

Je sentis que sa tension lâcha quand Celeste tourna la tête vers nous. Lorsqu'elle approcha en vacillant, je vis qu'elle était menottée et aveuglée par un bandeau.

– Attendez qu'elle vous ait rejoints, dit alors le tueur de sa voix onctueuse à travers les haut-parleurs.

Je serrai les poings et me mordis la lèvre. Un cliquetis résonna, sans doute Ethan qui armait le chien de son pistolet. Malgré ma peur, j'étais décidée à ne pas craquer.

– Le moment est sûrement bien choisi pour vous prévenir que votre femme porte une bombe, reprit l'assassin.

Ethan respira profondément et resserra sa prise autour de mon bras. L'homme reprit la parole, plus réjoui que jamais.

– Sachez, si vous envisagez de jouer les héros, que la première victime sera votre chère et tendre épouse. Alors merci de ranger l'arme que vous cachez derrière Mlle Delacourt. Avant que le doigt me... démange.

Ethan leva aussitôt les mains, dévoilant son pistolet qu'il jeta ensuite à l'intérieur de sa voiture.

– Tu y es presque, chérie, dit-il pour encourager sa femme.

Celeste venait vers nous en se guidant à la voix de son mari. Elle manqua de tomber deux fois, d'autant que ses mains liées dans le dos ne l'aidaient pas à garder l'équilibre. C'était une scène terrible.

– À votre avis, en combien de temps pensez-vous réussir à mettre votre femme hors de portée? demanda la voix au ton arrogant. Une petite devinette... La bombe est-elle déclenchée par un signal radio ou un portable? Vous n'avez droit qu'à une seule réponse. Et n'essayez pas de vous servir de votre voiture, qui sait si cela ne déclencherait pas l'explosion...

Un rire lugubre retentit.

– À quelle distance serez-vous en sécurité? reprit la voix. À moins que je décide de jouer au traître que vous m'avez accusé d'être.

Ethan gronda, mais continua à guider sa femme vers nous d'un ton posé et ferme. Elle-même répondait à ses appels par de petites phrases apeurées. Elle finit par être assez proche pour qu'Ethan passe devant moi et l'enlace. Une marque rouge était visible sur sa pommette, une brûlure de cigarette apparaissait sur son épaule. Pour le reste, elle semblait ne rien avoir. Elle éclata en sanglots quand son mari la serra avec force et l'embrassa sur le front. Il lui ôta son bandeau et la souleva dans ses bras.

Soudain, Celeste m'aperçut.

– Que fait Lucy ici? s'exclama-t-elle d'une voix qui n'avait plus rien de faible.

Ses yeux se posèrent sur mes menottes, elle fixa Ethan d'un regard surpris et inquisiteur.

– Mon doigt me démange, lança l'assassin avec impatience.

L'horreur se peignit sur le visage de Celeste.

– Non! cria-t-elle. Tu ne peux pas la laisser là!

Ethan ne répondit pas et l'entraîna à l'écart. Elle protesta vigoureusement, mais, frêle et menottée comme elle l'était, elle ne faisait pas le poids. Je les observai qui s'éloignaient aussi vite que la claudication d'Ethan le lui permettait. Une sorte d'engourdissement m'envahit. Désormais, j'étais seule au monde et sur le point de mourir. Comment en étais-je arrivée là?

La portière de la seconde voiture s'ouvrit et un homme sortit. Ses vêtements étaient décontractés, seul un léger blouson de cuir le protégeait du froid mordant. Son pantalon claqua dans le vent quand il s'approcha de moi. Malgré le temps couvert, il portait des lunettes de soleil à monture légère. Bizarrement, je notai qu'il était plutôt beau, mais sans rien de vraiment remarquable, le genre de visage agréable auquel on ne prête pas vraiment attention. Je fus toutefois certaine que je ne l'oublierais pas – si je m'en sortais, bien entendu.

Adossée à la voiture d'Ethan, je le laissai venir sans tenter de fuir. J'avais les jambes coupées, prête à m'évanouir sous l'effet de la peur, mais je m'obligeai à le regarder en face, essayant de faire preuve du même sang-froid dont Jeremiah était capable. Pas facile, surtout quand l'homme fut assez près pour me toucher. Il m'examina en silence; je soutins son regard, le cœur battant.

– Il est rare que je rencontre mes cibles en face-à-face, finit-il par lâcher en haussant un sourcil. Bien sûr, il est également rare qu'elles soient en vie pour raconter l'expérience. À dire vrai, l'idée d'assister de si près à vos derniers instants ne me déplaît pas.

Il partit d'un rire creux et morne.

– Il va de soi que vous n'étiez pas ma cible avant de survivre à mon poison. Petite maline.

Un frisson me secoua. Derrière ses lunettes, ses yeux étaient deux flaques noires et mortes. Je serrai les lèvres pour ne pas laisser passer le moindre son. J'avais beau être bien décidée à ne pas supplier, l'idée de ma mort imminente me donnait des vertiges.

– Bon, reprit le tueur en consultant sa montre, ce n'est pas que je m'ennuie avec vous, mais nous avons moins de dix minutes avant que tout le monde débarque. Moins de six même, s'ils ont réussi à équiper l'un de vous deux d'un mouchard que je n'aurais pas repéré. Ces usines forment un labyrinthe difficile d'accès, même avec une carte.

Il saisit dans son dos un revolver noir dont il caressa le barillet sans me quitter des yeux. Voyant que je l'observai, il haussa les épaules.

– Que vous et votre employeur ayez échappé à ma tentative d'empoisonnement a été un coup dur pour moi. J'apprends de mes erreurs. Je ne compte pas réutiliser cette méthode.

J'essayais désespérément de contrôler ma respiration. Une dizaine de scénarios susceptibles de me tirer de cette situation défilaient dans ma tête : l'affronter au corps à corps, courir, plonger dans la mer... Sauf que, à chaque fois, je perdais. La sérénité qu'il affichait révélait tout ce que j'avais besoin de savoir : il était bien plus doué pour traquer ses proies que je ne l'étais pour lui échapper, surtout en terrain découvert. La torpeur m'envahit quand il arma son revolver. C'était donc terminé? Je finirais donc comme un simple appât, destiné à attirer Jeremiah dans un piège mortel?

L'homme vissa un silencieux à l'extrémité du canon de son arme. Inclinant la tête, il me regarda.

– Vous ne manquez pas de cran, commenta-t-il. La plupart des gens seraient en train de me supplier de les épargner.

Je m'y serais résolue si j'avais cru que ça pouvait être efficace. Le vent forcit, les vagues s'abattaient sur la jetée en bois. Je ne tremblais plus, maintenant que j'étais sur le point de mourir.

– Si je préfère pour ma part le face-à-face, mes cibles ont généralement tendance à se sauver, ce qui m'oblige à leur tirer dans le dos. C'est agaçant. Ça me prive de mon honneur et de mon plaisir.

L'homme leva le revolver devant mon visage.

– Ne vous inquiétez pas, ma chère, vous reverrez votre milliardaire chéri très bientôt...

Au même moment, quelque chose siffla à mon oreille et l'assassin tourna sur lui-même avant de s'effondrer par terre. Hébétée, je le regardai se tordre à mes pieds. Il poussait des grognements de douleur et se tenait l'épaule. Je repris mes esprits et m'apprêtais à courir quand une main saisit ma cheville, m'expédiant à mon tour sur le sol. Je m'écorchai les genoux – pour la première fois depuis mon enfance –, mais je parvins à amortir ma chute avec mes mains – merci, Ethan, de les avoir liées devant et non dans mon dos. On m'agrippa les cheveux avec une violence qui m'arracha un cri, et je fus tirée en arrière, me retrouvant couchée sur le tueur.

– L'enfoiré! marmonna-t-il.

Il brandit alors une petite télécommande avec des boutons rouge et bleu, qui ressemblait à celles qu'on utilise pour les voitures. Horrifiée, je me rendis compte qu'il allait déclencher la bombe que portait à Celeste.

– Non!

Je tentai de lui arracher l'appareil. Apparemment, les choses ne se passaient pas comme prévues. Soit Ethan avait trahi le tueur, soit la cavalerie était arrivée plus tôt que prévu. Aucune importance pour le moment, l'essentiel était que je l'empêche d'appuyer sur le détonateur. L'air paniqué de Celeste et ses suppliques pour qu'Ethan ne m'abandonne pas me revinrent à l'esprit... Non, je ne pouvais pas la laisser mourir d'une façon aussi atroce. Pas sans me battre en tout cas.

L'homme ne s'était pas attendu à ce que je résiste, et je réussis presque à lui prendre l'appareil avant qu'il commence à se débattre. Il n'avait plus qu'un bras, l'autre était blessé au niveau de son épaule ensanglantée. De mon côté, j'étais toujours menottée. Bref, nous étions presque à égalité. J'avais compris qu'il m'utilisait comme bouclier contre celui qui lui avait tiré dessus. Il serra l'une de ses jambes autour de ma taille et essaya de se défaire de ma prise sur la télécommande. Je réussis à lui résister et j'allais la jeter à l'eau quand il me donna un coup de coude au visage. La douleur explosa à travers mon crâne. Sonnée, j'eus un temps d'hésitation et il en profita pour tenter à nouveau de me reprendre l'appareil. Les oreilles bourdonnantes, je me débattis, mais un second coup de coude, cette fois-ci dans la poitrine, me fit suffoquer. Affaiblie, je ne pus tenir plus longtemps. Une grimace triomphale et furieuse déforma son visage et il pressa sur le bouton rouge.

Rien.

Il cligna des yeux et examina la télécommande. Il appuya encore une fois, sans résultat.

– Merde! lâcha-t-il, soudain abattu.

Je fracassai alors ma tête sur son nez et sa bouche. L'impact me secoua, mais sa prise se relâcha et je pus rouler sur le côté. Tournant la tête, il croisa mon regard, leva son arme et la pointa vers moi.

Au même moment, l'arrière de son crâne explosa, et il retomba sur l'asphalte.

Tremblant de tous mes membres, hors d'haleine, j'étais incapable de détacher mes yeux du spectacle. La panique menaçait de me paralyser, des sanglots étouffés commençaient à me submerger. Je me relevai, la poitrine encore douloureuse. Mais je ne pleurais pas, toujours en proie à cette sorte d'hébétude qui m'avait envahie depuis le début. Je ne pouvais que fixer le tueur, les débris humains autour de moi, en me disant que j'allais vomir.

Je ne sais pas combien de temps je restai ainsi. J'entendis le crissement de pneus sur le goudron. Tétanisée, j'aperçus une berline et un SUV noirs qui approchaient. Des hommes en descendirent et se groupèrent autour des corps. Ils portaient ces uniformes sombres que je connaissais maintenant depuis une semaine. Personne ne vint vers moi. Un homme ramassa avec précaution la télécommande qui avait échappé au tueur quand il avait été abattu. J'avais envie de les avertir, de leur dire d'être prudents, mais je n'arrivais pas à détourner mes yeux de l'homme à terre au visage figé dans une expression de surprise.

Le vrombissement des pales d'un hélicoptère se fit entendre ; cette fois-ci, je réussis à lever les yeux. Un homme de haute taille était perché sur l'un des patins de l'appareil. Il sauta et courut vers moi. Le long fusil qu'il portait en bandoulière rebondissait à chacun de ses pas. Il s'agenouilla près de moi et me pris dans ses bras.

Mon corps tressauta et le torrent de mes émotions jusqu'alors prisonnières se déversa. Jeremiah m'enlaça avec tendresse; je m'agrippai à lui de toutes mes forces et il m'aida à monter dans le SUV.

Le trajet se fit dans le silence, et j'en fus reconnaissante à Jeremiah. Il me serrait contre lui et caressait mon dos et mes bras avec une douceur apaisante. Rien d'ambiguë, rien d'exigeant non plus; juste, peut-être, un peu de possessivité protectrice, qui me convenait très bien après l'épreuve que je venais de traverser. Je n'avais toujours pas la force de crier ni de pleurer. Je ne voulais qu'une chose : me rouler en boule dans une chambre obscure, loin du monde, pour tenter d'oublier les heures que je venais de vivre.

Des scènes terribles envahissaient mon esprit : le garde mourant devant moi dans la cuisine, les derniers instants d'Anya, les plaintes de Celeste qu'Ethan entraînait malgré elle vers une sécurité qu'il m'avait refusée, le crâne du tueur éclatant dans une explosion de matières sanguinolentes... Quand je découvris sur ma manche une tache de ce que je pris pour du sang, je devins folle et voulus arracher le tissu. Seule la voix grave de Jeremiah et ses mains fermes me retinrent de sombrer dans l'hystérie.

Tout espoir de solitude s'envola quand je découvris la file de véhicules stationnés devant la maison et le nombre de silhouettes en uniformes qui montaient la garde, près du portail. Je résistai quand on ouvrit la portière, ne voulant pas me retrouver de nouveau au milieu d'un tel tumulte. Je m'accrochai au cou de Jeremiah. Il me porta dehors, ses lèvres effleurèrent mon oreille et son haleine tiède caressa ma peau quand il me demanda :

– Pouvez-vous marcher seule?

Je fus tentée de répondre non pour profiter aussi longtemps que possible de son étreinte réconfortante. Pourtant, j'acquiesçai, un vestige de mon esprit d'indépendance me dictant de me contrôler. Jeremiah ne me lâcha qu'une fois dans le hall d'entrée. Je vacillai un instant et me tins à lui, ce qui ne parut pas le gêner.

– Qui sont tous ces gens? demandai-je enfin en me raclant la gorge.

Ma propre voix sonna rauque à mes oreilles. Sûrement à cause de mes cris, un peu plus tôt.

– Des policiers. Venus embarquer mon frère.

Jeremiah pinçait la bouche, et je ne sus s'il approuvait ou non que Lucas soit arrêté. Pour ma part, cela me désola. Debout dans le hall, ce dernier fixait la housse renfermant le corps d'Anya; deux employés du médecin légiste la soulevèrent et l'emportèrent. Lucas avait l'air épuisé. Il les suivit des yeux, puis me regarda, et une lueur de soulagement éclaira son visage.

– Heureux de voir que vous êtes en vie, ma chère, me dit-il avec un petit signe du menton. Cette débâcle a déjà fait trop de victimes.

– Merci pour votre aide. soupirai-je. Je suis désolée que ça se termine comme ça pour vous.

– Je savais le risque que je prenais en venant ici, répondit-il avec un haussement d'épaule et un demi-sourire. Mais j'apprécie vos paroles. C'est… gentil.

Je fronçai les sourcils. Ces mots étaient-ils une insulte ou un compliment? Mon air sceptique parut l'amuser.

– Au revoir, belle dame, me lança-t-il tandis que deux policiers en civil l'entraînaient. J'espère recroiser votre chemin très bientôt.

Jeremiah s'interposa.

– Frère...

Lucas secoua la tête.

– Tais-toi. Inutile de t'excuser ou de me condamner. Je préfère ne rien entendre. Maintenant que la vérité a été exprimée, que chacun de nous vive en assumant la responsabilité de ses actes.

Les deux hommes se dévisagèrent un instant ; dans la lumière finissante du jour, leurs profils étaient d'une ressemblance frappante. Jeremiah finit par s'écarter et Lucas fut emmené, sans un mot de plus, dans une voiture qui attendait dehors. Déçue, je regardai le véhicule s'éloigner.

– Où est ma mère ? demanda Jeremiah à l'un de ses gardes.

– Elle a été rapidement interrogée par la police, qui l'a ensuite libérée, monsieur. Elle est partie.

Le PDG soupira. Je plissai le nez. J'avais espéré mieux de cette femme odieuse ; il faut croire que les vieilles habitudes ont la vie dure. Je posai une main réconfortante sur le bras de Jeremiah, puis sursautai en découvrant une silhouette familière qui venait à notre rencontre.

Si Ethan montrait une mine prudente, il n'était pas menotté. À ma grande surprise. En revanche, aucune trace de Celeste. J'aurais aimé savoir si elle allait bien, mais je m'obligeai au silence.

– Content de voir que vous allez bien, dit Ethan.

Méfiante, je me collai à Jeremiah. Même si je ne connaissais pas ses raisons de m'avoir enlevée, que je comprenais qu'il avait été pris entre le marteau et l'enclume, je n'étais pas en état de pardonner Ethan. Le revoir ravivait le souvenir du bandeau collé contre ma bouche, du goût douceâtre dans ma gorge, de la terreur ressentie quand il m'avait abandonnée à mon sort.

— Merci, lança Jeremiah à côté de moi.

Il me serra contre lui et ne se détendit pas.

— Sans vous, ça aurait pu mal tourner, ajouta-t-il.

— Oui, acquiesça le responsable de la sécurité. J'ai trouvé un gros congélateur dans l'un des bâtiments. Il a bloqué le signal assez longtemps pour que je puisse désarmer Celeste. J'ai appris que je vous devais d'avoir eu plus de temps, ajouta-t-il à mon intention. Merci.

Perdue, je me tournai vers Jeremiah. Ethan nous avait aidés ? Comment ?

— Le Kosovo, m'expliqua mon patron, devinant ma question et ne quittant pas des yeux son ancien camarade de combat. Notre informateur d'alors nous avait attirés dans un piège et ses faux renseignements avaient provoqué la mort de plusieurs hommes. Mais il avait tout de même entré les coordonnées de notre mission sur son portable pour que nous puissions la remplir. Je suis heureux que, cette fois-ci, nous nous en soyons mieux tirés.

Ethan haussa les épaules d'un air dégagé, mais sans joie.

— Celeste est furieuse après moi, lâcha-t-il. Vous avoir laissée entre les mains de ce tueur risque de me coûter mon mariage, ajouta-t-il en me regardant.

Une partie de moi l'aurait volontiers réconforté – j'avais été témoin de l'amour qu'il éprouvait pour son épouse –, mais je ne fus pas capable de prononcer un mot. L'épreuve était trop récente, trop de sensations et de souvenirs négatifs se mêlaient pour que je reste à l'aise en présence de cet homme. D'ailleurs, il s'en rendit compte, et je lus des regrets dans son regard.

– Désolé de ne pas avoir su faire autrement, dit-il.

Au même moment, Jeremiah avança et frappa de son poing la mâchoire d'Ethan, qui craqua violemment. Le responsable de la sécurité vacilla avant de tomber à la renverse.

– Vous êtes viré, lui lança Jeremiah.

Je faillis protester.

– Je m'attendais à pire, finit par acquiescer Ethan.

Jeremiah l'aida à se relever.

– Si vous avez encore droit à mon respect, lui dit-il, vous avez perdu ma confiance. Rassemblez vos affaires et quittez la propriété. Nous réglerons les formalités plus tard.

Ethan opina avant de s'adresser à moi :

– Même si ça valait le coup, je vous prie d'excuser mes actes.

– Votre femme avait été kidnappée ! protestai-je, étonnée moi-même. Vous avez suivi votre instinct tout en réussissant à prévenir les autres pour qu'ils me sauvent.

J'eus du mal à poursuivre. Étais-je vraiment en train de lui pardonner ?

– J'espère que ça s'arrangera entre vous et Celeste, conclus-je assez platement.

Je ne pus aller jusqu'à l'absoudre. Sa présence me rendait nerveuse. Je me rapprochai de Jeremiah. Une vague de tristesse passa dans le regard d'Ethan.

– Prenez soin de lui, lâcha-t-il avant de s'en aller.

J'observai Jeremiah qui fixait la porte par laquelle son vieil ami venait de sortir. Il se tourna vers moi. Une fois encore, je fus frappée par sa beauté. Je levai une main pour caresser sa joue ; il la prit et y déposa un doux baiser qui déclencha des frissons dans tout mon corps. Sans réfléchir, je nouai mes bras autour de son torse et enfouis mon visage dans sa poitrine pour étouffer les sanglots qui menaçaient de me submerger. Désormais, j'étais en sécurité.

Je compris alors que j'étais folle amoureuse de cet homme. Sans l'ombre d'un doute. Cette évidence me secoua au point de me donner le vertige. Oui, j'étais éprise de cet homme dur et pourtant tendre, que j'avais rencontré il y avait si peu de temps. Même la partie raisonnable de mon cerveau, celle qui s'était révoltée devant une telle éventualité, acquiesça en silence.

Jeremiah passa un bras autour de mes épaules et embrassa mes cheveux. Au même moment, des bruits de pas se firent entendre. C'était le jeune garde de tout à l'heure, manifestement mal à l'aise.

– Monsieur?

– Oui, Andrew? répondit Jeremiah sans relâcher son étreinte.

L'homme déglutit.

– Les policiers sont à la grille, finit-il par annoncer en se mettant au garde-à-vous, comme s'il puisait plus d'assurance dans cette position. Ils viennent chercher votre frère.

Je sursautai. Jeremiah pâlit, puis jura.

En baissant la tête, je cachai un sourire. Lucas avait réussi à tromper son monde!

22

Les liens de cuir froid autour de mes poignets étaient serrés. Souples, ils n'irritaient pas ma peau, mais j'avais dû les endurer toute la nuit et pendant la plus grande partie de la matinée. Malgré ma position inconfortable, j'étais trop happée par d'autres sensations pour y prêter attention. La lumière filtrait légèrement à travers les lourdes tentures, mais la pièce restait assez sombre et isolée, l'idéal pour abriter ce à quoi nous étions occupés.

Les lèvres de Jeremiah descendirent le long de mon dos, ses dents mordirent doucement ma peau lorsqu'il remonta. Il glissa un genou entre mes jambes et, le souffle court, je sentis son membre long et dur appuyer contre ma cuisse. Sa main caressa mes cheveux, tandis qu'il couvrait de baisers mon oreille et mon cou, sans cesser de me mordiller. Je soulevai les hanches dans une supplique muette. Répondant à mon désir, il me pénétra avec aisance.

Fermant les yeux, je poussai un soupir ravi. Nous avions fait l'amour de façon fébrile et passionnée. À présent, quelques heures plus tard, notre avidité mutuelle s'était estompée et l'assouvissement de notre plaisir en était facilité. Jeremiah avait exigé que je reste attachée à la tête de lit, un de ses fantasmes les plus forts, et jamais je ne m'y serais opposée. Son autorité, la domination qu'il exerçait sur moi m'aidaient à chasser mes mauvais souvenirs. Entre ses bras, je ne risquais rien, et cette idée renforçait ma jouissance de ces moments passés ensemble.

Sans cesser d'aller et venir en moi, il tâtonna et, soudain, le vibromasseur qu'il avait mis en place se remit en marche. J'étouffai un cri, tandis que mon amant me hissait sur les genoux. Il s'enfonça plus fort, griffant mon dos de ses ongles. J'agrippai la tête de lit.

– Si belle, murmura-t-il en caressant mes fesses. Tout en vous m'excite.

Je me mordis les lèvres, enchantée de ce compliment, et tendis mon cul. Sa verge me transperça et je retins un gémissement. Les mains accrochées à mon bassin en guise d'ancrage, il multiplia ses coups de reins, retrouvant soudain de l'énergie. Agrippée au bois du lit, je me laissai aller à geindre librement. À chaque mouvement de Jeremiah, le petit engin placé de façon à ne pas gêner la pénétration provoquait des vagues de sensations dans mon corps, me rapprochant toujours plus près de l'orgasme. D'autres jouets se trouvaient sur la table de nuit – des fouets, des plumes, des godemichets et d'autres dont j'ignorais le nom –, mais mon amant se contentait des menottes et du vibromasseur, qui suffisaient amplement. J'étais épuisée et courbatue, et pourtant aussi insatiable que cet homme en moi.

Ses mouvements se firent plus saccadés, signe qu'il était sur le point de jouir. Mon corps fatigué se raidit, prêt lui aussi à atteindre un nouvel orgasme. L'haleine tiède de Jeremiah effleura mon cou, sa barbe rêche griffa mon épaule. D'une main, il pressa le vibromasseur au cœur du centre de mon plaisir et je jouis avec un cri étranglé. Me relâchant, je m'allongeai sur mes bras, la peau cuisante des sensations extrêmes auxquelles j'avais eu droit toute la nuit.

Jeremiah s'effondra sur moi et j'accueillis avec bonheur son poids, qui m'enfonça dans le matelas. J'adorais ce contact lourd. Au bout d'un moment, il se retira et détacha mes menottes. Je pivotai sous lui jusqu'à me glisser sur le dos pour admirer son torse musclé. Malgré mes poignets un peu douloureux, j'effleurai ses abdominaux et ses bras.

Il me buvait des yeux, son regard était une caresse aussi douce que la soie. J'y lus une passion et un besoin cachés, et j'en fus bouleversée. Le tirant par les épaules, je le forçai à s'allonger sur moi et l'enlaçai. La chaleur qui émanait de son corps ferme m'était si douce et agréable. Je fermai les yeux. Bien que je n'en aie pas envie, je repensai aux événements de ces deux derniers jours.

Bien des choses s'étaient produites. La plus inquiétante était l'enquête dont Jeremiah était l'objet. Les policiers en civil venus arrêter Lucas n'avaient pas été très contents de découvrir qu'il s'était échappé – pas plus que d'apprendre que j'avais été enlevée. À demi-mot, Jeremiah avait été accusé d'avoir laissé son frère s'enfuir, mais ce n'était rien comparé à la tempête déclenchée par la présence des cadavres. D'une manière assez ironique, le survol de zones publiques par l'hélicoptère privé de Jeremiah constituait la pire des problèmes, que ses avocats essayaient de régler. Heureusement, nous avions été reconnus innocents de la mort des gardes et du tueur. Du moins pour l'instant. Mais la violation de l'espace aérien suffisait pour envoyer Jeremiah en prison.

Hamilton Industries avait également souffert de l'annonce de la démission de Celeste à la suite de son kidnapping. Jeremiah ne m'en parlait pas et, de mon côté, je n'insistais pas. Cependant, j'avais assez entendu de conversations téléphoniques pour savoir que Celeste n'avait pas apprécié de ne pas avoir été mise au courant de ce qui se passait, ce qui l'avait exposée au danger. L'avenir de son mariage avec Ethan restait un mystère, même si j'espérais qu'elle lui pardonnerait un jour. Avec le temps, j'avais pris du recul : Ethan n'avait pas eu d'autre choix que de sauver celle qu'il aimait par-dessus tout. Je n'osais imaginer ce que j'aurais fait à sa place.

Par un étrange tour du destin, je me retrouvais à remplir pour Jeremiah les fonctions d'une véritable assistante personnelle, prenant ses appels, aidant à établir son planning quotidien… J'étais surprise de voir à quel point j'aimais ce travail parfois effréné. C'est vrai, Jeremiah m'avait jetée dans le grand bain sans plus de formalités, mais ça me distrayait, ce dont il se doutait. Dès que je ralentissais, dès que j'avais un moment libre pour penser à autre chose qu'à mon travail, mon esprit se trouvait envahi par des images perturbantes – la blessure béante de l'assassin, le corps d'Anya dans le sac, le silencieux au bout du canon du tueur… Je n'avais pleuré qu'une fois. Heureusement, chaque jour qui passait rendait mes souvenirs moins difficiles à supporter.

Une main glissa sur ma nuque et releva ma tête. Jeremiah me fixait, cherchant mon regard. Il promena son index sur mon front, autour de mes joues, le long de mon menton puis de ma gorge. Ses caresses me tirèrent de mes pensées, et je refermai les yeux, jouissant de l'instant présent.

– Vous réfléchissez trop, murmura-t-il, et sa voix grave résonna dans sa poitrine. En ce moment, je veux juste que vous ressentiez.

Poussant un léger soupir, je rouvris les yeux.

— Sommes-nous en sécurité? demandai-je en embrassant sa main. Avez-vous appris de qui parlait Anya?

Nous avions déjà eu cette discussion. Jeremiah était tout à fait conscient que la menace n'avait pas disparu. L'allusion d'Anya à un homme qu'elle n'avait pas eu le temps de désigner était une épée de Damoclès. Je le percevais, même si j'étais plus inquiète pour Jeremiah que pour moi. Lui, en revanche, paraissait moins décidé à identifier le mystérieux commanditaire qu'à m'attacher à son lit. Je n'avais pas oublié ce que m'avait raconté Ethan, pendant mon séjour à l'hôpital, à propos des nombreuses tentatives d'agression dont son patron avait été victime. Ce dernier avait déjà éliminé l'idée que sa mère était derrière cette machination, même si elle avait disparu sans un mot. Sa nonchalance quant à une éventuelle menace m'angoissait, d'autant que j'ignorais s'il s'agissait d'une forme d'assurance ou bien d'un faux-semblant destiné à calmer mes craintes. J'espérais que la seconde hypothèse était la bonne.

— Nous finirons par éclaircir cette affaire, me répondit-il en m'embrassant sur le front. Je vous rappelle que j'ai promis qu'il ne vous arriverait rien.

Argument éculé. Sa patience m'irritait, je ne la partageais pas. J'avais beau me dire qu'il ne s'était écoulé que deux jours et qu'on ne pouvait s'attendre à des résultats immédiats, je détestais rester inactive, incapable d'aider d'une façon concrète.

Je repoussai l'épaule de Jeremiah, qui roula sur le dos en m'entraînant avec lui. Je me retrouvai à le chevaucher. Je me redressai pour admirer son beau visage. Il me rendit mon regard, son désir apaisé pour l'instant, son expression ouverte comme jamais. Il caressa mes seins, puis mes hanches.

J'étais au paradis. Jamais une femme ne pourrait se rassasier de lui. Je promenai mes doigts sur les courbes de ses muscles, puis me penchai pour appuyer ma poitrine contre son torse. Je baisai doucement ses lèvres, souris à demi et lâchai:

— Je vous aime.

— Non.

Le monde s'arrêta soudain de tourner. L'espace d'une seconde, je crus que je tombai. Mais rien n'avait bougé. En me redressant, je fixai le visage aux traits désormais durcis de Jeremiah. J'essayai de dire quelque chose, en vain: c'était comme si mon cerveau s'était déconnecté. Les mains de Jeremiah se refermèrent autour de ma taille et, comme si je ne pesais rien, il me souleva et me reposa sur le côté, avant de s'asseoir puis de se lever. Hébétée, saisissant à peine ce qui était en train de se passer, je l'observai ramasser ses vêtements.

Je baissai la tête vers le lit en m'efforçant d'apaiser ma respiration. Quelle idiote! Non, mais quelle idiote! Mes poings se serrèrent sur l'oreiller.

— Pourquoi? demandai-je, faute de trouver autre chose à dire.

Ma voix se brisa sur la seconde syllabe, ce qui ne m'empêcha pas de me tourner vers Jeremiah. Ouf, je ne pleurais pas!

Pendant un instant, il garda le silence et se concentra sur les boutons de sa chemise sans daigner me jeter un coup d'œil. Enfin, il me fit face. Son expression était la plus fermée, la plus impassible que je lui avais jamais vue. Ce changement d'humeur brutal sonna le glas de mon cœur. Ma détresse ne lui échappa sans doute pas, car il vint s'asseoir près de moi, sur le lit.

— Je ne pense pas que...

Il s'arrêta, réfléchit et reprit:

– Je préférerais que nous évitions de parler d'amour à propos de notre relation. Pour l'instant, en tout cas.

– Pourquoi? répétai-je, cette fois-ci avec plus de véhémence.

Lentement, je me décomposai de l'intérieur; il m'était de plus en plus difficile de ne pas craquer. Mais il me fallait une réponse. Il m'observa – une sorte d'examen clinique dénué de toute tendresse.

– Soyons raisonnables, dit-il. Vous me connaissez depuis deux semaines à peu près. Est-ce suffisant pour construire un lien amoureux?

Il recourait à la raison, donnant un argument que je m'étais avancé à moi-même. D'ailleurs, j'étais plutôt d'accord avec lui. Même si chacune de ses paroles me fendait le cœur et me blessait à vif.

– Je n'exige pas la réciproque, plaidai-je, quoi qu'il m'en coûte.

– Peut-être pas, admit-il, mais pourquoi gâcher avec de telles platitudes ce que nous partageons?

Il me prit le menton et je tressaillis. Malgré le chagrin qui m'envahissait, je parvins à ne rien montrer. Après tout, avec lui j'avais trouvé un maître en la matière. Je tendis la main, il se leva, un peu trop vite sans doute, et s'éloigna pour attraper son téléphone.

– Maintenant que vous avez été lavée de tout soupçon, ajouta-t-il, vous êtes libre de quitter la propriété quand bon vous semble. La police étant sur place, j'estime que nous ne risquons rien pour le moment. L'un de mes gardes vous conduira où vous le souhaitez et vous servira d'escorte. Je vous demande juste de nous tenir au courant de vos déplacements.

Il traversa la chambre avant de s'arrêter devant la porte et de la fixer. Tétanisée par une douleur sourde, je crus qu'il allait changer d'avis et me parler, peut-être s'expliquer davantage, mais il se contenta de tourner la poignée et sortit. La porte se referma dans un claquement définitif, qui m'aurait mise en pièces si je n'avais pas été aussi engourdie.

Je me levai dans un état second, récupérai mes vêtements éparpillés et me rhabillai. Je me rendis à la salle de bains comme si je venais de me rappeler qu'il fallait me laver, comme si j'essayais de gagner du temps avant d'affronter le monde extérieur. Quand je quittai la pièce, la maison était plongée dans un profond silence. À présent que le danger était plus ou moins écarté, tous ceux qui avaient participé au tumulte avaient disparu, réaffectés à leurs postes habituels. Et, en ces lieux, cette absence soudaine trouva un écho douloureux avec le vide que je ressentais.

Je descendis au rez-de-chaussée sans passer par la cuisine. Manger ne me tentait pas ; rien ne me tentait, du reste. J'approchai de la porte principale et jetai un regard à l'extérieur. L'air était froid, presque mordant. Hivernal. Des flocons de neige parsemaient le sol et mon nez me piqua aussitôt. Ça m'était égal. Une limousine noire patientait devant le perron, les gaz qui s'échappaient du pot d'échappement dessinaient des volutes. Ce n'était pas la voiture personnelle de Jeremiah, qui devait être déjà parti. Il m'avait suggéré de profiter de ma nouvelle liberté. Avait-il réservé cette voiture véhicule pour moi ?

Même après mon enlèvement, je n'avais pas quitté l'endroit. Je n'oubliais pas que quelqu'un souhaitait encore notre mort. Mais, sur le moment, devant cette longue voiture noire, je m'en moquais. Une balle me traversant le cœur n'aurait pas été plus douloureuse que ce que je ressentais. Je m'approchai, ouvris la portière et me glissai dans la voiture. L'intérieur était tiède – un contraste agréable avec la température extérieure. Dans la pénombre, je ne distinguai que la nuque du chauffeur.

– Où va-t-on, Mlle Delacourt ? demanda-t-il.

– Loin d'ici, marmonnai-je, distraite.

Vu la taille du véhicule, je m'apprêtai à réitérer ma demande plus fort quand la limousine avança en direction du portail. Indifférente à ce qui pouvait se passer dehors, plongée dans mes réflexions, je gardai les yeux rivés sur mes mains.

Et si Jeremiah avait raison ? Si mes sentiments pour lui étaient trop précoces pour être considérés avec sérieux ? Il était légitime qu'il ne veuille pas saboter une relation naissante par des déclarations enflammées. L'équation contenait encore trop de variables inconnues. Enfin, c'est ainsi que la partie rationnelle de mon cerveau voyait les choses. Un homme tel que Jeremiah devait mal supporter la précipitation.

La voiture s'arrêta brièvement au niveau des grilles, que les gardes ouvrirent rapidement. Quand ils les refermèrent, je tentai d'ignorer ma souffrance, cet étau qui me serrait la poitrine. En fin de compte, Jeremiah n'avait de problème qu'avec une seule facette de notre relation. Amour... Quel mot stupide, de toute façon. J'avais bien vu la manière dont il me regardait, me touchait, m'enlaçait. Avais-je réellement besoin d'exprimer ma dévotion ? Amour. Ce n'était qu'un mot.

Non ?

Un sanglot lourd de chagrin monta en moi, me prenant au dépourvu. Je plaquai ma main sur ma bouche, décidée à ne pas laisser cours à ma tristesse, mais je ne pus retenir mes larmes. Je savais ce qu'était l'amour, j'avais grandi dans un foyer qui en débordait. N'avais-je pas une meilleure notion que Jeremiah de ce que ce sentiment signifiait ?

– Tout va bien, madame?

– Absolument! répliquai-je d'une voix étranglée.

Avant de me raviser, envahie par l'émotion.

– On m'a juste brisé le cœur aujourd'hui, précisai-je. J'essaie de tenir bon.

– Ah! répondit le chauffeur. Mon frère a toujours été un imbécile.

J'étais en train de chercher un mouchoir dans mon sac quand la phrase résonna. Toute mélancolie oubliée, je relevai brusquement la tête pour river mes yeux sur la nuque du conducteur, de l'autre côté de la paroi vitrée. Il portait une casquette et le rétroviseur était incliné de telle sorte que je ne pouvais pas distinguer ses traits.

– Lucas?

– En personne!

Il retira son couvre-chef, libérant sa chevelure sombre. Quand il se tourna vers moi, je découvris qu'il était maquillé, sûrement pour tromper les gardes. Sa peau était plus claire, son nez paraissait plus gros que dans mon souvenir, mais sa cicatrice sur la joue le trahissait.

– Vous avez une sale mine, commenta-t-il après m'avoir rapidement inspectée.

À ces paroles, ce qu'il me restait de fierté féminine se hérissa. Me redressant sur la banquette, je le foudroyai du regard. Me concentrer sur la situation présente était beaucoup plus facile que ressasser mes émotions.

– Qu'est-ce que vous faites là? lançai-je en m'efforçant de prendre un ton sec.

Il haussa les épaules.

– Apparemment, je vous enlève, répondit-il. Vous devriez vous en rendre compte toute seule, vu ce que vous venez de vivre !

Je le regardai un instant avec ahurissement, puis, en gémissant, m'affaissai sur le cuir de la banquette, soudain trop épuisée pour envisager de résister. Lucas continuait de m'épier dans le rétroviseur, mais ça m'était égal. Je souhaitais juste ne plus penser et oublier ma dernière conversation avec Jeremiah.

– Laissez-moi deviner, reprit mon chauffeur. Vous avez osé prononcer le mot tant redouté à mon frère, c'est ça ? Celui en A.

Au lieu de répondre, je fixai le plafond. Deux kidnappings la même semaine, j'étais décidément une fille très demandée. Mais ce n'était pas une idée très amusante. Je désirais rester seule pour panser mes blessures.

Mon silence ne sembla pas rebuter Lucas.

– Jeremiah est un imbécile, enchaîna-t-il. Dès qu'il aura compris ce qu'il a fait, il...

En sonnant, le téléphone du tableau de bord l'interrompit.

– C'est sûrement lui, dit Lucas en riant.

Je regardai l'appareil, partagée entre plusieurs sentiments. Quand je repensai à ce beau visage froid de tout à l'heure, mon cœur saignait. «Pourquoi ?», avais-je envie de hurler. À cause de mon ego blessé ? Ou plutôt parce que j'avais vraiment besoin de comprendre ? Les vingt minutes qui venaient de s'écouler m'échappaient complètement.

Lucas appuya sur un bouton et la sonnerie cessa. Je lui jetai un regard soupçonneux.

– Ne vous inquiétez pas, me rassura-t-il. À cette heure, mon frère a sûrement découvert son vrai chauffeur drogué et il est en train de rassembler ses troupes.

Stupéfaite, je le laissai se garer sur un parking, à côté d'une autre limousine, blanche celle-là. Un gros type à l'allure effrayante, avec lunettes de soleil et tatouages sur les doigts, patientait devant. Lucas descendit de la voiture, vint m'ouvrir la portière et se baissa à ma hauteur.

– Vous venez?

J'étais incapable de saisir ce qui se passait.

– Pourquoi? réussis-je à demander.

La même question que j'avais posée à Jeremiah – et qui cachait les mêmes doutes et les mêmes angoisses.

– Et si j'avais besoin que vous me rendiez service? À moins que je vienne de découvrir le point faible de mon cadet?

Je me renfonçai sur la banquette, et son regard s'adoucit.

– Ou alors je tiens à *vous* aider, poursuivit-il sur un ton plein de compassion. J'ai deviné ce qui allait arriver à la minute où je vous ai vue. Jeremiah ne livre rien de ce qu'il éprouve, alors que vous, vous portez votre cœur en bandoulière. Il vous a rejetée quand vous lui avez avoué votre amour. Dans la mesure où son seul référent en la matière est l'exemple de nos chers parents, trouvez-vous sa réaction tellement surprenante?

– C'est ce qui s'est passé avec Anya? soufflai-je. L'a-t-il poussée dans vos bras?

Lucas pâlit, déstabilisé par ma question, qui avait porté.

– Non, parvint-il à formuler. Pas exactement. Leur relation n'a jamais été que professionnelle, même si, à mon avis, Anya aurait préféré des liens plus intimes. J'en ai eu d'autant plus de facilité à la séduire. Mais assez avec le passé. Dites-moi plutôt: avez-vous, ne serait-ce qu'une fois, résisté à mon frère?

Je rougis, frappée par la justesse de son intuition. Il s'en rendit compte car il poursuivit:

– Jeremiah a l'habitude de n'en faire qu'à sa tête. Pour cela, il n'hésite pas à manipuler les autres. Un don très utile dans le travail, moins sans doute lors d'une liaison. En fin de compte, la chasse, la traque, rend l'acquisition bien plus agréable. Mon frère a-t-il dû se battre pour vous avoir?

Je gardai le silence.

– Cette voiture est équipée d'un mouchard, continua Lucas. Si nous nous attardons, il nous localisera. Une fois qu'il sera sur place, vous serez de nouveau à sa merci. Y aura-t-il alors le moindre défi à relever?

J'étais encore étourdie par ma peine. Lucas, de l'intérieur de la voiture, me tendit la main. Malgré son air espiègle, je discernai de la sympathie dans ses yeux, ainsi qu'un désir qui ne m'était pas inconnu.

– Et si on le laissait vous courir après ?

chapitre additionnel

la part du Diable

Lucas savait avec qui il s'acoquinait, mais il n'avait pas eu d'autre choix.

La cabine était secouée par les turbulences, et il s'accrochait à son siège branlant en serrant les dents, tandis que les secousses augmentaient. Les caisses arrimées aux parois de chaque côté des fauteuils tanguaient dangereusement. Elles n'étaient retenues que par des sangles fines et des filets usés en aussi piteux état que le reste de l'avion. Le siège de Lucas ne valait pas mieux : il bougeait sous lui comme de vieilles montagnes russes dont personne n'aurait juré qu'elles ne risquaient pas de dérailler à tout instant. L'appareil n'ayant pas de hublots, le jeune homme était en proie à de vagues nausées qui l'empêchaient de trouver le repos.

De l'extrémité opposée de l'avion lui parvinrent des éclats de voix et des rires. La porte de ce qui, d'après lui, devait être le cockpit s'ouvrit sur un type costaud qui descendit l'allée étroite jusqu'à l'arrière de la cabine. Un trou d'air fit plonger l'avion, et Lucas eut l'impression que son estomac lui remontait dans la gorge. L'homme bien bâti tituba et abattit avec force une grosse main sur l'épaule de Lucas. Ce dernier se retint de vomir les restes de son dernier repas sur les chaussures de l'inconnu qui jura dans une langue étrangère avant de reprendre son équilibre et de continuer son chemin. Profitant de ce qu'il ne lui prêtait aucune attention, Lucas risqua un coup d'œil par-dessus son épaule. Le costaud dégringola les marches conduisant à la soute, où il fut accueilli avec chaleur par de nouvelles voix.

Lucas se retourna vers l'avant et passa une main nerveuse dans ses cheveux. Par habitude, il lissa ses vêtements froissés, sans grand résultat. Sa chemise et son pantalon coûteux avaient été soumis à bien des maltraitances ces dernières vingt-quatre heures, et seul un fer à repasser aurait été en mesure de leur redonner un aspect présentable. Un rire sans joie lui échappa quand il se rendit compte que son apparence reflétait parfaitement ses sentiments : la sensation d'être sale et de se diriger vers un avenir incertain. Pour quelqu'un qui, comme lui, n'avait connu qu'une existence déterminée et planifiée à l'avance, la situation avait des allures de farce grotesque.

Sans cesser d'agripper les bras de son fauteuil, Lucas finit par admettre qu'il avait commis une erreur. Il ferma les yeux, en quête d'un peu de calme intérieur – en vain. Aucune prison américaine ne pouvait être aussi cauchemardesque que ce qu'il était en train de vivre.

Il s'était enorgueilli d'avoir des relations, de connaître des gens susceptibles de le renseigner. Ce réseau s'était révélé très effi-cace pour naviguer dans les eaux traîtresses des affaires. Il avait toujours obtenu en amont faits et chiffres, aucune information ne lui avait échappé. Toutefois, rien ne l'avait préparé à la tempête qu'avait provoquée la mort de son père ni à la disparition de fonds de l'entreprise qui s'étaient ensuivis, trente millions de dollars pour être précis. Bien qu'il ait été le premier à découvrir le détournement, il était immédiatement devenu le suspect principal du vol.

Conséquence, il s'était sauvé, en pauvre idiot qu'il était.

La fuite ne s'était pas imposée à lui tout de suite. Il était encore sous le coup de la lecture du testament, qui le privait de tout ce à quoi il avait consacré les dix dernières années de sa vie. Société, actions et propriétés, tout avait été transmis à son militaire de frère cadet, Jeremiah. Jeremiah qui, désormais, tenait l'avenir de l'entreprise entre ses mains inexpérimentées.

Protester contre l'injustice du monde était vain mais, bon Dieu, l'existence était parfois à se flinguer.

Il fallait qu'il oublie, qu'il se concentre sur ses problèmes. Il avait décampé alors qu'une enquête pour blanchiment d'argent le concernant était en cours. Autrement dit, il avait cloué son propre cercueil.

En d'autres circonstances, Lucas aurait balayé d'un revers de main la « demande » de Davos en vue d'une coopération dans ses affaires. Lucas n'aurait fait confiance pour rien au monde à cet homme, par ailleurs informateur efficace. Depuis leur rencontre trois ans auparavant, il n'avait croisé ce Grec sournois qu'à quelques reprises et était sorti de ces rendez-vous en se demandant quel était le prix des renseignements qu'il avait obtenus. Leur première collaboration avait visé à nuire à un concurrent potentiel en le faisant chanter pour qu'il renonce à un appel d'offres juteux. Lucas s'était attendu à un scandale caché, à des éléments susceptibles d'être envoyés aux médias. Mais il avait été stupéfait lorsque Davos avait déposé sur son bureau un dossier plein de photos d'enfants censées provenir de l'ordinateur personnel du concurrent en question.

Ces images avaient été aussitôt transmises à la police – de manière anonyme, bien sûr – au lieu de servir au chantage comme initialement prévu. Si Lucas jouait pour gagner, ce secret dévoilé l'avait rendu malade. Il avait remporté l'appel d'offres, mais cette transaction le poursuivait comme la peste. C'était un souvenir répugnant et sombre qui le hantait. Mais les informations apportées par Davos s'étaient toujours révélées exactes. Aussi, lorsque ce matin-là l'homme l'avait contacté sans crier gare pour l'avertir que la police s'apprêtait à l'arrêter, Lucas l'avait cru sans hésiter. Le Grec lui avait proposé son aide, à condition qu'il lui rende quelques menus services en échange. Dans la tourmente, Lucas avait accepté.

De nouveau, l'avion piqua du nez, et Lucas s'accrocha. Quand l'appareil continua de descendre, il comprit qu'ils avaient atteint leur destination. Les hommes installés dans la soute regagnèrent d'ailleurs leurs fauteuils et bouclèrent leur ceinture sans cesser de converser entre eux. C'étaient des durs : la plupart arborait des tatouages, des cheveux très courts voire carrément rasés, et les traits anguleux de ceux qui s'échinent au travail. Au milieu d'eux, dans son costume qui valait sûrement deux mois de leur salaire, Lucas détonnait, tel un poisson hors de l'eau qui meurt lentement d'asphyxie.

L'atterrissage fut aussi violent que le vol. Les roues avaient à peine touché le sol que les hommes se levèrent et s'activèrent. Lucas resta assis et les observa détacher la cargaison – des équipements de transport, diables et autres engins du même genre – et les décharger par l'arrière de l'avion. Ce n'est que lorsque ce dernier fut complètement immobile que l'ancien PDG de Hamilton Industries détacha sa ceinture et se leva. Ses jambes tremblaient après ce long voyage périlleux, et sa vessie semblait sur le point d'exploser. Malheureusement, il était bien trop nerveux pour se soulager en pareil instant, d'autant qu'il ignorait ce qui l'attendait maintenant.

Le cockpit s'ouvrit une nouvelle fois, et un autre homme en émergea. Vêtu d'un bomber en cuir noir et chaussé de hautes bottes par-dessus son jean délavé, il dominait Lucas d'une bonne tête. Il avait le visage d'un boxeur qui aurait trop combattu, une mâchoire carrée et un gros nez tordu, et il émanait de lui une aura de puissance qui inspirait le respect. Quand il posa son regard sur Lucas, celui-ci se raidit. Il eut l'impression de se retrouver face à son père, même si Rufus Hamilton n'avait jamais été aussi imposant que cet homme. Lucas se contraignit à se rappeler que son père était mort, et que lui-même avait déjà eu à affronter des types pareils.

Enfin, peut-être pas aussi impressionnants, mais il pouvait tou-jours faire comme si. Il avança et tendit la main.

– Lucas Hamilton, se présenta-t-il.

Un lourd silence accueillit son geste, et il faillit baisser la main quand l'autre la lui serra.

– Je m'appelle Vassili, dit-il avec un fort accent russe. Que savez-vous ? ajouta-t-il en détaillant Lucas de la tête aux pieds.

– Je suis censé mener une affaire, mais Davos ne m'a donné aucun détail.

Vassili eut un rire sec qui ne rassura en rien le jeune homme.

– Votre ami a un drôle de sens de l'humour.

– Ce n'est pas mon ami, riposta Lucas.

S'il n'avait pas apprécié d'être maintenu dans l'ignorance, il n'avait pas eu le loisir d'interroger plus avant Davos. Ce dernier lui avait indiqué comment rejoindre un vieil aéroport en Pennsylvanie et n'avait rien dit de plus, sinon que c'était à prendre ou à laisser.

– Qu'ai-je besoin de savoir ? reprit Lucas.

Le regard du Russe aurait transpercé un mur en béton, et Lucas devina qu'on le jaugeait.

– Vous êtes juste la main qui prend l'argent, finit par lâcher Vassili en se dirigeant vers l'arrière de l'appareil. Venez, le client nous attend.

Il s'était exprimé d'une voix détendue, mais ses mots firent frissonner Lucas, qui ne put s'empêcher de se demander dans quel pétrin il s'était fourré. Il suivit l'homme, descendit dans la soute. La queue de l'avion s'ouvrait lentement, et les types qui n'avaient pas adressé la parole à Lucas de tout le voyage commençaient à décharger la cargaison sur le tarmac. Une forte chaleur investit la soute, et les reflets du soleil sur l'asphalte obligèrent Lucas à se protéger un instant les yeux jusqu'à ce que sa vision s'adapte à la clarté ambiante après la pénombre de la cabine. Il constata qu'ils se trouvaient sur un aérodrome modeste, mais rien ne lui permit de localiser où exactement. Les rayons chauds de la mi-journée furent comme un baume sur sa peau trop fraîche.

Vassili et lui s'approchèrent de trois types debout près d'un SUV blanc. Deux avaient des allures de gardes du corps, dans leurs tenues sombres et les sens aux aguets. Le troisième portait un costume d'un blanc éblouissant assorti au véhicule devant lequel il se tenait. Ses cheveux étaient d'un blond pâle, sa peau était trop claire pour ce temps ensoleillé, mais il n'avait pas l'air incommodé.

– Je vous attends depuis des heures, lâcha-t-il.

Vassili ne releva pas. L'homme en blanc contempla Lucas avec curiosité.

– J'ignorais que vous seriez accompagné, dit-il.

Le Russe fit les présentations :

– Jan Blomqvist, Lucas Hamilton. Davos l'envoie à sa place. (Il croisa les bras et hocha la tête en direction de Lucas.) Traitez avec lui.

Si Blomqvist avait reconnu le nom de Hamilton, il ne le trahit pas. Il adressa un geste à l'un de ses sbires qui disparut une minute derrière le SUV avant de revenir avec une table pliante qu'il installa rapidement entre les deux hommes. Son collègue y déposa une valise, qu'il déverrouilla mais n'ouvrit pas.

– Voici l'argent, annonça Blomqvist. Mais montrez-moi la marchandise.

Lucas jeta un coup d'œil à Vassili avant d'avancer et d'entrebâiller le couvercle de la valise. Cette dernière contenait une énorme somme, entièrement constituée de liasses de billets de vingt dollars. Ensuite, le jeune Américain ne sut que faire, mais Vassili intervint. Il regarda par-dessus l'épaule de Lucas, acquiesça et claqua des doigts avant lancer un ordre en russe. Aussitôt, quatre de ses hommes se précipitèrent, chacun porteur d'un étui en plastique. Ils les placèrent par terre. Visiblement, il s'agissait d'échantillons et d'autres boîtiers identiques n'attendaient que d'être livrés. L'un des séides de Blomqvist s'empara d'un étui, le posa sur la table, l'ouvrit et en tira ce qu'il contenait.

Lorsqu'il découvrit le gros fusil d'assaut, Lucas eut l'impression de recevoir un coup de poing dans le foie. Soudain, il eut du mal à respirer et dut en appeler à toute sa volonté pour ne pas tomber à genoux. La touffeur déjà implacable devint intolérable, il se mit à transpirer. Bon sang ! Qu'avait-il fait en acceptant la proposition de Davos ?

Le garde du corps remit l'arme à son patron, qui la tourna entre ses mains.

– Joli, commenta-t-il en caressant le métal. Combien d'autres en avez-vous ?

La conversation fut cependant interrompue par l'arrivée d'une nouvelle voiture, un SUV blanc identique au premier, qui débula à toute vitesse et s'arrêta dans un crissement de pneus. La por-tière arrière s'ouvrit à la volée, et un homme fut éjecté du véhicule. Du sang maculait sa chemise. Lorsque les sbires de Blomqvist le hissèrent sur ses pieds, il apparut évident qu'il avait été tabassé. Lucas tressaillit, bien qu'il ne puisse pas quitter des yeux le visage ensanglanté du malheureux. Il arborait une expression ahurie, sans doute due à trop de coups, mais ses prunelles trahissaient son affolement. Il ne tenait debout que grâce au soutien des hommes de Blomqvist.

Ce dernier inclina la tête afin d'étudier le blessé.

– Où l'avez-vous trouvé ? demanda-t-il.

– Planqué derrière l'un des hangars.

– Vraiment ? Ma foi, il tombe bien. (Blomqvist se frotta les mains.) Je souhaitais justement qu'on me fasse une petite démonstration. Venez ici, vous ! ajouta-t-il à l'intention de Lucas.

Le sang parut se figer dans les veines de l'interpellé. Un bref regard échangé avec Vassili lui apprit qu'il ne devait espérer aucune aide de ce côté-là. Il s'approcha donc avec réticence du client. Sans paraître remarquer cette hésitation, le Suédois fourra le fusil entre les mains de Lucas.

– Descendez-le.

– Qui ? s'enquit bêtement Lucas, incapable de comprendre l'ordre.

L'arme pesait lourd entre ses doigts, preuve de ce qu'on attendait de lui. Non, il n'allait pas… Toute trace d'amusement déserta le visage de Blomqvist.

– J'exige une démonstration de la marchandise, exigea-t-il. Soit vous le tuez, soit je vous tue.

Les gardes du corps lâchèrent le blessé, qui tomba en tas sur le sol. Les paumes nouées sur le fusil, Lucas contempla sa cible, toujours aussi peu en état de saisir la situation. C'était la première fois de sa vie qu'il tenait une arme. Il doutait cependant que le signaler à Blomqvist soit d'un quelconque intérêt. Encore aurait-il fallu d'ailleurs qu'il soit en mesure de parler, ce qui n'était pas le cas.

Soudain, le canon froid d'un pistolet fut plaqué sur sa tempe, et il se raidit.

– Je vous accorde trois secondes, gronda le Suédois. Lui ou vous.

Lucas porta aussitôt le fusil à son épaule et visa le blessé à ses pieds. Son doigt s'enroula autour de la détente, mais il ne parvint pas à appuyer dessus.

– *Ett.*

La sueur trempait le visage de Lucas. Il ne croyait pas à ce qu'il était en train de vivre.

– *Två.*

L'homme ensanglanté releva la tête et ses yeux bouffis par les coups administrés. Le fusil se mit à trembler dans la main de Lucas, qui haletait. Non, non…

– *Tre.*

Clic.

Il avait fini par appuyer sur la gâchette. L'arme n'était pas chargée, Dieu merci. Mais il avait quand même tiré, et il était sonné.

– Hum…

Blomqvist lui arracha le fusil des mains afin d'en vérifier le mécanisme.

– Vide. Quel dommage !

L'un de ses hommes sortit de l'étui une boîte de munitions. Il la tendit à son patron, qui secoua cependant la tête et lui remit l'arme.

– Faites ça de l'autre côté de la voiture.

Le garde hocha la tête et, avec son collègue, tira le malheureux derrière le SUV. Lucas fixait ses mains, incapable d'autre chose. Même le bref staccato des tirs ne réussit pas à le tirer de son hébétude. Le regard que vrillait sur lui Blomqvist perçait son crâne. Quand l'homme claqua des doigts, ce fut des yeux vides que Lucas leva vers lui. Le client se planta devant lui.

– Vous devriez sourire plus souvent, lui lança-t-il, cependant que ses propres lèvres s'étiraient comme pour lui montrer comment on procédait. La vie est tellement plus facile quand on sourit.

Conscient du pistolet que l'autre tenait toujours, Lucas parvint à hisser un coin de sa bouche, puis le second. Blomqvist marqua son approbation d'un acquiescement.

– Là, vous voyez ? Tellement plus simple.

De nouveau, il fit claquer ses doigts, et ses hommes entreprirent de charger les fusils à bord des deux SUV. L'un d'eux patientait près de la table. Constatant que Lucas ne bougeait pas, Vassili s'empara de la valise pleine de liquide.

– Un plaisir, comme toujours, Vassili, lui dit Blomqvist avant de monter à bord de sa voiture.

Lucas suivit d'un regard vide les deux véhicules qui s'éloignaient, abandonnant derrière eux le cadavre immobile sur le tarmac.

Une bourrade sur l'épaule le tira de sa stupeur, et il chancela sur ses pieds. Vassili le dévisageait, l'air pensif, comme surpris de constater que le jeune homme avait survécu à la rencontre.

– Encore trois escales, dit-il avant de crier de nouveaux ordres à son équipe.

Lucas ne se souvint pas d'avoir réembarqué dans l'avion. Il s'aperçut juste que sa ceinture était bouclée quand les moteurs rugirent. De nouveau, il observa ses mains qui avaient tenu le fusil quelques instants auparavant. Elles étaient couvertes d'un film huileux, du genre qu'on emploie pour éviter que le métal rouille trop vite. Il étouffa un rire qui montait en lui, conscient que s'il se laissait aller il n'arriverait plus à s'arrêter.

Les muscles de son visage le brûlaient, alors qu'il avait l'impression que sa bouche était figée dans un rictus. L'équivalent d'un tatouage qui masquerait à jamais le hurlement qui retentissait en lui.

Imprimé en France par CPI Brodard et Taupin en juillet 2013
N° d'impression : 3001508
Dépôt légal : février 2013
ISBN : 978-2-501-08444-4
4126884/05